【增补版】

青梅煮酒

三国群雄的帅和怪

周泽雄 著

三联书店

图书在版编目（CIP）数据

青梅煮酒：三国群雄的帅和怪／周泽雄著. —增补版. —北京：
生活·读书·新知三联书店，2017.1
ISBN 978 – 7 – 108 – 05568 – 2

Ⅰ. ①青… Ⅱ. ①周… Ⅲ. ①《三国演义》– 人物形象 – 小说研究
Ⅳ. ① I207.413

中国版本图书馆 CIP 数据核字（2015）第 249745 号

插图作者　靳文泉
责任编辑　龚黔兰
装帧设计　康　健
责任校对　唐晓宁
责任印制　徐　方
出版发行　**生活·讀書·新知** 三联书店
　　　　　（北京市东城区美术馆东街 22 号　100010）
网　　址　www.sdxjpc.com
经　　销　新华书店
印　　刷　北京隆昌伟业印刷有限公司
版　　次　2017 年 1 月北京第 1 版
　　　　　2017 年 1 月北京第 1 次印刷
开　　本　635 毫米 × 965 毫米　1/16　印张 15.25
字　　数　193 千字　图 18 幅
印　　数　0,001 – 8,000 册
定　　价　35.00 元
（印装查询：01064002715；邮购查询：01084010542）

目 录

自序：再煮一壶英雄酒

　　一部二十四史，得从何处说起呢？如果计较这个问题，请准备蹲二十年"史牢"吧，除了"从头说起"，没有第二招；如果你不想受这么大的折腾，倒也不妨由着性子来，想从哪儿说起，就从哪儿说起。比如，直接从汉末三国开篇。

　　历史老人该是富饶权变、谐谑多趣的，他那手挥五弦、目送飞鸿的旷世姿态，本身也是五味杂陈、百感交集。如果这老人有讲故事的爱好（他想必有此爱好），我们不妨继续假设：

　　你热爱哲学，他会饶有兴致地向你讲解先秦诸子的种种学说，并鬼头鬼脑地告诉你：那里面的智慧，后人消化了三千年，都只是理解了一小半，误会了一小半，忽视了一大半。你喜欢文学，他会重点提到唐朝，再左右逢源地涉及上朝下代：时而兴致高昂，声若铜钟；时而语带哽咽，老泪纵横。如果你喜欢悲剧故事，他会对你打量一番，视乎你的年龄和心理承受力，才决定从"五胡乱华"处开讲，还是说说岳飞，或干脆狠狠心，开篇就从鸦片战争讲起。对于追求前卫的现代青年，他可能拿魏晋时代的名士风度调侃他们几句，直到他们嚷嚷道："得，得，我再也不敢附庸风雅了！"如果阁下喜欢刺激点的故事，他一笑之余就把你牵领到明清之交的江南小镇，那里有着整筐整箩的风月故事，天天在纳凉的市井闲人嘴里散播。想听英雄传奇吗？那更简单，他神奇的如来指，一下子戳到了汉末三国……

在下的浅见是：整个汉末三国，不折不扣就是一个英雄世纪；历史卷帙中特意腾出那一卷世纪篇幅，不为别的，就为了供英雄闪亮登场，让后人一惊一乍。

按罗贯中的写法，汉末三国故事起于184年黄巾军起义，至280年晋灭东吴止。我们发现，这一个百年里有着中国历史上最高的战争频率和人才密度，弄到最后，却白忙一场，以致很难依据历史的功利原则，赋予他们的行为应有的价值。试以著名的三大战役为例：官渡之战虽然为曹操统一北方奠定了基础，但也为国土分裂为三预留了后患，从曹操身边侥幸溜走的刘备，正是在官渡战役之后，逐渐崛起为妨碍曹操九合诸侯的心腹大患；曹操全力对付袁绍而无暇旁顾，反使孙策获得宝贵机缘，得以转斗江东，斩获颇丰，为日后鼎立之势早早做好准备。再看魏吴赤壁之战，作为战例精彩绝伦，从"天下归心"角度着眼，就是另一回事了。孙权当年若接受主和派代表张昭的建议，向曹操投降，不是更有利于河清海晏、长治久安，更能使数十百万生灵免于涂炭吗？且不说日后孙权还主动向曹操、曹丕称臣。说到吴蜀彝陵之战就更有趣了，东吴大将陆逊一把战火烧死了那么多蜀汉儿郎，刘备又丢了天大的面子，结果竟是与东吴订立一个彼此永不相侵的和约，那真是"早知今日，何必当初"。

再看孔明六出祁山（实际上是"两出祁山"），总体上劳而无功，无论诸葛亮对司马懿的嘲弄，张郃对马谡的教训，还是姜维与邓艾的对抗、与钟会的惺惺相惜，蜀兵与魏军在大西北把那么多山头拉来锯去，"出师未捷身先死"的诸葛亮，却只赢得"长使英雄泪满襟"的无尽唏嘘……

汉末三国，这一个英雄世纪到底想告诉我们什么呢？历史的书页在184年突然散乱起来，当它在280年重新合上时，蓦然回首，竟然就像一切都没有发生过。晋人习凿齿认为，魏世"既无代王之德，又无静乱之功"。

这么说当然过于情绪化，也不甚负责。历史河道那一次有意味的弯曲，虽未改变大江东去的总体流向，但营造出别样的风景，别样的慷慨。万里长江，险在荆江；千年古国，奇在三国。你且抬头看看天，天上不是多出一座璀璨的英雄星座了吗？它发出的辉光，注定将成为中国人永恒的谈资、无尽的消遣……

汉末三国，汉失其鹿，诸侯群起共逐之，一时"天下鼎沸，群盗满山"。各路英雄狼视虎步，各怀异心。他们到底是些什么人呢？先简单拉呱几句：

董卓好像是一个窥视者，存狮虎之心，有豺狼之胆，但起先还得像后世那头面对黔驴的饿虎那样，学会按兵不动。

袁术是妄想狂，充满帝王野心，但除了袁家四世三公的基业和因缘凑巧获得的那块南阳肥田，造物主并没有赐予他更多能耐。

吕布乃草莽英雄，虽然骑一匹赤兔马仗一杆方天画戟也在汉末版图上晃荡得不亦乐乎，但他到底想干啥子，他赢了之后下一步又会朝哪儿挪，恐怕没人知道。恐怕他自己都不知道。

公孙瓒那只大嗓门又在吆喝什么买卖呢？斩黄巾他很卖力，与北面的胡人交战他很玩儿命，后来与袁绍也打得不可开交……直到挺一把剑杀尽妻儿，再放一把野火烧掉自身。他就为这吆喝吗？

陶谦、刘表，与韩遂、马腾相仿，只是满足于割据一方的超级低能儿罢了。"景升（刘表）父子皆豚犬"，这是当年叶剑英元帅的诗句，言之有理。

袁绍也许有一种哈姆雷特的性格，胸怀大志，却犹疑不决。区别是，他没有哈姆雷特的才华。

荀彧、郭嘉者流，确是智慧化身，与贾诩等人一样，他们共同构成英雄世纪中不可或缺的和声。当然，荀、郭二位本质上又与贾诩不同……

孔融、祢衡这两张著名臭嘴，作为特定历史时期的特定花絮，颇可玩味。

孙权明哲保身，安心做自己的山大王。只是，他治下的土地哪里是一座寻常山寨呀，那分明是造物主赐予中国最丰厚的一块沃土。

刘备不可思议，在诸葛亮为他隆中划策之前，他在中原东奔西走，南蹶北颠，简直有招摇撞骗之嫌。他从未主动发起过一场有意义的战争，主动逃跑的机会倒为数不少，他的行为甚至让人怀疑，他凭什么搅和到这场三国纷争中来？他来了，一不留神还做了回皇帝，建了个帝国，生了个摔不死、捧不起的宝贝儿子。

关羽和张飞这一对性格截然相反的好兄弟，有这样两个共同点：其一，两人皆武功盖世，为"万人敌"；其二，两人都身首异处，未得好死。

赵子龙一杆红缨枪左挑右刺，在民间名头锃亮，其实只是一条出色好汉，算不得风云叱咤的大将。严格地讲，他更应该属于《说唐》级别。

周瑜是天生儒将，"谈笑间樯橹灰飞烟灭"，一举奠定了三国格局。与他的非凡战功相比，八卦心大炽的后人更感兴趣的却是他被罗贯中糟践的性情。

诸葛亮为天下奇才，但鉴于他功败垂成的历史宿命，我们只能这样假设：诸葛孔明最非凡的成就，大概就是为中国塑造了一尊千秋完人的伟岸造型。

说到曹操，无论根据他的性格还是他的面容，都不该是京剧舞台上的那一张白脸。《三国演义》里罗贯中有次写曹操瞧着某人（董昭）肤色极佳，狐疑之余不免有点醋酸，因问"尊颜何以保养得这么好"，可见，曹操的脸色，不仅有点黄，甚至还有点菜色。如果汉末三国诚如黄仁宇所言是一种"新形态的战国时代"，我们不妨先将曹操想象成那个存鲸吞天下之心的秦王嬴政。

至于司马懿，这个阴谋机器的成功，代表一个阳刚英雄时代的终结。一个几乎让人找不到一丝敬意的强人，最终成了收拾旧山河的大赢家，扫兴之事，莫此为甚……

倒下了，英雄壮伟的躯体，其中混杂着几声猪嚎；

逝去了，时间长河中那一段刹那春秋，其中也凝固着历史中最漫长的定格。

我们再煮一壶酒吧。这是一壶英雄酒，中国历史若少了这股浓烈的酒味，将会多么乏味！

一　独夫董卓

英雄辈出，须以魔鬼播恶为先导。独夫造乱世，乱世铸英雄；魔鬼摧残世界，豪杰收拾河山。追根溯源，魔鬼乃英雄的乳娘。正是大宦官赵高的倒行逆施，才召唤出秦末陈涉、刘邦、项羽、韩信等一大批风云人物。欲进入曹操、诸葛亮等豪杰为代表的汉末英雄世界，我们也该先行审视大魔头董卓。

董卓（字仲颖）是个可怕的名字，会使我们想到桀、纣等上古暴君；西方读者读到《三国演义》，脑海里恐怕也会浮现出古罗马暴君尼禄、卡利古拉的形象。虽然董卓没有君王的名分，但把他说成暴君未尝不可。在古希腊语里，"暴君"和"僭主"是一个词，古罗马皇帝原本只是手握重权的独裁官，与中国家族世袭制皇帝不是一回事，与董卓的实际地位倒颇为相近。就董卓生性的狼戾狠毒及造成危害的深度、广度而言，只有最暴虐的帝王可与之相提并论。

董卓生年不详，从他早年的经历中，我们较难看出他兽性人格的发展轨迹。当然，身为一个体内杂有羌、胡部落血统且一直与蛮族部落首领有着不错交情的莽夫，董卓与草原上食肉动物打交道的机会想来不少。董卓是凉州临洮人，发迹颇早，曾长期在荒凉的西域为官。他为人称道的武艺，与射术有关：膂力过人，可以把弓拽得像一轮满月。高明

一个政治肉食者，为实现政治野心，他懒得区分动物与人的差异

的射术，用于疆场上的贴身肉搏或短兵相接效果甚微，草原畋猎却正好大有用武之地，故射箭历来是游牧民族的首选技艺。董卓形象的标志特征是：骑在马上，左右各挎一只箭袋，"左右驰射"，伴随着阵阵粗豪狂笑，一只只猎物发出临终前的哀叹，包括同样被他视为猎物的"万物之灵长"。

董卓是一个政治肉食者，为实现政治野心，他懒得区分动物与人的差异。他早先握有权力的地方"山高皇帝远"，平素又喜欢与蛮性未脱的羌人"豪帅"一起杀牛宰羊，呼朋引类，其思维方式及处世准则，难免游离于华夏文明之外，更多地遵循所谓的"狩猎者规则"。

在汉末时期，有两个人最为飞扬跋扈，暴虐张狂，一个是董卓，另一个是袁术（字公路）。董卓曾以太师自居，一度还想效法姜太公，自封"尚父"。袁术更可笑，由于侥幸获得一枚传国玉玺，再加曲解、迷信一则童谣"代汉者，当涂高"，以为坐实在自己身上，遂声称"若不为君，背天道也"，公然自封皇帝，致使几个愚笨婆娘整天为莫须有的"正宫娘娘"名分争吵不休。回过头来我们又发现，论能力和才学，这两个穷凶极恶的小丑，差不多又是最低下的。将董卓与袁术甚嚣尘上的权势，视为历史老人在某一阶段的打盹，显然不切实际。看似不可能的事情既然出现了，如果无法从个体心理学上解释，就必然可从人类心智构成上得到解答。

就董卓而论，除了特殊历史机缘的成全外（这是免不了的），此人反常乖悖的性格特征，由于超出寻常思维方式和操作规范的度外，反而因其震慑骇怪的心理效果，使世人在一时不知所措之后，目瞪口呆地促成其权势的集结。这是政治角斗场上特有的"黑马"现象，通常，在一个瘫痪的社会，其成员的集体心智往往脆弱不堪，一旦外界强力猝然杀到，最有可能造成社会的间歇性痉挛和大众的神经质匍匐。

在董卓进入东汉帝国政治中心洛阳之前，这座城市正连同自己统治的庞大国土，处于分崩离析的前夕。此前的"赤眉"农民起义，已使洛阳疮痍满目，官倒墙摧；大面积的饥馑，加上雨雪蝗虫，也使整个国家充满嗷嗷待哺的饥民。汉初实行的分封诸侯政策，经历三百余年运作，这时也弊端尽现，使国内充斥着大大小小、各拥兵权的士族豪强。与此同时，御座上的君王不仅在比赛着谁更短命，还在较量着谁更昏庸无能，幼帝频现亦使太后专权成为东汉特有的政治形态；到汉灵帝时，帝王的威严已荡然无存，只现出一副弄臣的嘴脸，热衷于"西园弄狗、驾驴取乐"。皇帝提出的修宫室、铸铜人、造万金堂、建"苏州街"、增收赋税等昏庸主张，都起到了加速王朝毁灭的效果。先是牵连甚广的"党锢之祸"，将一大批帝国精英送上冥府，接着以"十常侍"（实指十二个把皇帝逗得团团转的大太监）为代表的宦官政治，又进一步分散了朝廷权力，削弱了政府机能，削减了皇权威望。皇帝因担心成为绿头乌龟而残忍地将某些男人去势，殊不知这些因丧失男性正常机能而变得心理错乱的家伙一旦"手握王命，口衔天宪"，危害又远过于祸害几个美丽宫女。这一帝王的视觉盲点，在中国历史上造成的危害可称比比皆是，东汉末年更是登峰造极。

终于，在184年引发一场百万民众大起义，那支头缠黄巾的乌合之众虽然只坚持了一年左右（其余部仍燼火不息地烧了很多年），便遭到以皇甫嵩、朱儁、曹操为代表的政府军无情镇压，但毕竟也使政府受到重创。这是宫廷阴谋的多发季节，仗着贵为太后的妹妹的势力，一个屠夫出身的莽汉何进掌握了帝国的军权，他与"十常侍"的权争日趋白热化。为了加强自己势力，提高自身赢面，何进不计后果地做出了一个选择：借助外来军事力量，剿除异己。结果，何进刚刚与"十常侍"两败俱伤，双方或尸横洛阳，或命殒河中，他此前假借君王诏命召来的外部军事力量董卓，后脚就踩着尸堆进入了都城。

那正好是一座瘫痪的都市，朝柄散落，似乎谁捷足先登，谁就最有希望成为下一个实际掌权者。

董卓成了捷足先登者。可以想象，这时的洛阳已经成为一座恐怖之都，无论活着的朝廷官员还是寻常市民，都处于某种惶惶不可终日的神经质状态。虽然不值得提倡，但纯粹从权术角度考察，此时采用高压恐怖政策，对于迅速掌握权力，当会立收奇效。无巧不巧，权谋无几的董卓，即使什么都不会，说到实行恐怖政策，却是百分之百的大行家。此外，说到为人的机警诡谲，小奸小诈，董卓也不在任何人之下。

他会不会是母狼叼大的呢？

在讨伐黄巾军过程中，董卓没有体现出统军之才，战功与同期皇甫嵩、朱儁不可同日而语。他最大的一次战功是：当别路军队纷纷溃败时，只有他统领的军队"全师而还"。凭这点小计，他竟然得以升官封侯。然而，皇帝若有着最起码的智力，也当早早看出董卓的桀骜不驯。因不愿接受皇甫嵩调度，董卓曾以兵士情绪为借口，婉拒皇上多次诏命。正如大型食肉动物在出击时总是相当谨慎一样，董卓这头西北大虫，此时也在距洛阳不远的驻地，一边窥视京城，一边"咻咻"地吐着布满血丝的舌头。

虽然欠缺古来良将的风范，但董卓作为一军之将，仍然颇受部下爱戴。原因不外是，董卓部下多为凉州兵，亦即一群当时尚未开化的草莱之民，他们性情粗犷，嗜杀成性，不念人伦，奉行着某种与中原战士大相径庭的沙场规则。除非一个人具有董卓般的超人膂力，并且比其中任何一个士兵都更为凶残，更能大碗喝酒、谈笑杀人，不然，驯化这些家伙将无比艰难。

董卓天然具备"贼人王"的能耐，他以某种部落酋长的方式实行强力统治，也历来擅长用强盗义气团结下属：凡抢劫抄掠所得，一概赏赐兵士。董卓本人在残忍方面的出众想象力，对于激发这支"虎狼之师"的士气，也起到了可怕的促进作用。

董卓军队人数上并无优势，步兵骑兵加起来不过三千人。然而没多久，他眉头一皱，计上心来，成功地使人改变了这一看法：每隔四五天，他让进入洛阳的士兵晚上偷偷溜出城去，第二天再重新整装进城，如此循环多次，洛阳市民遂以为，董卓大军正源源不断地前来。我们刚要对董卓这点计谋表示欣赏，转眼便被他下一个举动弄得不敢吭声：他白天率领兵士外出抢劫，在集市上对手无寸铁的百姓突然发动袭击，割下他们的人头绑在马车边或兵士的腰间，再凯旋回城。集市上的妇女则被他的士兵像圈羊般直接拖拽到营帐里……董卓希望洛阳人民知道，自己又打了一场大胜仗。

强人效应在董卓身上也得到了体现，他的强人姿态一旦得到世人认同，使自己迅速走向更强，就毫不困难了。前大将军何进手下群龙无首的兵士，被董卓整编入伍；他唆使吕布杀死了执金吾丁原（执金吾约当中央卫戍部队司令，光武帝刘秀尝戏言："仕宦当作执金吾。"），丁原的部下也被呼啦啦地划归董卓帐下。对皇帝至高无上的权力素来漫不经心的董卓，早在进入洛阳的第一天，就萌生了重新安排皇帝人选的想法。须知终曹操一生，都没敢真正付诸实施这个计划，而在董卓眼里，就像更换当晚宴席上的菜单一样容易。当然会有人表示不服，那好说，比如司空张温对董卓有所失敬，董卓即随意诌一个借口，说他勾结袁术，遂把张温活活杖杀。罗贯中曾以合理想象，改变了张温的死法，在小说第八回里，出现了如下描绘：

> 又一日，卓于省台大会百官，列坐两行。酒至数巡，吕布径入，向卓耳边言不数句，卓笑曰："原来如此。"命吕布于筵上揪司空张温下堂。百官失色。不多时，侍从将一红盘，托张温头入献。百官魂不附体。卓笑曰："诸公勿惊。张温结连袁术，欲图害我，因使人寄书来，错下在吾儿奉先处。故斩之。公等无故，不必惊畏。"众官唯唯而散。

非常生动，对董卓肯定算不上诬陷。我们在好莱坞电影里也不时看到类似手腕，昆汀·塔伦蒂诺执导的《杀死比尔Ⅰ》中，日本女魔头曾在席中瞬间割下一人头，再于四溅血光中，向众客嫣然一笑，帮主之威由此立定。

吕布，董卓新认的干儿子，无论就形象的靓丽、肌肉的结实还是对他人构成的威慑力，都活脱脱像一头雄性金钱豹。

这以后，董卓训斥、发落皇帝及诸位皇亲国戚时的派头，变得极为挥洒自如。他指责少年皇帝"缺乏一个儿子起码的孝心，完全没有君王风度"，便把他从御座上赶了下来，废为"弘农王"。不多久，突然嫌此前做法不够麻利，又朝那个可怜孩子（他还真是个孩子！）的喉咙里，灌入一杯毒酒。董卓指责太后"逆妇姑之礼，无孝顺之节"，把她迁出皇宫不久，照例又赐上一把刀。——董卓不是君主，但观其所作所为，即使所谓"太上皇"也无法望其项背。

一个喋血枭雄的真面目，就此在世人面前展开。历史有了一次大开眼界的机会，就遭殃程度而言，百姓也可说获得了一个千载难逢的可怕机会。皇帝当年聚敛的大量财富，仿佛一笔特为董卓预存的钱款，专候董卓领取；皇帝后宫中的众多佳丽，也恰好成了董卓士兵的"慰安妇"；一群会说人话的野兽，在都城周围方圆数百公里内，开始了无休无止的烧杀抢掠。滥杀无辜既已毫无新意，刑讯逼供遂以其合乎兽道的趣味性，得到全面施行。人们寻常用来对待牲畜的烹饪法，在董卓的杀人术中也得到了广泛借鉴，或烹或煮，乃至用猪油先将被煮者全身涂遍之类令后世史家笔尖发抖的方法，都在董卓的纵情大笑中得到了演示。这个人既是那样毫无人性，希望他在对待女性时有所收敛，显然也不切实际。《后汉书·皇甫规妻传》中，一位才貌双全的无名女性，就被董卓鞭挞而死。

董卓从游牧民族学来的智慧是：当某地青草被吃光以后，立刻卷起帐篷，寻找新的生存点，此所谓"黑车白帐，择水草而居"。这样，当以袁绍为盟主的各路诸侯"传檄天下"，准备用军事手段声讨董卓之时，董卓不假思索地做出了迁都决定，把首都迁到长安去。

迁都，意味着数百万人口的大迁徙，在洛阳至长安之间，一股茫无边际的难民潮，无休无止地蠕动着。死亡，不断有人死亡，整批整批地死亡。死于饥饿，死于恐惧，死于惊恐发作导致的自相残杀。难民所经之处，唯余森森白骨。与此同时，董卓唆使部下，在洛阳大肆抢掠，挖开每一座坟墓，搜刮墓葬中最后一件殉葬品，然后放一把野火，烧尽汉家陵阙。火烧洛阳，也许是出于某种军事上的"坚壁清野"需要，但这份暴虐（且不说还有向敌示弱的愚蠢），则是亘古未闻。罗马皇帝尼禄烧过自己的都城罗马，但只烧了一小部分，且原因也只是出于一种顽劣暴君的神经质，手笔比董卓差得太远。

在距长安250里的地方，又一座阿房宫高高地矗立起来，那是董卓的私家庄园郿坞。我们知道它的外墙高度和厚度竟然与长安城墙相同，"高厚七丈"；我们听说坞中所藏珍宝还有"金二三万斤，银八九万斤"，各种"奇玩积如丘山"，储存的粮食即可对付三十年。董卓无所顾忌地把郿坞命名为"万岁坞"，官员经过这片宝地时，必须下马行礼。郿坞富可敌国的规模还可从如下史实中略窥一二：董卓兵败身死后，为抄没郿坞家财，司徒王允竟派去一支五万人的军队。

有一个事实似乎与董卓的总体气质不甚谐调，那就是大权在握的时候，他并没有漫无节制地分封自己嗜血成性的部下，倒是提拔了不少素以忠勇体国著称的贤人士大夫。然稍一细想，这事也绝无可怪之处，人性中每每两极相通，通常越是粗豪不文之徒，越可能对文人表示钦敬，汉末时期本身就提供了一个著名旁证：莽汉张飞历来爱勾搭文人贤士，倒是平时经常读读《春秋左氏传》的关羽，对读书人较少看得上眼。我们若将此视为"草莽定律"，即使撇开心血来潮的成分，董卓抬举、重用某些读书人，也完全无法改变我们对他的一贯看法。何况，他提拔读书人的方式，也是草莽式的。

东汉著名大学士蔡邕，曾在一月之内被董卓升了三次官，蔡邕答应出来任职，乃因董卓放出狠话："你若不来做官，我杀尽你全家老小。"

"你怕我吗？"董卓有次这样问皇甫嵩。他希望这位当年军阶在己之上的朝廷重臣，能屈膝向他求饶。之所以这样问，也许正泄露出董卓曾忌惮这位天才将军的事实。皇甫嵩的回答是："岂止我一人怕你，若你大行无道，天下都将为之悚惧。"

董卓倒没有杀死皇甫嵩，他也许正在思索皇甫将军的话。一个人如果能够使天下为自己悚惧，这是否也会在他内心产生极大恐惧？这个心理学上的课题，由于很难找到合适个案，只能姑且存疑。我坚信，说到恐惧，没有比暴君的内心更强烈的了，一个人残暴的程度，往往与他内心惊恐的程度成正比。大智大勇，应该被视为一个因果词组，意思是，唯大智者方能具大勇，正如唯不卑者方能不亢，反之则不成立。

何况，就现实而论，董卓也有恐惧之由。此前，在国土东面，已经聚集起一支反抗他的大军，其中就有几个决意与他为敌的对手。他在洛阳时就知道曹操，一度还想让曹操替他做事。曹操逃走后不久，率领一支只有五千人的军队，试图打回洛阳。虽然曹操被董卓部将徐荣打败，但董卓毕竟自此不敢再存东进之念。

另一支打上洛阳城头的军队，着实实实让董卓领教了厉害。孙坚，区区一介长沙太守，竟然孤军深入，将董卓手下打得节节败退。在距洛阳九十里的帝王陵墓间，董卓曾亲自出马，与孙坚做一对一的决斗。肥胖的董卓虽臂力惊人，终奈何不得身手矫健的孙坚分毫，多亏手下援手及时，才免于一死。我相信，这场陵墓边的厮杀，定会给董卓罩上一层挥之不去的阴影。当时，他虽然把首都迁往了长安，自己却还留驻在洛阳，自封的官职也由此前的"相国"升格为"太师"，也许内心还在盘算着日后的篡位美梦，没想到，由于"孙坚小戆"的存在，董太师竟然连洛阳都待不下去了，只能落荒而逃。

董卓有所不知的是：在他当年侮慢司空张温时，正在张温手下的孙坚，曾罗列了董卓三条罪名，竭力主张杀掉他。只是张温的脾性过于"温"了些，才使董卓免于一死。也可说，他欠孙坚一条命。

一个人若想造福世界，通常总需要一段相对漫长的时间；若执意荼毒人间，成为千夫所指，一般也不可能一蹴而就，造孽同样需要一段不短的时间。罗马不是一天建成的，罗马也不是一天毁掉的。使数百万人流离失所，无数兵士埋骨沙场，使一座伟大都城瞬间黄钟毁弃，难道不至少需要十年连续不断的破坏，才可能达到吗？董卓的回答是：不，只要三年就够了。

这是文明毁灭史上的惊人特例，据裴松之记载：董卓从握有大权到身首异处，"计其日月，未盈三周"，"三周"即三年。这样的毁灭，只有埃尔南多·科尔特斯为首的西班牙殖民军对印加帝国的蹂躏，差堪比拟。董卓死后，他那两个野蛮部将李傕、郭汜，也曾把长安城打得疮痍满目，不复有人间气息，所谓"城空四十余日，强者四散，赢者相食"。当然这是后话了。

汉朝自高祖刘邦"斩蛇起义"，近四百年的煌煌家业、文功武略，只在短短三年内，便尽遭毁坏，从此再也无法复苏。谁说浑球不足道？推动历史前进，固然需要一代乃至数代精英持续不断的努力，还得加上若干好运；欲把世界搞砸，却简单得很，一个凑巧获得巨大权力的超级浑球就够了。本来，假如董卓具有雄才大略，他当年来到洛阳时，正遇上千载难逢的治理整顿的良机，给东汉政权造成极大危害的宦官和外戚集团，正好相继泯灭，黄巾军遭到镇压，百废待举，人心思定，对于奋发有为之士，那原是天赐良机。可惜，董卓不是那块料，东汉政权自此走上一蹶不振的不归路。

董卓死了，是被他身边那头金钱豹咬死的。

二　独狼吕布

"人中吕布，马中赤兔"，我们接着就来谈谈吕布。我们更熟悉小说中的吕布，谁都知道他是汉末三国头一号英雄。小时候与伙伴们玩三国游戏，大家都争着扮演这个人物，找一根破竹竿，持在手上就算吕布的方天画戟，挟在裆下就充吕布的赤兔宝马，嘴上"嗨嗨"乱叫。武功盖世的英雄，每一个中国男孩，都会本能地充满向往。

吕布（字奉先）"有勇无谋，轻于去就"，这是汉末时期的公论，但把吕布说成只知舞刀弄枪的泛泛武夫，又会妨碍我们近距离地看清此人。

我猜，正因为谁都自信能把吕布看得一清二楚，反而为这位弓马好手增加了一层历史迷雾，使我们有可能在某种"盖棺论定"的惰性思维支配下，懒得把他瞧真切些，就好像没人愿意费心去揣测猪八戒的内心世界，没有学者会将学术兴趣消耗在琢磨貂蝉的性心理上。潘光旦曾在挖掘冯小青"影恋"上做了大量极有心理学价值的工作，至于貂蝉，我们还是想想她有多么美吧，想想为什么月亮见了她都要暗叫惭愧吧。历史不是星空，我们手上也没有天文望远镜，可以把生活在一千八百年前的人物倏然挪近，像现代间谍卫星那样，使千百公里外的人物纤毫毕现。当《三国演义》的读者普遍接受了吕布乃"三国第一条好汉"的形象定型之后，他们也就无意间把吕布想得简单化了。好汉总是简单的，

一个播乱者，他纯粹以好事者身份加入中原战团，并将战争的瘟疫撒向尘寰

正如权臣总是诡谲的。但是，真实的吕布未必算一条好汉。

汉末时期，会舞弄刀枪的大有人在，但他们通常只会充当将才，而非帅才。吕布帅才无几，但毕竟经常性地自领一支大军，在中原大地往来驰骤，东奔西走。这里是需要一些单靠武艺无法解释的东西的，也许就是一份雄霸之气，就像在项羽身上体现出来的那样，即使吕布与项羽无法等量齐观。因为，如果吕布只有一身惊世武功，他完全可以如许褚、典韦那样充当曹操手下的"樊哙""恶来"，或像关羽、张飞那样，在刘备身后终日侍立，不知疲倦厌倦为何物。

然而，效忠或听命于谁这一点，吕布想都没想过，只知在沙场上一个劲地砍敌将的头，然后到主公面前接受奖赏，顺便让自己的头被主公亲昵地摸一下，这不是吕布的习惯。我们看他即使白门楼上被曹操活捉了，即使眼下三十六计，保命为上，他向曹操提出的"乞降"建议，仍然是关羽、张飞者流从来不敢向刘备开口的："明公统辖步兵，我吕布为你带骑兵，何愁天下不平！"

作为对照，若干年后刘备要选拔一位镇守关中的大将，由于关羽已镇守荆州，所有人都认为该职位非张飞莫属，张飞也坚信不疑，但当刘备出人意外地擢拔了当时名头不振的牙门将魏延时，张飞出于对"哥哥"的无限忠诚，硬是吓得屁都没敢放。张飞后来对士卒的鞭挞越加凶狠，以至丢了性命，其心理起源除了与更年期狂躁有关外，是否还源自因魏延而起的恼羞成怒，也颇费思量。

吕布是与众不同的。汉末三国，除吕布之外，我们几乎可以发现一条规律：越是骁勇的武士，对主人越是忠诚。关羽、张飞、赵子龙之效忠刘备自不必说了，曹操手下最雄壮的两位武士，典韦为保护曹操而死，"虎侯"许褚据说无法承受曹操死亡带来的心理打击，竟至哭号着死去。我还不妨把该规律延伸，比如可以断言，水浒寨中最受不了宋公明大哥死去的，定是黑旋风李逵。我们共同的观感经验是：几乎每一个军阀或黑社会头目身边，都会站着几个誓死效忠的打手型人物。狼狗是犬类中最凶狠善战的，狼狗对主人也最忠诚。

但吕布不是一条狼狗，他身上没有多少狗性，他最不屑的，恰是像狗那样时刻揣摩主子心意；吕布是一条独狼。他给本来有可能成为自己亲家的袁术写的信，轻狂侮傲，极具独狼本色，道是："布虽无勇，虎步淮南，一时之间，足下鼠窜寿春，无出头者。"联系到古人书信中常会有一些习惯性客套，吕布以虎自譬，将大名鼎鼎的袁术（还是自己的候选亲家）直斥为鼠辈，即使证明不了多少胆略，在坦诚上也一时无左。须知曹操、孔融等人骂袁术"冢中枯骨"，怎么说也得背着人家议论。

在出生地上，吕布与其他汉末人物也有明显不同。他出生于五原郡九原，约在今内蒙古包头西北，秦朝末期曾长期归匈奴所有，西汉元朔初期（约前 128 年以后）才重新得到设置。当地犷悍的风土人情与中原大异，大概还不时有狼群出没。吕布在致琅琊相萧建的信中，曾这样写道："布，五原人也，去徐州五千余里，乃在天西北角，今不来共争天东南角。"换言之，在籍贯认同上，他自觉与别人保持疏离，在埋怨中原人将自己视为异己的同时，他也有一股将中原汉人视为"非我族类"的孤愤情绪。

不用说，吕布一度和刘备夹缠不清，像一对欢喜冤家，忽而推杯换盏，称兄道弟；忽而怒脸大翻，兵戈相向，原因正在于吕布私下将刘备引为同道。他对刘备可说一见如故，竟至请刘备坐在自己妻子床上，还让妻子对刘备敛衽行礼，自己则只管刘备叫"阿弟"。（这事到了罗贯中笔下，便引出张飞的勃然怒气来："俺哥哥是金枝玉叶，你是何等人，敢称我哥哥为贤弟！你来，我和你斗三百合！"）"我和你都是边地人"，吕布对刘备这么说，意思是咱俩和他们中原人不是一路货。到处声称自己是"汉室宗亲"的刘备，听了不会高兴，但表面上仍与吕布"酌酒饮食"，所谓"外然之而内不悦"，正可见刘玄德的"玄"处。——刘备所在的涿郡与吕布的出生地，确实算得上毗邻。

读《三国志》，人们发现，吕布还略具文字功夫，不然，刺史丁原为骑都尉时，为什么要任吕布为主簿呢？主簿与参军虽同为要职，职责却是文官，典领文书，办理事务，大概相当于今天的秘书长。汉末最著名的主簿非陈琳、路粹莫属，两人后专充曹操手下刀笔吏，所呈之文，皆有华佗施药之效，可使曹操恼人的头痛病霍然而愈。这当然属曹操一流的佳话了。

若说丁原（字建阳）故意要为难吕布，存心用买椟还珠法糟践人才，使吕布无法在自己最擅长的岗位上人尽其才，一展身手，则又错怪了刺史大人。罗贯中在《三国演义》里说丁原为吕布义父，当非无中生有，史书里至少留下丁原对吕布"大见亲待"四字，供罗贯中驰骋想象。这样，我们便不得不提到一种可能性，即吕布先生除武略外也略有几分文韬，我发现只有结合这一点，吕布在江湖上的作为方能得到索解。《三国志》裴松之注引里曾载有几通吕布手札，上面我也略有摘引。我的阅读心得是：吕布言辞说理自有一套，虽没有多少花哨句子，但粗通文墨，则显而易见。

汉末三国时期的谋略老手实在太多了，吕布又很不幸地撞上那个也许竟可算中华两千年第一奸雄的大谋略家曹操，相形之下，吕布这点微末伎俩就只能贻笑大方，出乖露丑了。然平心而论，就说吕布的辕门射戟，在向他人展示"温侯神射世所稀"的后羿式神功之时，毕竟还抖搂了一点战术设计，使刘备、袁术两家暂时打不成架。想想，如此恃强好勇的武士，竟然还能处之泰然地自夸"我生来不喜欢争斗，劝和的兴趣倒浓厚得很"，吕布如果不是想幽上一默的话，八成就是想抖搂一点吕家谋略。

世上拳头最铁的前重量级拳王迈克尔·泰森，会在拳击台上突然返祖现象发作地咬断对手霍利菲尔德的耳朵，汉末时期武艺最高的"飞将"吕布，身上大概同样流淌着不绝如缕的兽性血脉。我相信最理解吕布的，便是与吕布有着同样血色素构成的董卓大人。董卓明知丁原与吕布关系非比寻常，却仍然撺掇他提着丁原的人头来见，而吕布竟然真的一切照办。这事匪夷所思。因为，换一个角度，只有疯子才会建议典韦去谋杀曹操，只有白痴才会要求张飞把刘备的头拿来，而董卓向吕布提出这个要求，却不仅只有董卓会提出，也只有吕布会照办，两人立刻草签一份父子关系证明，也就在情理之中了。有道是"虎毒不食子"，却未闻"虎毒不食父"，吕布后来又毫不犹豫地杀死义父董卓，当时就没有多少人大惊小怪。"义父"二字，原本只是满足修辞需要，焉可当真。

即使吕布与貂蝉之间有点爱情，也不像是值得讴歌的东西。《三国演义》中吕布娶貂蝉之前原已有妻严氏，纳貂蝉为妾后不久，又成了张豹的女婿。这位后来在张飞手下死于非命的张老汉，显然不是厉害角色，故吕布纳妾属政治婚姻的可能性不妨预先排除。杨玉环能使贵为九五之尊的唐玄宗李隆基不再移情别恋，视三千佳丽为无物，貂蝉却显然没能控住吕布的心猿意马，她的魅力仅止于当时使吕布甘冒乱伦之责，在风波亭外勾勾搭搭而已。何况，那是小说家言，作不得数。

吕布更为人不齿的婚外恋出现在裴松之注引的《英雄记》里：在白门楼上吕布一脸困惑地问曹操，为什么自己手下大将会在危难时期把自己卖了？曹操用下面这句话使吕布"默然"："你老是背着自己的老婆，偷偷地和手下诸将的妻子上床，怎么还能指望他们为你效忠呢？"——我们知道曹操其实也喜欢搞女人，但"朋友妻，不可欺"这一条，好像还能遵守。

相形之下，吕布虽然迷恋战争游戏，却懒得打听游戏规则，他热衷于使自己成为一架战争机器，往来驰突，八面威风，《三国演义》中那句"吾怕谁来"，最能概括吕布的忤逆和张狂。为什么到了中原后吕布身边总有大量兵士追随，其中甚至还有极具才能的将才？我想，这八成与吕布的沙场魅力有关。

立于战阵前的吕布，天然就是一支伟大号角，常能使兵士获得敌忾之情，遂使勇气倍增。因主将的光彩而自豪，自古至今就是战士的常规心理，也正因此，后来在曹操手下成为一代名将的张辽，当时也甘愿接受吕布调遣。另一位颇具周亚夫之风的大将高顺，竟然对吕布忠诚到"头可断，血可流"的程度，亦足证吕布之名非属浪得。高顺明知吕布患有"不肯详思"的毛病，明知吕布对自己不愿重用，却仍然誓死效忠，原因只能从对吕布强烈的个人崇拜上去索解。

吕布不仅拥有雄壮的仪表，还握有一支极为高效的军队，马队尤其突出。当然，《三国演义》里大加渲染的吕布沙场之勇，不宜当真。两将在阵前奋勇厮杀，对英雄人物固然是一种解气的赞美，对古代战争艺术却是一种全面蔑视，好像军队人数、士气多寡、兵士素质、临场指挥等因素通通不重要，只要拥有一个怪兽级的厮杀好手，就能战无不胜。这当然绝无可能。两军摆开阵势之时，一将之勇根本无所施展，对方密集的箭阵可以把任何一个出阵邀战的敌将射成一张破网。何况，小说家笔下吕布的兵器方天画戟，原是一种仪式性兵器，极难舞弄，实战价值不高。事实上，只有在人数甚少且双方无法构建有效战斗序列的场合，个人之勇才可能起到决定性作用。《三国志·吕布传》注引《英雄记》，提到李傕、郭汜攻长安时，吕布率军出北门，对郭汜说："咱俩可约退兵马，一决胜负。"郭汜一时头脑发热，遂被吕布用矛刺伤。吕布真实可考的沙场事迹，独此一项。也许，有此一项就足矣，正如关羽真实可考的沙场传奇，也只是斩了颜良，张飞真实可考的沙场事迹，甚至只是一声长坂桥边的怒吼，但关、张的千古英雄声名，已然千年不坏。超级英雄，无论古代还是现代，都只存在于艺术和民众想象中，他们只要一丁点儿调料，就能把英雄制造出来。民众对格斗英雄的狂热迷恋，就像一口沸腾的热锅，再糙粝的原料都会被烧成精神上的美味，进而啧啧赞叹。

　　其实，真正的英雄不在于一身蛮力，而在于性格。吕布是野性、率真的，也许在他那"妇女皆能挟弓而斗"（《资治通鉴》卷五十九）的家乡九原，不太有人把睡他人老婆当回事；也许在他的家乡，天性豪爽的牧民更推崇竞技场上的获胜者，就像古希腊人热爱奥林匹克大赛冠军一样；也许在他的家乡，依旧奉行着某种动物界的权威生成法则：统帅属于最会角力的家伙。然而，不拘形迹，让个性大开大合，虽是获致人格魅力的终南捷径，却也会预露凶兆。

　　他最好回去，回到属于自己的"天西北角"去。

　　时间在初平三年（192 年）六月初一，这一天，他在长安城外勒住赤兔马，后面隐隐有追兵，那是李傕、郭汜。摆在吕布面前的路有两条：一条是一人一骑，回自己老家去；另一条是像当年出函谷关的秦兵，一路前进，杀向自己无比陌生、无限向往的中原大地。

　　他选择了后者。理由部分在于：他觉得自己是削除元凶董卓的大功臣，他隐约感到中原人正期待着自己援手。再说，临出逃前，司徒王允曾在青琐门外对他再三叮咛："努力谢关东诸公，勤以国家为念！"想到王司徒充满遗嘱意味的声音，吕布陡生慷慨之气。鲨鱼有权拒绝窄小的鱼缸，是雄鹰必然会向往辽阔天空，既然体内的狼血汹汹不止，他当然会产生一种对于杀伐的强烈饥渴。何况，一个凑巧改变了历史的人，一般很难突然收住脚步，他根本不会想到自己对历史的改变，已然到此为止。

　　我们也不必对吕布多所苛求，想想此前就连德高望重的司徒王允都恁般不晓事，在除掉元恶董卓之后，根本不知道自己对汉室江山的贡献已点到为止，偏偏还要内杀名士，外迫穷寇，结果反弄得"城头变幻大王旗"起来……相较之下，吕布缺少点自知之明，也就不足为怪了。

　　他几乎单枪匹马、踉踉跄跄地独自杀向中原，这以后，整整六年，中原大地被一股骤然袭来的胡地野风刮得歪歪斜斜，血流如注。战争被赋予一种奇怪的节奏，战争的对象也突然变得影像模糊，至于说到战争的目的，我相信，即使胸怀大志的曹阿瞒，这时也不禁眯缝起原本不大的双眼，觉得难以把握了。那么多战争同时因吕布而起，而吕布为什么要挑起、卷入这些更像是游戏的战争之中，我想恐怕吕布本人都说不上个所以然来。

中原无吕布一州一郡一县，他完全像个搅局者，硬生生绰一支人见人怕的画戟闯将进来。中原的水更浑了，中原的城郭更低矮了，中原的百姓更遭罪了。因为吕布莫名所以的存在，不同利益集团开始倏分倏合，政治变得无信义可言，战争旋起旋落，轻率得简直就像麻将和了一圈又一圈。军阀豪强们每天都得重新审视自己的敌人，每天都得重新辨认自己的朋友。

吕布是一个播乱者，他纯粹以好事者身份加入中原战团，并由此将战争的瘟疫撒向尘寰。"吕布将士多暴横"，这显然不是袁绍一个人的观点。我怀疑吕布身上是否有一种希腊奥林匹亚诸神的脾性，他仅仅因为自己天赋的战神气质，而妄启刀兵，莽开杀戒。我怀疑，如果天下真的被吕布莫名其妙地打下，他是否反而会不知所措。王夫之《读通鉴论》曾如此概括吕布："呜呼！布之恶无他，无恒而已。"并断言"吕布不死，天下无可定乱之机"。

唉，那个智慧过人的谋士贾诩，为什么不暂时离开李傕的营帐，偷偷跑到吕布身边，劝他远离纷争呢？当然这是不可能的，不是那句"历史容不得假设"的假正经格言，而是我们发现，贾诩，某种意义上与吕布乃是一枚硬币的两面：他天生不也是个捣蛋鬼吗？

那么就让我来假设一下吧，按照某种好莱坞模式，让我借助文字试着转转历史车轮。

我们且再次回到192年六月初一。时已黄昏，在长安城东六十里处，吕布在等朋友庞舒把自己遗落在城里的妻子貂蝉送来。乌鸦齐齐地向西飞去，带着那种令人生厌的鸦鸣，看样子是要去长安赴宴。吕布在心里掂量了一下刚才那场恶战的伤亡规模，觉得那边的尸体足够这些乌鸦吃不了撑着了。想到两位义父——丁原与董卓——先后死于自己之手，吕布突生一股厌恶之情。他厌恶了汉人之间争权夺利的勾当，他觉得自己不该介入这场寻找秦鹿的畋猎游戏。残阳如血，赤兔马在原地打转，这时，远方传来一道既幽怨又慷慨的音乐，是用吕布最为熟悉亲切的草原尺八吹奏出来的。我猜歌词大概是这样的：

> 天将暮兮云苍苍，
> 汉宫播越兮秋气扬，
> 不如回家兮牧牛羊。

吕布与庞舒郑重握手道别，托起貂蝉猛地上马，马蹄声脆，向着草原的方向，绝尘而去……

当然这是另一个故事，另一个可能比范蠡与西施泛舟湖上更为烟波浩渺的传奇，一个本该发生却从未发生的故事。

三 天生郭奉孝——郭嘉

这个人有一双望穿秋水的眼睛。

这个人有一道洞穿人心的目光。

自古就有一种特殊天才，他们的功业即使不是高入云霄，改天换地，至少也是不可理喻的，他们以自己拗转正常生命成长链的成就，使我们的经验常识冷不防地受到沉重打击。读过俄国诗人莱蒙托夫长篇小说《当代英雄》的人，肯定会被诗人画影图形、直指心源的惊世笔墨弄得目瞪口呆。凭区区二十二岁的经历，他哪来如此深刻练达的人世见解呢？他对毕巧林多重性格的准确把握，曾使得俄国公认的小说大家契诃夫叹气不已。韩国神童李昌镐的天才同样令人感到不可思议，最神奇之处在于，他在棋盘上完全无意卖弄天才，如此纯青的炉火，如此宠辱不惊、渊停岳峙的棋枰风格，究竟是如何与少年心性结合在一起的呢？在他老僧入定般的镇定从容之下，那些擅长在棋盘上下出最为灵动不羁之手的天才棋士，常常显得不知所措。

我们能理解法国诗人兰波十九岁前已完成全部的杰作，能理解马克·扎克伯格大学时代早早创立社交网站 Facebook，能理解吴清源当年以神乎其技的天才把整个日本棋界打趴在地，但莱蒙托夫和李昌镐，他们的成就分明逸出常理，使我们赞叹之余只能忙着感叹：世界的确是

这个弱不禁风的青年，有着惊人的胆略。他的作战计划总是最大程度地追求效率，为此不惜将风险系数置于高危点上

诡谲多变的，难道李昌镐像传说中的《道德经》作者老子那样生来就长着一头白发？难道莱蒙托夫未出娘胎已经历过惨痛失恋？

回到本篇主人公，我想知道曹操手下那位最年轻、最诡奇的谋士郭嘉，究竟如何练就那一双惊世目光，能够一瞥之下就看穿他人的肺腑？

在郭嘉追随曹操十一年的戎马生涯中，他为曹操东征西讨贡献了相当多的谋略，通过这些谋略我们无法肯定他是否饱读兵书，他很少将计谋归纳成一句现成的兵法术语，不像荀彧时而玩一招"二虎竞食"，时而又一招"驱虎吞狼"。我们能肯定的只是，他贡献的计策，每一条都出人意料，每一条都包含巨大风险，每一条都取决于敌手的心理状态是否严格遵循他的预判，每一条都最终绽放出一朵战争史上的"恶之花"。我们且看下面几个典型的郭嘉式谋略：

曹操大军正与袁绍在官渡相持不下，敌强我弱，形势堪虞。与此同时，曹操又担心身后那个不安分的枭雄刘备，怕他突然发难，在背后捅上一刀。然正面强敌已不克应付，曹军又怎能分出兵马，实施两面作战呢？郭嘉说"可以"，而且事不宜迟，必须趁刘备目前根基未稳、民心未附之机，急出重拳，把刘备一举打败。至于袁绍，郭嘉料定他不会有何动作。"绍性迟而多疑，来必不速。"这段时间差，正可用来击溃刘备。——这难道不是一个规模更大的"空城计"吗？使这项大胆计划得以成立的唯一条件，就是必须保证袁绍在该出手时不出手，不然，曹操将遭灭顶之灾。可是，谁替袁绍担保呢？

也是曹操与袁绍相持在官渡之时，又一个不安的消息传遍曹营：江东豪杰孙策，准备尽起大军，偷袭曹操位于许都的根据地。孙策骁勇的名声当时正在中原大地上当当作响，这位艺高胆大的将门虎子完全继承了父亲孙坚的好斗气质，此前曾以所向披靡之势，在富饶的江东四面作战，一举奠定了相当雄厚的基业。孙策是令人恐惧的，曹营中人人胆寒，就像他的父亲当年也是关东诸豪中唯一令董卓感到胆怯的人一样。

曹操的智囊团知道，与袁绍相持中已经明显处于劣势的曹操，根本不可能再抽出兵力保卫许都，而一旦许都失守，曹操阵营将立刻分崩瓦解。当此人人自危之际——曹营中不少人已经开始暗中向袁绍献媚，准备为自己留条后路——体弱多病的郭嘉居然提出这样一个云开日出的见解：主公根本没必要抽出兵力去保卫许都，因为孙策来不了。

根据他对孙策的透彻了解，郭嘉断言孙策性格"轻而无备"，而且兼并江东时"所诛皆英雄豪杰"，因此必定会在半路上死于刺客之手。——与其说这条计谋大胆，不如说它荒诞，难道能将曹操大军的命运，能将曹操"天下归心"的雄心，寄托在那几个天知道会是谁的刺客身上吗？难道能保证这些刺客不仅能够得手，而且一定会在孙策赶到许都前得手吗？再说，逻辑上讲，郭嘉的论证方式属于条件论证，条件论证只能得出可能性结论，无从推导出必然性结论。当年为陈寿《三国志》作注的裴松之，读到上述记载显然也被弄傻了，他的大脑想必只能理解所谓的"上智"，对于郭嘉在这里体现出的"神智"，则无能为力，因此，他断言孙策后来死于许贡家族的刺客之手，只是一个巧合。

真是巧合吗？天知道！但郭嘉的表演还没完，官渡之战后，袁绍大败，不久咯血而死，兵权落入两个儿子袁谭、袁尚之手。曹操亟思乘胜追击，安定北方，但有一点又不能不防。刘备自上次失败后，经过数年休养生息，在荆州牧刘表身边积聚了相当实力。根据曹操对刘备志向的了解，他有理由担心自己孤军远征之际，刘备会在背后乘隙发难。这时，郭嘉明月清风的笑声再次在曹操军机会议堂上回响起来：主公尽管放心远征，留下一座空荡荡的许都也不妨，我料定刘备无法给你添麻烦。不是刘备不想添乱，而是有人代替主公加以阻止。谁？荆州牧刘表。

郭嘉原话是："（刘）表，坐谈客耳，自知才不足以御（刘）备，重任之则恐不能制，轻任之则（刘）备不为用，虽虚国远征，公无忧矣。"何其言简意赅，又何其潇洒从容。——问题是，曹操再次采纳了郭嘉的建议，事实也再次证明了郭嘉的预见。曹操一支大军，完全以一派无后顾之忧的态势，远离都城，"虚国远征"去了。

曹操在对袁绍两个宝贝儿子的战争中取得了巨大战果，但要取得决定性胜利，恐怕尚需费点周折，士卒也将伤亡不小。郭嘉再次以自己玩人心于股掌之间的洞察力，劝曹操暂且收兵，先看一场兄弟阋墙的好戏，待两兄弟两败俱伤之后，再坐收渔利不迟。郭嘉凭什么认为那两个刚才还一致对敌的兄弟，只要曹操一退兵，便立刻会自相煎食起来呢？不知道，我们知道的只是，郭嘉预料得丝毫不差。

这种独一无二的谋略术，在郭嘉死后，也被善于学习的曹操玩了一手。后来当袁尚、袁熙二人投奔辽东时，曹操再次勒兵不前，停止追击，静候辽东太守公孙康将二人的首级送来。——也许罗贯中不相信曹操也会有这种谋略，也许他出于对郭嘉的敬意，结果在小说中，罗氏仍然以一回"郭嘉遗计定辽东"，将这个计谋算到了郭嘉头上。

有一段话经常被人提到，并以此作为郭嘉才智的明证。当曹操正为自己是否具备与袁绍对抗的能力而委决不下时，郭嘉口若悬河，滔滔汩汩地一连举出十条理由，以证明"公有十胜，绍有十败"。我曾多次对郭嘉这番陈词犯过疑，我觉得正如孟子、贾谊的雄辩中往往藏着某种大而无当的内容一样，郭嘉的这段分析也掺杂着不少水分，其中重复冗沓之处正亦不少。"度胜""谋胜"无甚区别，"德胜""仁胜""明胜""文胜"等，分类不清，条贯不明，有凑数之嫌。何况，此段大话陈寿不载，只是出现在裴松之注引的《傅子》一书中。

我的看法是：郭嘉没有说过这种话，若去除言辞中对袁绍的藐视，其余种种均可见出传统儒士的迂阔诞夸习气，与郭嘉擅长的一针见血风格完全背道而驰。郭嘉并非不具备口若悬河之才，否则曹操也不会做出"每有大议，发言盈庭，执中处理，动无遗策"的评价，但郭嘉的发言应该更具针对性才是，应该更为简洁、干练才是，他感兴趣的首先在于可操作性，在于其中智慧的含量，而不是侈言行动的理论依据。

我们知道曹操之所以与郭嘉最谈得来（所谓"唯奉孝最能知孤意"），正在于两人有着相近的务实风格，试着感受一下曹操诗文的务实风格，亦可知大言炎炎的风格（即使其中颇含哲理），不太可能得到曹操的激赏。

将曹操与他对手的关系看成战国时代秦与六国的格局，也许有助于我们认清当时的形势。由于除了袁绍、孙策、刘备等人外，其余诸侯仅为割据之雄，他们习惯于偏安一隅，并无鲸吞四海之志。他们的用兵行动往往更像一种不够光明磊落的冷拳，只在有利可图之时实施偷袭，本身并没有明确的战略意图。这样，独以"六王毕、四海一"为己任的曹操，正可效"连横"之法，利用别路军事集团的弱视短见，予以各个击破。事实上"远交近攻""先弱后强"，正是荀彧这位首席谋士为曹操定下的军事方略，而郭嘉的"分化击之"战术，则使曹操的军事谋略更趋完善。此外，曹操曾大打"挟天子以令诸侯"这张王牌，交错使用恐吓和安抚之法（如遣钟繇安抚西北，不断给暂时无力顾及的人物封官许愿，还经常命令敌方把儿子送来许昌，以为人质），以便在中原集中优势兵力，对强敌逐一击溃。这与当年出函谷关的秦军，利用六国利害纠葛最终一统天下的做法，确也不无相似。这里，郭嘉对一个个敌手心理状态的准确判断，常常成为曹操获胜之匙。

这个弱不禁风的青年，有着惊人的胆略。他的作战计划总是最大限度地追求效率，为此不惜将风险系数置于高危点上，他对敌手心理的揣摩近乎神而化之，以致我们难免会想：总不见得郭嘉正好算到袁绍爱子会在曹操进攻刘备时生出一屁股疥疮，导致袁绍方寸大乱，从而放弃一举击败曹操的绝佳战机？中外战争史上，恕我孤陋寡闻，我的确没有看到这种先例，而郭嘉竟屡试不爽，曹操也竟言听计从。

郭嘉的谋略当然也非全然寄托在对敌手心理的把握上，却无一不是寄托在甘冒奇险的胆量上。他说服曹操放弃辎重，突袭乌丸的那一仗，不仅打得极为漂亮，在曹操军旅生涯中也最为凶险。

建安十一年（206年）夏天，北方多雨，道路难通，曹操在设置了一些撤军假象之后，暗中率领一支轻装精兵，在向导田畴的带领下，"堑山堙谷五百余里"，来到早已废弃的西汉右北平郡治的废墟，经过被乌丸毁坏得破败不堪的辽西大道，突然出现在蹋顿王的背后。乌丸军措手不及，首领蹋顿也被张辽击杀，同年秋天，袁尚终于被彻底消灭。这次行军由于路况极端恶劣，沿途有长达二百里地段干旱无水，须掘地三十多丈方能见水。粮食吃光后，曹军将士又不得不杀了几千匹战马充饥，才艰难地抵达目的地，并一举救出不少沦陷敌手的汉人。且不去争论这一仗是否属于反侵略的正义之战，仅从兵家权谋角度看，它也大可玩味。在敌人认为绝无可能出现的地方用兵，作为一种兵家原理并不深奥，但真正尝试运用它，需要的绝不限于超常的勇气和超凡的思路，它还必然依赖一整套繁复、细密的计划，否则，成功就是不可想象的。

郭嘉虽然没有参加这次行军，但他年轻的生命正是在曹操统一北方的征途上，不支倒下的。如果我们换一个角度，将曹操的戎马生涯按郭嘉之死分为前后两部分，也许更能看出问题。郭嘉帮助曹操统一了北方：在曹操先后剿灭吕布、袁绍和袁绍余部的战斗中，郭嘉厥功至伟。用曹操自己的话则是："每有大议，临敌制变。臣策未决，嘉辄成之。平定天下，谋功为高。"郭嘉死后，曹操除在西北面与马腾、韩遂等草寇型军阀的战争中取得一些战绩外，战功基本上处于停滞不前的境地，赤壁之战后，更留下一个天下三分的无奈结局。对此，曹操本人亦深有体会，不然他不会选择"毒恨"这个强烈的字眼来概括失去郭嘉的心情，不然他不会在赤壁战败后的退却路上，发出这样一声孤猿泣血的哀叹："郭奉孝在，不使孤至此。"

虽然中国史籍在刻画人物细微举止方面常显得粗率和语焉不详，但

我们仍能从中捕捉出曹操在郭嘉临死前那副失魂落魄的样子。这是一代
雄主曹阿瞒最为紧张焦虑的时刻，他像一个慈祥的外婆，不断地去郭嘉
病榻前探视，刚刚摸了摸他发烫的额头，刚刚出得院子，突然又神智昏
昏地折返回来，看看为郭嘉配的汤药，熬好了没有，结果，在惊慌失措
中，不小心把汤药泼翻在地。当然，这只是我的推测，反正郭嘉死了，
曹操坚强的神经暂时有点失常，一连几天他都给荀彧写信，里面充斥着
绵绵无尽的哀痛之情："追思奉孝，不能去心。此人见时事兵事，过绝
于人……何得使人忘之！"

　　在"时事兵事"上被曹操称许为"过绝于人"，正好像在文学才华
上得到曹雪芹的嘉许，都可说是最高褒奖。有曹操为郭嘉流的大把眼泪
做证，我们也可相信曹操的真诚。

　　根据零碎不全的资料，我且结合想象，试对郭嘉做一番还原性描述。

　　没有人知道他长什么样，但我们可依据对所谓魏晋风度、正始玄风
的一般理解，想象他有一股风神俊朗的气度，一条清瘦身影和一双波光
粼粼的眼睛。如果他也有抟丹服药的习惯，我们也可假设他穿着一件宽
敞大袍，假设他经常衣冠不整，服装像孔乙己一样连穿一季而不换。虽
然，依据鲁迅意见，我们知道魏晋人的服药习惯（一种名叫"五石散"
的丹药），始于稍后何晏先生的提倡。

　　郭嘉的出生地颍川（今河南登封、宝丰一带），虽然战乱频仍，却
是东汉最大的人才库，当时为各路英豪出谋划策的谋士，十之六七出于
此地。躬逢其盛，浸染其中，我们自可想象他遄飞逸兴的求学环境。然
而弱冠之年，郭嘉即已养成"不与俗接"、落拓不羁的清高脾性，和后
来的诸葛亮一样，他好像也更热衷于当一个向社会大翻白眼的隐士，除
了二三知己或个别慧眼独具的高明人物（如曹操手下最具总理之才的
谋士荀彧），人们对他的了解非常有限，他当隐士时的年龄看来比诸葛
亮还要年轻些。大约二十一岁时，拗不过几位游学同年的坚邀，郭嘉一

度在袁绍府邸里出入过几天，仅仅几天工夫，他便把袁绍（包括他那几个不成器的儿子）看得一清二楚。他离开得非常坚决，顺便扔下这样几句把袁绍看到骨子里的判语，供袁绍手下那两个著名谋士辛评、郭图参考："袁公徒欲效周公之下士，而未知用人之机。多端寡要，好谋无决，欲与共济天下大难，定霸王之业，难矣。"

如此时光荏苒，又过了四五年，在高贵、儒雅的荀彧推荐下，郭嘉来到了曹操面前。两人一见如故，秉烛夜谈。在这位小自己十五岁的天才青年面前，曹操与后来刘备在小自己二十岁的诸葛亮面前一样，顿生一股如鱼得水的欣悦感。曹操性格中最为人称道的通脱和不拘成见，眼前这位小老弟竟也表现得那么充分。他的思维里有一种一千年后才为中国士大夫中的精英逐渐把握的禅宗式能力，能够在纷扰繁冗的万机中一举把握要害。曹操与郭嘉初次接谈的内容除了裴松之引《傅子》所述的"十胜十败"论外，别无所载，但我相信其中一定有某种"隆中对"般的智慧，郭嘉肯定以自己明晰的直觉和一语道破天机的颖悟力，让曹操一眼看到了未来，就像诸葛亮为刘备画的那张三分图一样。不然，我们将无法理解曹操那一声由衷的感叹："使孤成大业者，必此人也。"

也正是这一次谈话，使郭嘉坚定了辅佐曹操的意念，这以后曹操的仗越打越漂亮，甚至从每一次失败中，他都能立刻找到反败为胜的契机，结果，失败倒成了某种战术上的抛砖引玉，或两将相斗时的所谓"拖刀计"。

"中国之君子，明于礼义而陋于见人心。"（季札）这句曾得到鲁迅肯定的判断，不知是否也能反之成理，即中国之君子，若明于见人心，通常也会陋于知礼义。至少，郭嘉属于这种人，在严于治军的曹操营帐里，他也许有着最为松松垮垮的步态，最为不拘常理的行为，虽然在偏爱他的曹操眼里，郭嘉仍然有着种种嘉言懿行。他的死因显然与水土不服有关，但他会不会是曹营中的阮籍，平素手上总也离不开杯中物呢？曹操手下的纪律检查官员陈群，曾数次因郭嘉行为上的不够检点公开在廷议上提出纠弹。曹操一面表扬陈群检举有功，一面却对郭嘉刻意维护，全然忘记了自己当年设五色棒时的严刑峻法精神。不仅如此，他或许暗地里还为郭嘉一仍其旧的生活作风喝彩呢。曹操多半是这样譬解的：此乃非常之人，不宜以常理拘之。

我们看到的郭嘉，是一个不拘成见、思路诡奇大胆的天才谋士，这一点他和后来蜀国的治国大师诸葛亮构成了鲜明对比。拨开后人在诸葛亮头上人为添加的神奇光环，今人已越来越认可陈寿当年对诸葛亮的这句评价："应变将略，非其所长。"一生谨慎、严于律己的诸葛孔明先生，并不曾打过一个值得载入教科书的经典战例，虽然他宏观把握时势的能力，可说并世无俦。

在常年带兵在外的军旅生涯中，曹操习惯于将管理后方的重任托付给尚书令荀彧，而总是把郭嘉带在身边，以便随时切磋，见机行事，因此，郭嘉并没有多少机会体现自己的治国才能。然而，曹操无疑认为郭嘉是具备治国才能的，他曾不止一次地说过：自己百年之后，愿意将天下事托付给郭嘉，就像刘备后来在白帝城里把天下事托付给诸葛亮一样。

总体上看来，对谋士的建议极为重视、较少独断专行的曹操，偶尔的力排众议，往往也因为这样一个前提："此郭奉孝与我有同见也。"如曹操坚持不杀刘备的主张，就只有郭嘉附议。遗憾的是，曹操对郭嘉意见的领会不深，致使后来放虎归山，铸成大错。郭嘉的本意是对刘备软禁，虽不必杀，但绝不可纵："一日之纵，数世之患。"后来曹操让刘备带兵打袁术时，郭嘉恰巧不在，遂贻无穷后患。这大概也是曹操唯一一次没有听从郭嘉的意见，从此种下不可弥补的后果，难怪他要感叹"恨不用嘉之言"了。

《三国演义》第十八回中，曹操苦于袁绍强兵压境，愁肠百转，一见郭嘉，顿时抱怨道："公来何暮也？"这声抱怨，道尽了郭嘉在曹操心目中无与伦比的分量。英哲弗兰西斯·培根尝如此排定"臣民的荣誉等级"："首先是'为主分忧之臣'，也就是君王委以重任的人，我们称之为君主的'右手'。其次是'战将'，即伟大的统帅，辅佐君王立下赫赫战功的人。第三等是'宠臣'，只以能慰君而不害民为限。第四等是'能臣'，即在君王之下身居高位，处理政务成效卓著的人。"参照罗贯中的传神描述，郭嘉显然位列第一等，即"为主分忧之臣"。

　　建安十二年（207年），三十八岁的郭嘉病亡。同年，刘备从卧龙冈请出了诸葛亮。没能看到这两位不世出的天才彼此斗智，作为历史的看客，我深感遗憾。

四 郁郁乎文若——荀彧

　　这个人是不常为人留意的。他充满智慧，手上却没有一把鹅毛扇可供上镜；胆识过人，血雨腥风的沙场上又难觅他的踪影；天生一个美男子，却不像宋玉、潘安那样将自己的阳刚壮美写入简帛汗青。他还是那样谦退沉稳，简朴本分，不与人争；在汉末三国群英争相辉耀自己在历史星空中的光芒时，他躲在遥远天幕的尽头，仿佛一颗晦暝的四等星。

　　他叫荀彧（字文若），至少曹操知道，在自己熠熠烁烁的谋士团里，荀君是最璀璨的一颗，当真是才华丰茂，郁郁葱葱。曹操未必明白的是，就命运而论，荀令君又是最背晦的，临终前的荀彧，其心情之郁郁难平，煞是让人叹息不已。"郁郁乎文若"，这个句法上有欠斟酌的句子，遂成了我对荀君的临时概括。

　　宋朝洪迈在那本一度被坊间爆炒为"毛泽东生前最喜爱的书"的《容斋随笔》中，曾论及地利之要，略谓古今欲争天下者，必赖地险之利，如战国时"秦宅关、河之胜，齐负海、岱，赵、魏据大河，晋表里河山，蜀有剑门、瞿唐之阻，楚国方城以为城，汉水以为池，吴长江万里，兼五湖之固，皆足以立国"。以是观之，汉末时期"刘备不下山，孙权不出水"，唯独"荡平群雄"的曹操，长期处于"无险可据"的境地。洪迈虽有所不愿，仍不得不将原因归结为曹操人所难及的知人善任。——洪迈曾在另一处将曹操斥为"汉鬼蜮"。

我们知道曹操戎马半生，扬鞭万里，以四海一统为己任，非如寻常不思进取的割据之雄，只满足于守住一方田地。然话分两头，曹操若没有自己的田地（即刘备耿耿于怀的所谓"基业"），他的四处征伐若没有一个稳固后方提供源源不断的精神和物质支持，那也很难想象。粮草就是一个现实问题，倘深入敌境，自可如兵法所云"因粮于敌"，但别忘了时间是在 2 世纪末，当时整个世界都在闹灾荒，整个中国都在嗷嗷待哺，以致袁术部下只能整天靠容易坏肚子的河蚌充饥，到处都有"人相食"的情况发生，曹操倘粮草不能自给，他的十万大军当真会在十日内不战自溃。曹操当然有自己的后方，一个使他免除后顾之忧的基业。看来，该基业的牢固与否不在于"得地险之利"，而在于由谁掌控。

说到帝国的守护者，没有人比荀彧更合适了。多年来，曹操习惯于将大本营，连同受自己挟制的汉献帝，无限信赖地交给荀彧全权掌管。如果荀彧有意弄权，他所处的尚书令高位倒是非常恰当的（荀彧常因这一官衔而被人称为"荀令君"）。后来曹魏政权毁于司马氏之手，部分原因在于曹丕讨吴时，一不留神，将看家护院的"尚书令"角色，赋予了司马懿。曹操当年的"三马同槽"之梦，遂演为日后的"三分归一统"。

权力世界从来只有两种人，有人执意破坏，有人志在恢复。虽然"破"与"立"的辩证法常被人提到，但具体到个人，往往并无辩证可言。比如暴戾恣睢的董卓，便是有破无立的典型；与荀彧同为曹操谋士的贾诩，也是"破"有余而"立"不足；鼠窜寿春的袁术和坐镇荆州的刘表，"破"力不够却想"立"字当头，其难以成就大业，亦属必然。至于天秉"王佐奇才"的荀彧，则是匡复大师的代表。荀君决计不会对旨在毁坏汉家宫阙的任何行为感兴趣，他的志向在于恢复，尽己所能地恢复。他选择曹操是因为他相信，曹操代表着实现自身道德理想和事业追求的全部力量，只有曹操才有能力翦除播乱江湖的各路诸侯，收拾旧

司马懿更不避美言地认为：“无论在书籍中还是自己「耳目所从闻见，建百数十年间，贤才未有及荀令君者也。」

山河。也正因此，当绝大多数谋士都如过江之鲫投奔袁绍时，受到袁绍极高礼遇的荀彧，反而在袁绍势力鼎盛之时，决然引去，投奔当时不过一区区东郡太守的曹操。举例来说，仿佛扔下了"部长级"待遇，到一家"处级"单位讨一口"副处级"饭碗。

插一句，由于郭嘉也是从袁绍府邸出走的，那么，当袁绍府中两个最具才华的谋士不约而同地投奔了曹操，这便预示了日后袁、曹决战的结局。正是这两位谋士的杰出智慧，加上曹操本人的精警果断、机变万方，才左右了官渡之战的成败。——再插一句，向曹操率先提出迁都许昌的谋士董昭，最初也在袁绍帐下效劳。

曹操手下谋士众多，且各具特色，各擅胜场。相较之下，除了郭嘉和一度号为"谋主"的荀攸（荀彧的侄子，但年长荀彧六岁），最为曹操所倚重的，非荀彧莫属。区别是，郭嘉和荀攸常年不离曹操鞍马左右，随时献计供策，荀彧则远离战场烽火，一边治理后方，一边远远地通过传书递简来为曹操出谋划策。"运筹帷幄之中，决胜千里之外"，用以形容荀彧的工作风格，真是再合适不过了。

荀彧出生在颍川一个极有名望的家族，不仅父辈皆名震当世，时人号为"八龙"，众位兄弟亦个个气宇不凡，知名当时。荀彧的风采雅量，大概弱冠时即已名播遐迩，当时知名的人物鉴赏家何颙，很早就对荀彧做出"王佐才"的评价。由于帝王属世袭，若非执意起义造反，若不想提出"王侯将相，宁有种乎"的掉脑袋问题，凡人在世间的最大荣耀，便莫过于出将入相了。拜将之威，时人皆以淮阴侯韩信为楷模；入相之荣，则辅佐汉高祖刘邦的留侯张良，不失为一个现成榜样。在准确评价荀彧的能耐上，何颙至少与曹操取得了一致，曹操见到荀彧后的第一句话就是："此吾之子房也。"子房，正即张良。虽然曹操话里隐然已有拿帝王自居的嫌疑，但就荀彧而论，他毕竟获得了身为人臣的最高评价。

儒雅俊美的荀彧，虽小曹操八岁，但种种迹象显示，心高气傲的曹操一直视他为畏友，对他敬重有加。他被曹操委以重任时年仅29岁，没过多久，他就以自己处变不惊、智勇双全的才能，挽救了曹操。

那是曹操最狼狈的时刻。当时曹操初获兖州，又刚刚在对袁术的讨伐中获胜，大功初建，不觉想念起家中的老父兄弟，寻思将他们接来，共叙天伦之乐。然而一番孝子美意，却引来一场家门惨祸，他的阖家老小被徐州牧陶谦新近收罗的一名黄巾降将张闿尽数杀害。曹操气愤填胸，立即率领大军，以报仇雪恨之势，杀气腾腾地扑向徐州。孰料祸不单行，他多年旧友陈宫、张邈恰在此时陡然翻脸，联络了西北独狼吕布，欲在曹操背后捅上一刀。

由于陈宫、张邈在兖州极有势力，吕布的虎狼之师又勇冠三军，短短数天，曹操赖以自立的根据地相继落入敌手。这一下变起仓促，人鬼难防，在徐州作战的曹操除了对当地百姓杀戮甚多，本来也没有获得多少实质性战果，现在突然无家可归，打击之大真是不言而喻。何况，就说背叛曹操的张邈吧，那本来可算是曹操最知心的朋友，曹操甚至对家属讲过这样的话："若我在外面遇到不测，你们可以投靠张邈，只有张邈是我最可靠的朋友。"家门惨痛继之以祸起萧墙，曹操一时还没弄清楚眼泪该为谁而流，泪眼迷离之际却蓦然发现，留任后方的荀彧已如南天一柱，拔地而起。

负责镇守兖州的荀彧，兵微将寡，面对数倍于己的强敌，处变不惊，指挥若定。他充分显示了运用有限人力资源的超卓能力，在骤然煮成一锅乱粥的时势面前，荀彧像一名高明棋士，一瞥之下便洞悉了全部利害：何处宜弃，何处宜保，何人可寻求互助，何人可使之不敢轻举妄动。

在借助程昱之力，首先为曹操确保了鄄城、范、东阿三城之后，一天，豫州刺史郭贡又统率数万大军兵临城下。郭贡在城下高声叫荀彧答话，约荀彧当晚赴郭贡营帐一晤。所有人都断言郭贡乃吕布同谋，兵士皆惴惴不安。黄昏过后，星云惨淡，荀彧穿戴齐整，决定出城。协助荀彧留守的曹操心腹爱将夏侯惇大惊:"先生乃一州之主,去了定有危险,断断不可。"荀彧轻拍着夏侯将军的宽肩,说道:"将军不必介意,郭贡与张邈等人,本来就貌合心离,他这么快到我城下,肯定没来得及与张邈、陈宫、吕布等人勾结上。他是来试我斤两的,我若怕他,只会促使他倒向张邈,这叫'因怒成计'。相反,我今晚对他晓以利害,劝他眼光放长远点,他即使暂时不向我投降,至少也能确保中立。""如此,"夏侯惇说,"我当率卫兵为君保驾。"荀彧连连摆手:"我正要郭贡知道,荀彧纵无一兵一卒,也全无惧色。"

众人都知"关云长单刀赴会",且不说此事并无史料为证,即有此事,则荀彧此番的赴会,外无一将相卫,内无一刃相藏,无疑更见凛然。郭贡当面目睹了荀彧的胆识,怯意大炽,当晚便拔营退去。——插一句,夏侯惇后来倒曾被敌人扣为人质,曹操花了一大笔赎金,才把他赎回。

曹操戎马生涯中有很多重要关节点,几乎每一个关节点,我们都能看到荀彧的智慧。荀彧的智慧与郭嘉不同,郭嘉擅长以猎豹般的机敏,捕捉稍纵即逝的战机,荀彧则像一位治国大师,总览全局,所提方案往往周赡完备,切实可行,极具长远的战略眼光。曹操回到兖州后,还没来得及当面对荀彧表示感谢,便洗耳恭听了荀彧下面一番教诲:

当年汉高祖保关中,光武帝据河内,为了君临天下都是先力求深根固本,以便进能够胜敌,退足以坚守,所以即使不断遭到挫折和失败,仍然能够成就大业。将军本以兖州为业,今天虽然有些残坏了,其实仍然不难自保,这便正好像将军的关中与河内,务必先求安定。将军若先分一支兵东击陈宫,陈宫必不敢西顾,我们正好乘这段空闲时间把麦子收了,待到粮草丰足,吕布便可一举而破。破吕布之后,将军再与南面的扬州结好,共讨袁术,届时将军兵临淮、泗河上，大业可传檄而定。倘若将军暂时放下吕布，先去征讨陶谦、袁术，多留兵守备则将军难免兵员不足，少留兵则大家先去保城，无法收麦。吕布必乘虚而入，大肆劫掠，民心难免有变，虽然鄄城、范、卫三县仍然可以保全，其余诸县自将改弦易帜，不复为将军所有了，到那时，将军又何去何从呢？

这段被我精简过的陈述，体现出一套完整的战略方案。曹操一一依法施为，不多久就取得了一连串胜利，转眼间已从当年"处级地位"的东郡太守，上升为可与袁绍分庭抗礼的"部长级"军事集团首领。

被曹操由衷赞许为"略不世出"的荀彧，这时又以自己独具的战略眼光，向曹操奉献了一个更加卓越的建议：打皇帝牌。

需要在这里对皇帝补充几句：苦命的东汉末代皇帝刘协，当时别说无人参拜朝觐，简直就是无人问津。波澜壮阔的黄巾军起义虽以失败告终，却从根本上颠覆了汉家基业。至少从董卓率兵进驻洛阳开始，汉献帝便不再享有皇帝的实质威权，这以后不仅"御座的高温"日趋寒冷，流民乃至难民的滋味，皇帝倒没少体验。他终于跌跌撞撞地来到了残破的洛阳，靠一个名叫张杨的老臣子替他拾掇出一间屋子，皇帝才与其说有了一个临朝视政的所在，不如说有了一块遮风避雨的栖身之地。皇帝周围不断有粗鄙的军阀进进出出，他们中的每一个，不管是李傕还是郭汜、杨奉还是韩暹，似乎都具有随意处置君王的能力。"汉朝大势已去"，这差不多成了时人的共识，诸侯各怀异心，如袁术之类心存篡逆者，甚至觉得把皇帝废了都属多此一举。

然而汉朝近四百年的基业，本身是一股宏大的精神力量，所谓"百足之虫，死而不僵"，一个皇帝，不管多么不成器，不管政权多么飘摇，只要一天不倒，其潜在的精神号召力，仍不可估量。与荀彧差不多同时看到皇帝尚具废物利用价值的，还有袁绍的著名谋士沮授。只是，观察袁绍可笑的为人，我觉得简直不妨归纳出一个"袁绍定律"。该定律是：一个建议，只要同时具备远大和切实可行的特点，便必不采纳。这一次当然也不例外。而当荀彧向曹操提出同样建议时，"徘徊蹊路侧"的曹操没有丝毫犹豫，他立刻捷足先登，"先据要路津"，在自己尚无暇从战场脱身之际，让部将曹洪先率一支兵马，急赴洛阳护驾。

说荀彧"打皇帝牌"，荀令君估计不会高兴，因为他的本意并非将皇帝看成一张牌。荀彧确实从心底里认为，曹操在道义上也应维护汉室江山，他当年投奔曹操与此时劝曹操迎奉天子，思维上一脉相连。只是，由于该建议极具谋略价值，再联系曹操日后对待皇帝的态度，我们才事后诸葛亮地琢磨出其中的"打牌"意味。

即使仅从谋略角度考察，"挟天子以令诸侯"也算得上曹操平生最重要的决定。曹操成了皇帝的代言人，他的东讨西伐、南征北战，从此有了一个令人生畏的借口。当反抗曹操可以被简单地等同于对抗朝廷时，泛泛诸侯常会不由自主地生出一股凉意。曹操是打皇帝牌的高手，当他需要暂时安抚某人，使自己不至遭到偷袭时，他一般只需假借皇帝名义，分封他一个官衔就能把对手稳住。皇帝"当其无，有有之用"，自此以后，曹操的用兵便愈加游刃有余了。

起初，袁绍大军向曹操开拔过来时，考虑到双方实力上的巨大差距，曹操一度信心不足。据说郭嘉曾慷慨陈词，向曹操提出了"公有十胜，绍有十败"。在上一章里，我曾提到这段长篇大论不仅内在逻辑性不强，有"词肥义瘠"之弊，也不符合郭奉孝以直觉见长的思维风格。我认为这样的话出自荀彧倒是比较容易解释的，何况，史料里也确有记载。当然也非大而无当的"十胜十败"，而是更具针对性的"四胜四败"，分别为"度胜、谋胜、武胜和德胜"。

由于荀彧在袁府多年，亲兄弟也在袁绍处效力，所以他对袁绍及其手下众谋士武将的判断，甚至较郭嘉更准确、更神奇。在与"臭嘴"孔融的一次辩论中，荀彧不仅一一指出了袁绍手下众人的性格特征和能力局限，更对他们日后的结局——或者说下场——做了精准预言。唉，"尽信书不如无书"，若我们相信陈寿的记述，荀彧简直显示出一种铁口直断的超级巫师才能：所有经他评点过的人物，一个也没有摆脱他预先为之设计的结局。

曹操在官渡与袁绍相持已有半年，粮草堪堪不济，形势日见危急，曹操不免有些胆怯。曹操每当心绪不宁、计策未定之时，便有给荀彧写信的习惯。远在许昌的荀彧见曹操信中流露回军退守之意，火速修书一封，遣快马送与曹操，竭力反对。因自己不在前线，不谙具体地势，所以荀彧的回信中并无一计一策，但他提到了一个重要概念：时机。荀彧坚信，目前正值曹、袁实力消长的关键时刻，双方都有困难，只要坚持，再坚持十天半月，必然会出现决定全局的可贵战机。此时此刻，实力对比已不重要了，现在是双方主帅比拼智力的重要关头，智高一筹者，有可能毕其功于一役。

曹操再次听从了这位奇佐，不久，他觅得稍纵即逝之机，焚烧乌巢之粮，一举击败了袁绍。

荀彧除了出众的管理才能和卓越的大局观，在识拔人才上，也显示高出群侪的眼光。曹操手下不少著名谋士，都由荀彧举荐而来，包括荀攸、郭嘉、钟繇、司马懿。荀彧赖以威服众人的，还有自己高风亮节的道德风范。他为人谦和，"折节下士，居高不傲，为官不贪，一心为公，散尽家财"。不仅曹操对他充满敬仰，同事下僚也多对他崇敬有加。后来曾被曹丕称颂为"一代之伟人"的著名谋士钟繇，对荀彧就佩服得五体投地，称他为颜渊再生，所谓"能备九德，不贰其过，唯荀彧然"。司马懿更不避美言地认为：无论在书籍中还是自己"耳目所从闻见，逮百数十年间，贤才未有及荀令君者也"。

摘引曹操致荀彧的书信，也颇有兴味。曹操赏罚分明，极少贪功，战事一毕，常会在庆功宴上做一番点评，将分属于各位谋士武将的功劳，一一指出，此乃"荡寇将军张辽之功也"，"此乃贾诩之功也"，"此乃钟繇之功也"，不一而足。下面这段话，最能概括曹操对荀彧的评价：

> 侍中守尚书令彧，积德累行，少长无悔，遭世纷扰，怀忠念治。臣自始举义，周游征伐，与彧戮力同心，左右王略，发言授策，无施不效。彧之功业，臣由以济，用披浮云，显光日月。……天下之定，彧之功也。

荀彧的功绩既如此远超群英，曹操也许竟觉得自己不配加以封赏，所以往往通过向皇帝请示的方式，再以皇帝名义予以颁赏。曹操亲自执笔，向汉献帝呈上一封又一封《请封荀彧表》。由于荀彧"谋殊功异，臣所不及"，曹操又总觉得"前所赏录，未副彧巍巍之勋"，隔不多久又会要求皇帝重新"评议"，增加赏赐。每当荀彧有所推辞，曹操必写信劝慰，言辞恳切。由于荀彧每次必推辞三次以上，所以曹操的劝慰信也就一封没少写。信中曹操常不惮繁琐，一件又一件地将荀彧的功劳细细罗列："你为我贡献的谋略何止百数，而我只不过对皇上提了其中区区两件，你都要向古人学风格，一味拒绝，你不是存心要我难堪吗？'窃人之财，犹谓之盗'，更何况剽窃他人奇谋呢？请先生千万不要再推辞，不然，曹某真成小人了。"

拒绝封赏，在中国古代（部分也包括现代）常常是一种仪式化行为，当不得真。但荀彧大概是一个例外，当曹操欲表封荀彧为三公时，荀彧直到第十次拒绝，才使曹操不再坚持。

没法读到荀彧致曹操的信，颇让人遗憾。临死前，据说荀彧将书简付之一炬，"奇策密谋"遂"不得尽闻也"。我相信这也是中国谋略文化的一大损失。荀彧似乎是在一种极为压抑、苦闷的心境下，郁郁而终的。当时曹操权力鼎盛，睥睨四方，"固一世之雄也"，在谋士董昭的建议下，遂萌生了"晋爵国公"的想法。所有人都认为曹操"九锡备物"乃当之无愧之事，只有荀彧坚决反对。由于汉代曾有"异姓不得封王"的规定，荀彧也许有此预感：随着曹操晋封为魏公，汉朝必然会被曹家终结。这是荀彧最不想看到的一幕，虽然他也知道，若曹操位列九五之尊，他本人就将以留侯张良"开国元勋"般的造型，长留青史。

荀彧真会是曹操杀死的吗？有一种来源可疑的传说：曹操曾托人送给荀彧一个食品盒，打开后空无一物，荀彧立刻明白了对方的用意，遂服毒自尽。当然来自陈寿的权威说法也颇为笼统含混，说荀彧五十岁时"以忧薨"，时为建安十七年（212年）。

荀彧当时的忧容忧貌我们无法揣知，相反，他的笑容我们倒见到一回。在征讨孙权时，曹操向汉献帝请示，让荀彧参与劳军。在魏文帝曹丕后来的追忆中，路上他曾与尚书令荀彧谈书论剑，由于曹丕不断夸耀自己的射术和摔跤术，把荀彧逗乐了。——不久，也许三天，也许十天，荀彧神秘去世。

一年前，即建安十五年末，曹操写过一篇自传体文字《让县自明本志令》。讨论它不是本章的义务，但有必要指出一点，曹操的自传里不时流露出一种遭到他人冤屈的愤懑，反复强调自己受到的不公正评价。由于此前曹操对荀彧的态度堪为楷模，他甚至将两人的上下级关系谦称为同僚关系，对荀彧的抬举、揄扬可谓不遗余力。作为投桃报李，曹操难免会想，荀令君你身为尚书令，却不思有所报答，是否有点不够意思？我们知道，提议曹操为魏公，荀彧本该是最合适的人选，原轮不到董昭出面。

荀彧死后第二年，曹操晋封为魏公。曹操终究没有用自己的强力废除汉朝，终究没有做过一天皇帝，隐隐中是否慑于荀君来自黄泉之下的逼视呢？

荀彧的死因是件一直有人说，一直有人信，但很少受到质疑的事。人们愿意相信符合自身臆想的事，而质疑会使深信者失望，仿佛赢来的钱转瞬间就输光了。所以，志在贬抑曹操、维护汉朝正统观念的个别古代史家，如《后汉书》作者范晔，不顾荀彧已在《三国志》立传的事实，坚持在《后汉书》中再替荀彧立传，以彰显荀彧"身在曹营心在汉"的本志。但吕思勉的质疑仍然有力，他说："魏武帝真要篡汉，怕荀彧什么呢？况且晋爵为魏公，和篡汉有什么关系？他后来不还是进爵为魏王么？"曹丕日后曾对孙权加九锡，封吴王。若加九锡意味着篡汉（魏），难道曹丕没事犯贱，故意提示孙权篡位？

荀彧之死会否与曹操有关？当然会。权力场上波谲云诡，友谊如同罂粟花，那份绚烂是带毒的。通常，爱不足施者，恨亦不值加。人们总是将最深的怨恨，加诸自己寄望最切的人。可以肯定，如果荀彧做过让曹操不快的事，曹操定然最为郁闷。至于郁闷的下文是什么，只能起荀令君于地下了。

荀彧一度很像曹操的朋友，但他们不会是朋友，正如孔明不是刘备的朋友，这是专制政治的特性所决定的。约翰·密尔说得很到位："中国的一个大官和一个最卑下的农夫一样，同是专制政体的工具和仆役。"

将曹操与荀彧的故事搬上舞台，我相信肯定会比京剧《曹操与杨修》更耐人寻味一些。

但这个故事是写不了的，两人颇有心计，城府深沉，既彼此敬重，交互为用；又互相设防，大异其趣。一"破"字当头，一"立"字为先，朋友间的无上佳话，陡转为君臣间的极端猜忌，遂使史籍中布满无穷嗟叹和疑团。

五　文和乱武——贾诩

汉末三国，一如先秦时期，谋士和武夫并非截然不同、各司其职的两种行当，职号谋士而又武夫气十足，或号为武将却足智多谋，绝非罕见。

著名谋士程昱，曾得到曹操如下评价："程昱胆量，超过（孟）贲、（夏）育。"那是在袁绍欲南下与曹操争天下之时，程昱镇守的鄄城当着袁绍行进大军的要冲，守军却只有七百人，在袁绍十万大军面前，真不啻为一碟嫩豆腐。曹操拟增拨两千人马，程昱竭力阻止，理由是：袁绍见我只有七百人，食之无味，胜之不武，便不会来攻城，一旦增兵，反而可能城破人亡。程昱所料丝毫不差，遂使得汉末"空城计"又多了一个版本，也许还是最早、最真实的一个版本。曹操手下另一位著名谋士刘晔，十岁出头就曾因母亲遗命，刺杀了父亲一个亲信随从，日后更曾亲自动手，杀死了一个人见人怕的地方小霸王。总之，在那样一个危难时势，谋略中若没有羼入胆量，断难有所作为，"胆识"二字，缺一不可。

贾诩，身怀奇谋，胆识过人，阅历繁复，志节深沉。他的品质里有着种种别人难以企及之处，但就客观效果而论，东汉末年的天下大乱，他难辞其咎。当年陈寿撰《三国志》，曾将贾诩与曹操手下最具威望的二荀（荀彧、荀攸）并列立传，引起注家裴松之不满。此事见仁见智，若撇开道德威望和古人尤其在乎的正统政治伦理，单注重影响世事的深度、广度，贾诩与二荀并列，并无不当。

在贾诩投靠曹操之前，他先后为之献策的，多属造孽江湖的恶棍型军阀。虽然贾诩常以汉室忠臣自诩，也确曾有功于皇上，但他显然更热衷于放纵自己天赋的谋士才华，较少计较千秋功名。在各路军阀此起彼伏的混战中，在汉献帝由长安到洛阳的奔命过程中，在新旧都城的喋血杀伐中，我们都能看到贾诩率性的谋略。

当年董卓伏诛，司徒王允专权。王司徒虽然才能有限，且有不知体恤，滥开杀戒之举，但风雨飘摇的汉朝江山毕竟获得了短暂的喘息机会。董卓手下原有两个蛮野的部将李傕和郭汜，王允若本着首恶既除，胁从不问的态度，网开一面，这两个手握重兵的家伙，也可能归化朝廷，如此，乱局初定，因董卓而起的关东诸雄一时失去矛头所向，也可能权且罢兵。中国历史在步入这一章时，虽然会略显平淡，但于国于民，实属大幸。刚愎无比的王司徒，本着绝不姑息的态度，对李傕、郭汜下达了追杀令。这有点逼人造反的意味了。然而奇怪的是，李傕、郭汜本来也想认命了，他们打算解散部队，分头向大西北逃亡。

倘如此，王允虽然极为不明智，却毕竟没有种下恶果，东汉政权暂时还能迁延些时日。

贾诩单枪匹马，挡在道上，拱手道："二位，急个啥呀？"李傕、郭汜对贾诩素来敬重，便恭听指教。"王允正要捉拿你们，你们解散部队，路上随便一个小亭长都能把你们绑起来，送给王司徒邀功。横竖是个死，何不先聚集军队，反上长安，为董卓报仇。如侥幸事成，再挟天子以令天下，何其威风；万一事败，那时再逃向西北故土，也未见得晚呀。"

这一番充满流氓智慧的开导，听得李傕、郭汜不住地点头。

贾诩，身怀奇谋，胆识识过人，阅历繁复，志节深沉。他的品质里有着种种别人难以企及之处，但就客观效果而论，东汉末年的天下大乱，他难辞其咎

当年陈胜、吴广被迫"揭竿而起"，所持理由，正与贾诩此时教唆相同。区别是，无论陈胜、吴广还是李傕、郭汜，他们都属当事者，而贾诩完全是局外人。换言之，这番建议，虽可救李傕、郭汜性命于一时，对贾诩却没有好处。不然，当李、郭二人成功后欲封贾诩为"尚书仆射"时，他就不会坚决推辞了。"此救命之计，何功之有？"贾诩说得颇有自知之明。

李傕、郭汜的命暂时被救下，汉朝的命却更加日薄西山，气息奄奄。顺着贾诩那番开导走下去，诸如"杀一个够本，杀俩赚一个"之类的强盗逻辑，似无可避免。

帝国都城长安的城头，刹那间阴暗了下来。随着李傕、郭汜的反戈一击，东汉再也没有喘过气来。

李傕、郭汜所带凉州兵，凶悍无比，暴虐非常，端的乃"虎狼之师"。初平三年（192年）六月，李傕、郭汜打破长安城池，王允被戮，吕布出逃，尸遍长安。堂堂汉家朝廷，就此落入两个无赖军棍之手。据说，董卓初死之时，三辅地区百姓尚有数十万户，经过李傕、郭汜放兵劫掠，仅仅两年间，民已"相食略尽"，好一片凄惨。两人沆瀣一气，作恶多端，这时突然又因一个妇人的醋意，陡然翻脸，彼此厮杀起来。世事遂进一步动荡，百姓遂进一步遭殃。

贾诩曾对两人有所规劝，但正所谓"秀才见了兵，有理说不清"，面对这一最初由自己造成的局面，当它变得不可收拾时，贾诩也已一筹莫展。他看李傕、郭汜越来越像两个不成器的野孩子，只知在院子里打架，看上去就像两只巨大的恐龙在人间决斗。

贾诩，字文和，他的行为可与"文和"没什么关系，一计可以危邦，片言可以乱国，贾诩之谓也。他厕身在杀人如麻的强盗身后，貌似蔼然文士，一面犯下滔天奇罪，一面又成功地躲避千夫所指，这份能耐，孰能及之？你看他以一介游士的身份，时而避难乡间，时而闪身在某个诸侯的厅堂，匹似流窜作案。说计道谋，甚至让曹操甘拜下风；逮至晚年，竟又在曹丕的朝廷里充任太尉，权势蒸蒸日上，一派德高望重模样。这是怎样一个奇人？

他出生在武威，俗称"金武威，银张掖"，也算大西北一座重镇。年轻时曾被人评为"有（张）良、（陈）平之奇"，但僻处偏远，知者寥寥。在那个天高地远、充满犷悍之气的地方，少年贾诩濡染其中，斯文气中难免夹杂若干匪气。与豪爽武夫打交道，与土匪豪强相周旋，这份本领贾诩生而具备。靠一袭青衫，一把折扇就能行走江湖，在一千年后的中国也许可行，当时免不了步步涉险。唐朝与汉世的区别，并不逊于当今与唐朝的差异。

贾诩有一次就在道上遇到强盗，同行数十人被擒，一个百人坑已经挖就。要活埋吗？看来是的，这些强盗，把人活埋也许比打个喷嚏还要轻松。贾诩面不改色，镇定从容地对强盗说："别急着埋我，我是段太尉的外甥，太尉肯定会出重金来赎我，保你们赚一笔。"——诸位，这里的奥妙在于，若强盗当真等着段大人拿钱来换人，西洋镜准会戳穿，因为太尉段颎并没有这样一个外甥。贾诩拿准了他们没这份胆量，当时，段颎是一个响当当的人物，最强蛮的家伙都不敢招惹。结果，贾诩一面看着强盗将其余众人悉数活埋，一面与强盗首领推杯换盏。"我会在舅舅面前替你美言几句"，说完这话，贾诩抹了抹嘴边美味，在一众强盗点头哈腰的欢送之中，骑马扬长而去。

骗人骗到这个份上，贾诩真是深不可测。让满脑子想着活埋人取乐的强盗俯首帖耳，单靠智慧肯定于事无补，靠胆量也过于笼统。合理解释是：贾诩身上洋溢着一股匪霸之气，正是它让强盗相形见绌，气为之夺。话说回来，注定要呼风唤雨、荼毒江湖的贾文和先生，怎么也不会在寻常沟壑里翻船。他的目标是长安，他相信在那里会有机会。什么机会？如果你这么问，贾诩只会抿嘴一笑，两眼直勾勾地看着远方。那里，秦始皇建造的巍峨长城上，正幽幽地转出烽火。

似花还似非花，摧国不忘护国，正可见贾诩本色。在挑动李傕、郭汜反上长安，又间接导致李、郭二人在长安城外自相残杀、京畿震荡之后，他又在皇帝面前客串起护花使者来，弄得皇帝对他又恨又爱，又嫌又忌。为了拉拢他人联合对付郭汜，李傕曾对凉州兵许诺："一旦攻破郭汜，宫中美女，可任意使用。"结果，这些莽汉天天在长安城外高叫："李将军答应的宫人美女在哪儿，快快送出来！"皇家威望，扫地无光。汉献帝可怜巴巴地看着贾诩，希望他拿个主意，至少别让这些家伙再这么在城外乱叫了。

好个贾诩，当即秘密地将强盗首领全部召来赴宴。不就是一些空洞许诺吗？区区李傕能许你宫廷美女，我亲受皇帝重托的贾诩，就不能许你更具诱惑力的高官厚禄？几桶美酒喝完，凉州兵当晚便撤离长安。李傕受到重创。

偷偷离开长安时，贾诩会是怎样一种心情呢？他处处以汉室忠臣自居，此前有人劝他离开，他曾朗声说道："我深受国恩，义不可背。"后来皇帝被迫逃离长安，贾诩也有护驾之功。关于贾诩，在洛阳颓败的"杨安殿"里，皇帝也许会想到所谓"成也萧何，败也萧何"的故事，尽管有些不伦不类。萧何之败，无关王朝兴替；贾诩之谋，已致汉朝江山于万劫不复之地。

和吕布一样，当西北战火逐渐向中原燎原，贾诩的身影也随之在中原出没，贾诩的计谋也随之在中原奏出杀伐之气。贾诩的谋士品格，只在一点上得到确认：他无意成为拥兵自重、称霸一方的军阀，他的身份在幕后，他不断地从某个将军深厚的帷幕后闪身而出，表面上是献计，实际却起到替将军做主的效果。

诚如伏波将军马援所言："方今之世，不但君择臣，臣亦择君。"作为中国历史的"后战国时代"，汉末士大夫的择主标准，与天下辐裂的先秦士人本无不同，所以荀彧、郭嘉、董昭等谋士纷纷弃袁投曹，关羽义不背主，诸葛兄弟在东吴、蜀汉各事其主，俱忠诚不二。若此乃通例，贾诩便提供了一个例外：他先后投靠的段煨、刘表和张绣，竟然都是自己内心颇为鄙视的角色。

段煨对贾诩表面敬重，内心忌惮，因为贾诩"素知名"，在兵士中威望极高，段煨怕贾诩喧宾夺主。贾诩离开段煨的时机和理由亦很微妙："我若待在段将军身边，说不定会遭陷害；一旦离开，段将军既希望我外结强敌，又怕我反戈一击，反而会厚待我的妻子家人。"所料丝毫不差。至于刘表，贾诩的评价也是既准确又刻薄："若天下安宁太平，刘表可位列三公，然而方今乱世，他如此不见事变，多疑无决，注定碌碌无为。"贾诩与张绣关系最好，早在长安时，张绣就有意将贾诩拉拢至帐下，一俟贾诩秘密来投，立刻对他言听计从。奇怪的是，贾诩之所以投奔张绣，不仅因为张绣的张臂欢迎，更在于这样一个判断："张绣，一个没脑袋的主儿。"

以贾诩之才，在分明看出张绣没有远大前程的前提下，仍毅然委身张绣帐下，明珠投暗，龙游沟壑，这里便颇可揣测贾诩的真实用意。他喜欢谋略，他需要一个可以使自己才华尽情驰骋的疆场。如果谋略是一种美，联系到他当年不可思议地替李傕、郭汜出的馊主意，贾诩正好被我们理解成这样一个唯美主义者：只要自己的计谋有用武之地，他并不在乎江山变色。看出这一点，贾诩投靠张绣而不是曹操、袁绍，便顺理成章了。曹操手下谋士如云，本人又计谋百出，贾诩在那里注定难呈鹤立鸡群之势；袁绍貌似强大，但这人志大才疏，外宽内忌，当然也不宜投靠；刘表可不去说他了；而好做皇帝梦的袁术，刚愎自用，缺少虚怀下士之德，贾诩注定没法活得从容。贾诩与吕布有仇，当时势单力薄的刘备更入不了贾诩法眼，何况刘备一直和吕布勾勾搭搭，关系"剪不断，理还乱"。

　　所有人提到曹操平生所吃败仗，都会提到"宛城战张绣之时"，那也是曹操输得最为凄惨的一仗，长子曹昂及贴心猛将典韦相继阵亡，所乘大宛良马"绝影"亦中箭而死，可说狼狈至极。毫无疑问，这一仗曹操是输给贾诩的。贾诩后来又赢了曹操一次，那一仗虽无多少战略意义，却极端神奇，可以让曹操作为教科书，好好琢磨一番。

　　曹军撤退了，张绣立功心切，急不可待地领军追赶。贾诩连连阻止，张绣不听。张绣的枕芯脑袋难免会想：与曹公交战，竟能逼得他退军，此乃千载难逢之机，此时不乘胜追击，痛下杀手，更待何时。然而，不听高人言，吃亏在眼前，没多久，张绣追兵就被曹操殿后部队杀得大败亏输，狼狈逃回。"文和，我后悔没听你的话。"张绣向贾诩道歉。"先不忙道歉，请将军重整军马，再追曹操。""什么？"张绣大惊失色，"我得胜之军追曹操败退之兵都没有胜算，你竟然让我再率失败之师追曹操得胜之旅？"贾诩不耐烦了："将军莫迟疑，只管去追，如不胜，把贾某的头拿去。"张绣心情肯定古怪至极，不过他还是去追了，即使心里一百个不相信。

　　第二次追击，张绣大有斩获，把曹操杀得溃不成军。

　　不仅曹操极度纳闷，张绣回营后见到贾诩，也得把他好好打量一番，确定他是人是鬼。就像华生医生总要让福尔摩斯解释一下破案依据一样，张绣此时最想做的，就是让贾诩说个明白。"这还不简单，"贾诩不耐烦地摆了摆手，"曹公与将军交战，并未落下风，突然撤退，定是后方有事。将军不察，误将曹公主动退军视为不敌，盲目进击，必无胜算。曹公用兵何等精明，必有精兵良将为之殿后，以防追军。待将军败走，曹公急着赶路，不再设防，便会调整步伍，将后军挪为前军。此时将军纵用败兵追击，亦必能奏效。"

　　汉末三国之所以多智，端赖贾诩者流出没其中。

　　当曹操和袁绍两大军事集团纷纷剿除诸侯之后，天下虽然没有变得安宁，局势却明朗不少，像一盘双方兑去不少子力的象棋残局。在曹、袁两只巨鳌的钳制下，暴露在外的张绣，渐成瓮中之鳖。投靠袁绍还是曹操，辄成张绣的当务之急。投靠袁绍的理由似乎不言而喻，一则袁强曹弱，一则张绣于曹操有杀子之仇。于是，当袁绍主动派使者招降时，张绣恨不得跪下来，唯袁绍之命是从。

谁知贾诩从幕后倏然闪身，以疾言厉色之态，对袁绍使者痛加训斥："替我谢谢袁本初的好意，再转达一句话：一个连自家兄弟都不能相容的人，不能成大事。张将军敬谢不敏！"张绣大惊："文和，你不是把我往火坑里推吗？""不然，"贾诩平静地说，"投降曹操吧。将军虽与曹操有过节儿，但依我看来，曹操有雄杰之气，度量宽宏，肯定不会为难将军。再说，袁强曹弱，将军这点兵马，袁本初未必看得上眼，对曹公却不失雪中送炭。请将军再听我一回。"

果然，曹操竟似忘记了当年与张绣结下的深仇，亲自率众出城迎接，给予张绣极高礼遇。私底下，曹操紧握贾诩的手，一脸诚恳地谢道："使曹某信义著于天下，正是阁下呀！"——贾诩之所以甘冒奇险，正因为他看透了曹操的心。

至此，东汉元恶之一的贾诩，人生航道进入一片相对平静的海域。虽然作为曹操谋士，他仍不时献计供策，尤其在曹操征伐马超、韩遂的过程中，贾诩功不可没，但总体上看，他淡出江湖的意味正日益明显。对曹氏父子，贾诩本来还可能立下奇功：曹操、曹丕先后两次讨伐东吴，都以失败告终，赤壁之战更使曹操元气大伤。我们发现贾诩都曾预睹先机，加以谏阻。

贾诩知道自己的过去并不光彩，所以韬光养晦，轻易不发一言。对古人来说，学会避祸也是一桩头等大事，贾诩亦是避祸高手。晚年的贾诩乖觉无比，他闭门不出，谢绝交游；为了杜绝他人猜疑，他处理儿女婚嫁也力避攀附名门。虽然如此，在曹操立太子的过程中，在曹丕与曹植兄弟争权的过程中，站在曹丕一边的贾诩，仍以自己四两拨千斤的谋略，起到了重要作用。时为五官中郎将的曹丕向贾诩请教太子争宠术，贾诩的回答竟是那样冠冕堂皇，霁月光风："愿将军恢崇德度，躬素士之养，朝夕孜孜，不违子道，如此而已。"奇怪的是，这番貌似不切实际的大话，竟使曹丕幡然醒悟，自我砥砺，终于赢得曹操好感。

曹操曾屏退众人，向贾诩请教立太子一事，贾诩面露难色。"先生为何知而不言？"曹操再问。"不，我只是突然想起了两个人。""谁？""袁绍和刘表。"贾诩答道。曹操哈哈大笑，轻拍着贾诩肩膀："先生不仅谋略过人，也特别善于处理他人父子关系啊。"

贾诩貌似漫不经心的回答，对曹魏政权最终确立，也许起到了决定性作用。众所周知，袁绍、刘表正因为没有妥善处理好继承权问题，废长立幼，死后使得兄弟阋墙，被曹操各个击破。贾诩示曹操前车之鉴，终使曹操定下心来，立曹丕为太子。古代世界普遍奉行的"长子继承制"，原是当时条件下最不坏的一项设计。当它成为公认制度时，就会以其预防功能而减少继承权的阻力，既保证家族基业、声望的完整延续，又避免兄弟失和。兄弟间偶有不忿，也会迫于正统舆论的压力有所收敛，不致扩散。这个道理并不难解，但身为一家之长的那个人，难免有所偏爱，遂致决策犹疑。对普通家庭来说，这类犹疑顶多造成小规模纷争，而对于拥有强大势力的曹操、袁绍等人来说，这份犹疑会带来无量灾祸。就此而论，播乱一生的贾诩，晚年也许做了一件好事。

魏文帝曹丕有恩必报，在他当政时，功高盖世的贾诩被委以太尉重任。然而贾诩老矣，他像一个大隐隐于朝的隐士，过着恬淡的夕阳人生。世事阴阳，果报难料，这个邪恶的播种者，谋略的热衷者，最终以一副德高望重的神情，安然去世，享年七十七岁。依照当时"人过五十不称夭""人生七十古来稀"的标准，贾诩真可谓寿比南山。

六　泡沫英雄——袁绍

　　袁绍（字本初）是不太让人提得起兴致的，这家伙来头大，势力大，派头大，然而又魄力小，谋略小，肚量小。他是一个现实社会中的泡沫人物，曾经把自己吹涨得不可一世，高山仰止。突然，随着青空里一声裂帛，又迅速败落，捎带着落下一个千古笑柄。

　　即使在袁绍势力最为鼎盛时期，对他也一直有着两种截然相反且很难调和的评价。袁绍派使者荀谌（荀彧弟）威胁韩馥让出冀州牧位置时，荀谌曾经连用三个问题向韩馥发难："论宽厚仁慈，大肚能容，为天下同归共附，先生自以为比得上袁本初吗？论临危决断，智勇过人，先生自以为比得上袁本初吗？论家族权势，使天下多年受其恩惠，先生自以为比得上袁本初吗？"老实的韩馥一连说了三个"不如也"，随即乖乖地将自己带甲百万，粮食可应付十年战争之需的偌大冀州，向袁绍拱手相让。

　　这样三个连环问题，别说懦弱无能的韩馥，当年绝大多数有点头脸的人，不管朝廷重臣还是草莽英雄，回答都会和韩馥大致相同。然而我们又发现，当时为数寥寥的有识之士，又不约而同地对袁绍表示了鄙视。这其中除了我们提到过的荀彧、郭嘉、贾诩，还包括袁绍最大的劲敌曹操。

曹操很早就在一次袁氏兄弟大宴宾客的场合，看出了袁绍的危害作用，所谓"乱天下者，必这两兄弟"，几乎与此同时，曹操也暗暗萌生了日后加以剿除的念头。附带说一句，曹操和袁绍本来交情不错，在两人还是浑小子之时，曾联手干过些混账事，野史上即载有两人一起劫持人家新娘子的事情。最初发迹时，两人不仅有同僚之谊，还有过多次成功的军事合作。

不过，上文荀谌提到的"家族权势"，字字确凿，袁绍确实无人能及。关于袁绍，我们最熟悉的莫过于这样一句话："袁本初四世三公（一曰五公），门生故吏遍天下。"这是实情，虽然"三公"之位在不同朝代，所指不尽相同，即在汉朝也时复有变，但"三公"作为朝廷重臣的象征，则没有变化。姑以"太尉、司徒、司空"为例，袁绍四世先祖中，都有人位列其中。之所以有人会把"四世三公"说成"四世五公"，指的是另一个概念，即袁氏家族中，担任过三公职位的，先后共有五人。

"三公"往往执掌重权，如太尉相当于今天的国防部长或三军总司令；司徒与丞相差不多，故古时往往设丞相即不置司徒，废司徒则复置丞相；司空由御史大夫而来，职权约当今天的监察院院长，也有点大法官的意思，司空渊源甚古，春秋时的孔子曾担任鲁国司空。可见，一登"三公"，人臣之位已极，培植爪牙，罗织亲信，扩充家族势力，便是自然的了。

袁氏家族既累世独多"三公"，"门生故吏遍天下"也就不足为怪了。经过百余年的经营，袁氏家族已在中原撒下了一个无远弗届的关系网，它对袁绍构成了一笔丰厚的家族遗赠。说句公道话，在如何最充分地利用这笔遗产，有可能的话再让它滚动生息，不断增值，以求收得更大的名声方面，袁绍颇有天赋。他没有像败家子那样白白糟蹋了好名声，相反，虽然他出生时父亲已经去世，袁绍仍然在短短几年内，依靠自己的努力，在江湖上留下了甚至比父祖辈还要响亮的名声。我们知

袁绍的错乱在于，身为大人物，他具备大量小人物的德行，唯独欠缺对真正的大人物而言至关重要的品质，结果，这类德行错乱带来了角色错乱，并最终带给他毁灭性的人生

道，中国并没有欧洲那种具有世袭性质的贵族制度，中国封建官僚体制的运作方式，本来也不便于家族势力的过度培育。所以，袁氏兄弟经营家族、延长官祚的能力，肯定不应被低估。

有必要交代一点：若以出身而论，袁绍也是尊贵与卑贱兼而有之。与他不和的同父异母兄弟袁术，曾称袁绍为"败家奴"，指的就是袁绍生母，本属袁家婢女。想是袁绍从未谋面的父亲袁成，欲心发动，对家里的女奴动手动脚，遂结出一枚乱世果来。准此，袁绍有私生子之嫌。

私生子也没什么不好，照莎士比亚的见解，偷情之时，欲火大炽，阴阳融洽，珠结为胎，比之寻常夫妇例行公事的性生活所生之儿女，当然更见佳处（莎翁原话为："难道在热烈兴奋的奸情里，得天地精华、父母元气而生下的孩子，倒不及拥着一个毫无欢趣的老婆，在半睡半醒之间生下的那一批蠢货？"见《李尔王》第一幕第二场）。此话是否当真，姑验诸袁绍行迹。

少年袁绍，相貌堂堂，气宇不凡，已是一副当代孟尝君的做派。待人接物，有口皆碑，致使天下英豪，"莫不争赴其庭"。当时的袁绍表面上还颇有平等观念，不搭大贵人的臭架子，这一点你单单从停靠在袁家门口的各式大小车辆上也能略窥一二。打个比方，在今天就好像既停着豪华的陆虎、宾利、加长林肯，又有普通的小货车，你甚至还能看到人力三轮。

袁绍的大名士派头引起了京城宦官的不安，中常侍赵忠就曾在皇帝面前打过小报告："袁本初在那边收买人心，广树亲信，大收人望，罗织敢死之士，不知道这小子到底想干什么？"袁绍当时在朝廷中担任太傅要职的叔父袁隗，听到这些传言后非常紧张，急忙传信给侄子，要他收敛点。袁绍依然我行我素。

不多久，袁绍来到洛阳，与曹操一起任西园校尉，袁绍为中军校尉，曹操为典军校尉。当时皇帝不与政事，只知管宦官们叫"阿父阿母"，只知在宫廷里学驴叫马嘶，朝廷大权俱落在"十常侍"手里。当年的袁绍还是颇有胆识的，他与屠夫出身的大将军何进合谋，意欲一锅端掉"十常侍"，为朝廷除去元凶。在何进事泄被人暗算之后，袁绍和兄弟袁术率兵突入皇宫，对太监见一个杀一个，因胡须稀疏而被两兄弟误杀的，也所在多有。一时间宫廷血流成河，太监如过街老鼠。"十常侍"之首张让虽暂时逃脱，后仍因大势已去而投河自杀。

对宦官不问好歹地滥加屠杀，无论道德上还是策略上，都未必说得过去。太监不尽是坏蛋，清人赵翼在《廿二史劄记》里就称许了"清慎自守"的宦官郑众和"蔡侯纸"的发明者蔡伦。古之宦官是一种制度设计，在制度不变的前提下斩杀宦官，本来也有点荒谬。然而，时逢乱世，手段难免成为优先考量的因素，人们或出于自保，或出于畏惧，也会垂青并依附那些心狠手辣的家伙。总之，尽管诛杀宦官不是一个善策，宦官势力的骤然消失也在客观上为后来的董卓恶政扫除了障碍，但就袁绍而言，他毕竟靠这份辣手得以扬名立万，迅速成为领袖群伦的教父级人物。

曹操既不同意诛杀宦官，早先也反对何进引董卓进京的计划，但在董卓大兵入洛阳，军政要权一手独揽之际，曹操不得不陪着袁绍，分头逃往中原，即所谓"山东"（按当时"山东"指西岳华山以东，非今之山东省）。区别是，曹操的逃亡凶险狼狈，袁绍的逃亡则不失为一次华丽的作秀。当着人见人畏的董卓之面，袁绍曾拔刀在手，当堂顶撞道："你以为天下强人，只有你一个人吗？"说罢，袁绍倏然转身，将官帽往门旗上一搁，以气吞山河之势，扬长而去。——当然，一旦离开董卓的视线，就迅速将轩昂步态改为撒蹄狂奔，恐怕也是人之常情。

也许在袁绍看来，引董卓入京属于"塞翁失马，安知非福"之事。倘将董卓暴行视为"秦失其鹿，天下共逐之"的历史机遇，则袁绍正好等到了一个拥兵自重的大好机缘，可以一边整顿军备，一边把战鼓擂得堂堂正正。袁绍正是这么做的，一俟回到冀州，他立即以自己一呼百应的号召力，在中原发起一场讨伐董卓的军事运动，一支实力不弱的联合部队，短时间内便聚集在袁绍旗下。袁绍理所当然地被公推为盟主。袁绍逃离洛阳之后，暴怒的董卓对他在都城的亲戚族友共三百余人进行了血洗，其中包括袁绍那位太傅叔父袁隗。这一番家族血仇，对抬升袁绍的身份，想来也作用不小。

至此，我们对袁绍"来头大，势力大，派头大"，当可达成共识。然袁绍之为袁绍，不在其大，恰在其小。我们这就进一步考察。

袁绍任盟主后，虽势力强盛，已完全可与董卓分庭抗礼，却迟迟按兵不发，未有动静。而每天的歌舞排场，却一场不落，每晚的楼台酒会，亦一杯不少。只有曹操被惹恼了，他掷地有声地对袁绍质疑道："举义兵以诛暴乱，大众已合，诸君何疑？"见袁绍仍无动静，便率领自己有限的五千兵员，单独"西向"，向董卓兴师问罪去了。曹操被杀得大败，回营后难免要对袁绍数落几声。袁绍自觉理亏，便不断安抚曹操，"按兵不动"的既定方针，却是一丝儿未改。

看来谁都被袁绍蒙在鼓里了，也许他根本就不想对董卓进行讨伐，报仇雪恨的念头也只是一闪即逝。袁绍只是将董卓造乱看成一次机遇，正好借此重新洗牌，壮大自己的力量。不多久，联合部队中除骁勇无比的孙坚曾以单挑之势与董卓交过手之外，联军本身迅速作鸟兽散，当真是来如风去如电。

"西面的事别去管它，咱另立一个朝廷吧，刘虞汉室宗亲，就是一个现成人选。"袁绍向曹操提议道。这种糊涂事曹操是不会做的，曹操当时的志向是效春秋"尊王攘夷"之义，整理河山，一匡天下，而不是分裂版图，加剧动荡。但据此曹操（也包括历代读者）却正好看出袁绍的可鄙之处：董卓在洛阳挟制老皇帝，你袁绍却想在自己势力范围内另立新朝廷，倘如此，袁绍在和董卓旗鼓相当的同时，不也就沦为董卓的一丘之貉了吗？唉，袁绍野心勃勃，眼力却实在差劲，曹操虽明确告诉他"刘虞肯定不会同意"，他仍然一意孤行。结果还是曹操预见正确：刘虞逃到山里去了。

　　袁绍没有对董卓发出一兵一卒，却加紧了盟军内部的内讧。自胁迫韩馥让出冀州牧之位后（韩馥后来被逼自杀），他又与另一个盟友公孙瓒发生了旷日持久的战争。袁绍之过河拆桥，不讲信义，在对待这两个盟友的态度上得到了极为昭彰的体现：当年推袁绍为盟主，韩馥用力最勤，立刘虞为帝，韩馥也是他的主要同谋，结果韩馥反而成了他砧板上的第一块肥肉。为迫使韩馥让出冀州，公孙瓒对袁绍帮助最大，一旦韩馥被迫自杀，袁绍立即又把矛头对准了公孙瓒。虽然公孙瓒也不是什么好东西，但袁绍可议之处无疑更多。王夫之《读通鉴论》中拿袁绍等人与曹操比较，拈出一个区别："诸将方争据地以相噬，操所用力以攻者，黑山白绕也，兖州黄巾也，未尝一矢加于同事之诸侯。"

　　在与公孙瓒相对惨烈的战争中，袁绍大将麴义（部分也包括张郃）劳苦功高，甚至还救过袁绍的命。然而正所谓"狡兔死，良狗烹"，公孙瓒一败，袁绍便借口麴义忤傲不逊，把他杀了，顺势整编了麴义的军队。张郃后来投奔曹操，或许也和此时的心寒有关。

　　这时的袁绍如一支蓝筹绩优股，骤然升值，威风不可方物。治下幅员辽阔，冀、青、幽、并四州尽入囊中，其"家天下"也初具规模。当然由于天生的弱智短视，他也为家业的最终毁于一旦，预挖了陷阱。他让三个儿子和一个外甥各拥有一座州郡，表面上话说得好听，说是"借此观察一下儿辈们的才能高下"，其实却是想为自己宠爱的幼子袁尚培植势力。袁绍宠爱袁尚的两条理由也上不得台面：第一，袁尚为自己宠爱的后妻刘氏所爱；第二，袁尚在三兄弟中长得最帅，颇具今日酷哥之相。对自己相貌颇为自诩的袁绍，当然会将相貌的高下，视为才能高下的可靠标志。——然而正是这种匹似欧洲查理曼大帝将国土一分为三的举动，为袁绍死后疆域的分崩龟裂，兵戈扰攘，预埋了祸种。

谋士沮授、田丰当年劝袁绍迎奉汉献帝，袁绍不予采纳（潜在理由是：此乃乱世，匹似秦失其鹿，先入咸阳者为王），当曹操后发制人，挟天子以令诸侯，袁绍又老大不快，在致曹操的信中，态度强蛮地要求曹操把皇帝送到邺城来。曹操拒绝了，自此，两人正式交恶。虽然曹操惮于袁绍的势力，曾做过一些妥协，如将自己的"大将军"职位让给袁绍，袁绍仍愤愤不平。

不久，在袁绍授意下，一封出自汉末著名刀笔吏陈琳的讨曹操檄文"讨曹操檄卅郡文"，开始风行大江南北。鉴于该文措辞尖酸刻薄，骂尽了曹操祖孙三代，曹、袁势不两立之势，已无可转圜。

汉末三国三大战役的第一仗，官渡之战的大幕，在一种黑云压城的气氛中，被拉开了。我们都已知道，这一仗是曹操的"奥斯特里茨"，袁绍的"滑铁卢"。

袁绍发动战争的时机是否合适，本来也不无疑问。至少，谋士沮授就曾表示反对。考虑到沮授先生乃是袁绍帐下最为足智多谋的谋士，他的意见便有理由得到尊重。唉，沮授命苦，我们发现袁绍若多听听沮先生的意见，整个汉末的历史就将被重写。事实是，袁绍不仅没有采纳沮授的逆耳忠言，反而以惑乱军心之罪，削弱了沮授的兵权。

官渡之战的结果，与其说取决于曹操的用兵神武，不如说缘于袁绍的迟疑无能。将固执、愚蠢、狂妄等诸项用兵大忌结合得如此完美，袁绍真当得起反面教材的典型。

削弱沮授的兵权，只是袁绍"笨伯才华"的第一步，这以后，他以不可思议的愚笨，将所有有利条件一一错过，同时又不放弃任何一个加速自己失败的机会。

官渡战幕刚刚拉开，袁绍最引以为豪的两员上将颜良、文丑即相继沙场授首，致使袁军士气大挫。袁绍兵力十倍于曹操，而行兵布置如此不济，被曹操从容地各个击破，身为统帅，袁绍情何以堪。与曹操正面相对，袁绍本无须如许人马，抽出一支，暗度陈仓，隔山打牛，偷袭曹操身后的许都，亦不失为一条妙计，袁营大谋士田丰及许攸即曾如此献策。袁绍半是听从，半是违背，结果反而比全然违背更糟。他派出偷袭许都的兵力根本不够，相当于给曹操挠痒痒，结果两次皆被留守许都的曹操兄弟曹仁击败。袁绍遂决计不再分兵，脑子里尽是歇斯底里地想着如何在正面战场上把曹操一举击败，对任何迂回之术都不加采纳。

两军相争，士气为先，加强团结，避免内部不必要的摩擦，为将者亦当遵循。袁绍在这一问题上又一错再错，先是临出发前将反对自己的谋士田丰投下大牢（插一句：田丰对袁绍也有过救命之恩），接着又默许在邺城的谋士审配抄没许攸家财，逼得许攸临阵脱逃，顺便将袁绍一件重大军事机密报知曹操。袁、曹相持已有半年，粮草成了决定战争成败的命脉。袁绍派去守卫粮草的军队既难称足够，委派的大将淳于琼又难称其才，且有贪杯恶习。权力虽遭削弱但对袁绍仍忠心不变的沮授，当时就曾提醒袁绍"当心曹公突袭淳于琼，可再派将军蒋奇另统一军，侧面防护"，同样遭到袁绍拒绝。

凡是有利于自己的建议，无不加以拒绝，这样的统帅还能打赢战争，那可真是对战争艺术的亵渎了。结果，只在三天时间，袁绍十万大军，就被弄得剩下区区八百人，陪袁绍逃回老家。

田丰之死，最能烛照袁绍的心胸度量。田丰曾反对袁绍投入这场战争，并预言袁绍必败。当袁绍果然大败时，狱吏纷纷向田丰庆贺，说是"先生大有先见之明，袁公回来后必定会加以重用"。"非也非也，"田丰答道，"我太了解袁公为人了，他表面宽容，内心猜忌，若此战获胜，袁公一时高兴，说不定会不咎既往，大赦天下，在下小命也可望保全。今既然失败，袁公羞恼之下只会更加震怒，遂致迁怒他人。烦请转告我家人，着速准备收尸。我估摸着不会活过今天了。"果然，袁绍回府后

下的第一道命令，就是处死田丰。——作为对照，我们发现，不管你将
此理解为豪杰气质还是奸雄本色，曹操战败后做的第一件事，往往就是
找到那位曾经反对自己的谋士，一边握着他的手，一边诚恳认错："悔
不用卿言，致有此败。"

袁绍之为袁绍，正在于其性格的外宽内狠，外容内忌，反复无常，
心胸逼仄。情绪高时，对引车卖浆者流他都会蔼然相对，一旦发作，哪
怕你是孔丘再生，孟轲还世，他仍然说翻脸就翻脸。据说，对那位最为
时人敬仰的大学者郑玄（字康成），袁绍都曾礼数不周，大加冒犯。

作为丈夫，袁绍没能妥善处理妻妾间的关系，对姓刘的小老婆过于
宠爱，遂引得家庭不和；作为父亲，袁绍管教无方，三个儿子皆好勇斗
狠，乏善可陈；作为统帅，袁绍气量褊狭，智谋短浅，审时不济，度势
更差。以袁绍的才能，而竟一度能呼风唤雨，左右时势，实在也是历史
的有趣之处。

袁绍当年与公孙瓒反目成仇时，曾煞有介事地致信公孙瓒，开导他
道："夫处三军之帅，当列将之任，宜令怒如严霜，喜如时雨，臧否好
恶，坦然可观。而足下二三其德，强弱易谋，急则曲躬，缓则放逸，行
无定端，言无质要，为壮士者固若此乎？"说得真是一点不错，但你袁
绍到底是在说别人，还是在描画自己呢？"言语的巨人，行动的矮子"，
难道不是袁绍的写照？

不管在哪朝哪代，袁绍好像都会成为一个大干部，一个高级昏官。
我的意思是，他总能昏得不动声色，昏得道貌岸然，昏得理直气壮，他
会罢免一个又一个人的官，他会将所有过错推给别人，直到有一天，他
的上级（如果他有上级的话）蓦然发现，造成这一切过错的，正是这位
看上去气宇非凡的大官。

当然，这里描绘的袁绍，多少有些歪曲。由于袁绍最终被定义为一
个失败者，再加上对汉室缺乏忠诚，故这个失败还是双重的，无论作史者

持何种立场，都不会对袁绍说什么好话，都难免对袁绍作些污蔑。史书中个别言之凿凿的描述，简直让人难以置信，如说袁绍仅仅由于幼子袁尚突生疥疮之疾，就轻率放弃一举击败曹操的大好机缘，听上去实在不像一个有脑子的人。

真实的袁绍是否如此不堪，其实难说。曹操与袁绍（包括与袁绍的三个儿子、一个外甥）的战争持续时间曾长达十年，袁绍去世后，百姓普遍大为哀痛，亦可证袁绍的统治不乏仁德。也许，真实的袁绍属于这种人，他有大量令人着迷的魅力和优点，却遗憾地具有两个缺点：心胸狭窄和优柔寡断。假如他不曾拥有如此巨大的权势，这两个缺点就无足轻重，他也完全可能活出另外一个精彩人生。可惜，他既然握有如此重权，这两个缺点就是灾难性的，足以使他的全部优点沦为笑谈。身份不同，优缺点的价值也会随之不同。一次通奸之举，可使小民付出掉脑袋的代价，对大人物却更像是一种情趣或花絮；"虚怀若谷"是一桩对小人物稍嫌奢侈的德行，一般也价值不大，却可能关乎大人物的根本。袁绍的错乱在于，身为大人物，他具备大量小人物的德行，唯独欠缺对真正的大人物至关重要的品质，结果，这类德行错乱带来了角色错乱，并最终带给他毁灭性的人生。

让袁绍执掌重权，对所有人都是一场灾难。但是，又怎么可能不让他尸居高位呢？只要人们眼光稍稍差点，判断力稍稍打点折扣，就会立刻被他金光夺目的仪表、风度和谈吐弄得一愣一愣的，也许还真以为自己替他脱鞋都不配呢？

七　两张臭嘴——孔融和祢衡

　　每个时代都有口才突出的人，遂派生出名嘴、臭嘴之别。名嘴臭嘴的标准很难定，比如今天，一些电视节目主持人常会摆出天下名嘴的气派，撇开个别翘楚，老百姓都知道，大多数混迹其中的家伙，唾液中的才学，实在值得重新测试一下。电影《巴顿将军》里有位美国将军，身陷重围，德国人要他投降，他用美国俚语回骂一声"Nuts"，意即对方脑子有病。巴顿听说后，一边麾动部下驰援，一边说了句有意思的台词："快，去抢救有口才的人。"

　　"Nuts"算不算有口才呢？在那个场合，那种关头，我同意巴顿的意见，这个词才气汪洋。

　　汉末时期名嘴颇多，如以桥玄、何颙、许子将为代表的人物品评家，他们名头锃亮，每到一地，辄令寻常士大夫纷纷"改节饰行"。《三国演义》中有位骁勇的武士太史慈，史书记载，他之不为人接纳，乃是有人担心许子将知道后要闹笑话，可见这拨名嘴的厉害，他们犀利精到的点评，可以轻易决定一个人的前程，也可以轻易使另一个人从此无法在江湖立足。然而，正所谓"天下无道，处士横议"，盛世纶音不得与闻之时，独多乱世怪论，本来也是题中应有之义。这样，为了解汉末特有风习，我们必须提到两张著名臭嘴：孔融与祢衡。

支撑孔融口才的，不是绵密的逻辑、精湛的思维，而只是迅捷的应对、华丽的言词、丰富的肢体语言。他的表达一旦拉长，难免就像拆散的毛线，头绪纷乱起来。

祢衡的人格障碍已使他丧失了自我收敛的能力，他的生命态势又极富攻击性，虽然今天可以被疯人院收留，但在古代，他在任何一个君王面前都讨不到活路

先说孔融。

在西汉董仲舒建议实行"罢黜百家，独尊儒术"的基本国策之后，孔融便有着中国最大的来头，他竟然是大圣先师孔夫子的二十世孙。孔融四岁让梨的故事，旧时蒙学读物都有记载，可谓家喻户晓。对自己非比寻常的出生来历，孔融显然知之甚详，少年时就曾巧加利用，借此成功打入上流社交圈。

当时有个南阳尹李膺，喜欢在家里摆名人沙龙，对来客要求极苛。曾特意关照守门人："非世贤及通家子孙，一概不见。"少年孔融前去求见了，亮出的正是"李君通家子孙"的招牌。李大人揉了半天眼也没看出眼前这个后生小子，祖上曾与自己有甚瓜葛。"大人差矣，"孔融嘿嘿一笑，"先君孔子与君先人李老君，同德比义而相师友，则融与君累世通家也。"

他指的乃是司马迁《史记》中记载的孔子造访老子（李耳）一事，依照同姓者"五百年前是一家"的说法，那真可算"累世通家"了。不仅李膺，在座众位显客无一不被他的捷才震倒，只除了一位倒霉蛋。太中大夫陈韪由于晚到，没有亲耳听到孔融迅捷无比的应对，经由别人转述，效果不免打了折扣，便说了句不太友好的话："小时了了，大未必佳，这种人我见得多了。"没承想孔融立刻回他一句："想君小时，必当了了。"陈韪当即吃瘪。在社交场上最倒霉的就是这种场合，你分明说了句妙语，却遭到对方借力打力的回击，你的妙语反而成为不幸的牺牲品，在成全对方之余，也令自己就地沦为小丑。时过境迁，重新回味孔融的反击，可以看出其中耍赖成分。"小时了了，大未必佳"原是一种无可厚非的泛论，孔融貌似机智无比的回击则包含了一层逻辑错乱，将对方论据中的可能性置换成了必然性。严格地说，它属于无效辩驳，依照对方的预设前提，那家伙即使日后不甚成器，也不等于他小时候"必当了了"。但是，谁管那些呢？众宾客的哄堂大笑，不仅把孔融当场宣布为赢家，也预言了孔融的未来，李膺即当庭宣布孔融日后"必为伟器"。

在 19 世纪的法国，一个外省青年想要在巴黎成名，最快捷的方式便是得到某位沙龙女主人的青睐，以便尽情展现自己的社交才华。在公元 2 世纪的中国，这一招好像也管用，至少孔融的名声，就离不开众位宾客的叫好和捧场。他的嘴有着强烈的宣泄欲望，自然会对旁人耳朵有着额外的需求。孔融不是一个喜欢自言自语的人，通常在座的宾客越多，他的舌根越为灵动，唾沫越为翻飞。

口才也是一个广阔领域，可以被细分为很多种。布道坛上的口才不同于客厅口才，煽动家的口才不同于法官的口才——煽动家只需赢得当下一刻，法官判词却必须经受后代检验。拿孔融来说，他的口才也是有其长有其短的，比如在今天，你若想和孔融在电视上展开辩论，没戏，看他不刻薄得你体无完肤。你得和他展开笔战，而且别在小报上，别通过无法容纳精密逻辑的千字文，你得堂堂正正地用符合学术规范的论文与他较劲，这下孔融完了。他舌根上的智慧就像一个百米跑选手，坚持不了多久。支撑他口才的，不是绵密的逻辑、精湛的思维，而只是迅捷的应对、华丽的言辞、丰富的肢体语言。他的表达一旦拉长，难免就像拆散的毛线，头绪纷乱起来。

结论是：这类口才虽然无助于义理研讨、学术深化，用来混淆视听，颠倒舆论，制造喝彩，却比什么嘴都厉害。

孔融还很有胆气，不，联系他一生，孔融的胆气只怕是太大了点。小时候他就成功地救过一个逃犯，以至自己和兄长一起进了大狱。那位逃犯张俭本是孔融哥哥的朋友，前来求救时碰巧哥哥外出，只有孔融一个小鬼当家。孔融成功地帮助张俭脱逃，他本人没有逃，逃跑不是孔融的个性，孔融宁愿和哥哥一起锒铛入狱。

不知是义薄云天还是天生奇胆，入狱后他直对着狱吏叫嚷："不关我哥哥的事，不关我哥哥的事，张俭是我放走的，快快拿我是问。"他哥哥急了，也在一边叫道："张俭是来找我的，和弟弟无关。"最感人的是，孔融母亲也以"家事任长，妾当其辜"为由加入了赴死行列，狱吏没辙了，少不了得请示上峰，结果上面意见是："把老母和弟弟放了，哥哥留下。"——出狱后的孔融，名声立刻像不羁的野火，在四方燎原。

闻名不如亲见，亲见胜过闻名。任何时候，任何场合，只要孔融当堂一坐，别人就只能要么乖乖地充当听众，要么傻傻地像听堂会那样在一边叫好，鲜有敢与他正面舌战的。十六岁的孔融是这样，三十八岁时就更是所向披靡了：一根舌头匹似毒蛇长长的引信，在众人面前"嘶嘶"作响，不断挑衅；奇谈怪论则像联合牌收割机，掠过听众汗水涔涔的额头，毫不留情地把别人那点可怜的社交智慧辗个粉碎。

孔融当时就觅得了一个雅号："议主。"可惜中国没有古罗马的元老院，也没有西方现代议会制度，所以孔融虽深具国会议员——也许还是众议院议长——的才能，却仍不得不到下面弄个官做做。皇帝原开设在洛阳的太学，已在两次"党锢之祸"中遭到重创，后来连首都洛阳都已残破得无法居住，值此乱世，孔融不可能觅得一个安静所在，可以让大家整天只管喝酒聊天，欣赏他的"议主"风采。北面战火频仍，到南边去吧，到南边过一把父母官的瘾。

我无法想象孔融作为地方官会是一副怎样的尊容，他不仅昏庸，而且注定会把昏庸体现得与众不同，仿佛昏庸还是一门艺术。严格地讲，孔融是一个不可救药的个人主义者，他作秀的热情充沛昂扬，至于如何关心百姓疾苦，如何成为识时务之俊杰，丝毫不加萦怀。在生灵涂炭、百废待兴之时，孔融为官一任，甫一就职，不去寻思着如何恢复农业，安抚百姓，治理战争创伤，而是整天忙着修复城墙，开设学校，举荐些与他具有相似风格的儒士，仿佛天下已长治久安，从此不再有兵戈扰攘，当务之急，乃是尽快开辟出一片承平气象。

他天性乐观，脑子里尽盘算些使自己显得不同凡响的离奇念头，而所有这些念头都以"不切实际"为主要特点。他对本地活着但活得非常艰难的百姓毫不系念，却满脑子想着所谓"示惨怛之爱，追文王之仁"，对客死本地的外乡游士，准备了上好棺木，将他们一一入殓。葬礼上的孔融是否像基督教牧师那样发表演说，我们不得而知，反正，能够使孔融产生热情的事情必须同时具有两个特点：它必须既风雅又怪诞。同郡有个孝子名叫甄子然，在孔融到任之前即已不幸早夭，为寄托自己飞来石般的奇特哀思，孔融竟不断地为他"配食悬社"，仿佛他还健在。在战乱、饥荒交织的年代，身为父母官的孔融无视现状，坚持奉行"人，诗意地栖居"的哲学，实在让人啼笑皆非。

想到孔融的死因之一乃是忤逆不孝，他对甄子然的态度，只能从思维方式的一贯错乱上去索解。依古代的道德观念和法制思想（两者往往合为一体，何况汉朝还有"以孝治天下"的传统），孔融确有取死之由，罪名未见得都由罗织而来。

孔融的思维确实奇特，除了些具有古代"嬉皮士"风格的酸丁，他从不知世上还有何人值得提拔奖掖，或者，要想得到孔融的抬举，还须满足一个没人愿意满足的前提：像那位孝子甄子然一样，以自己郁郁弃世为代价。他对当世知名的经学大师郑玄敬意无几，偶尔还要奚落几句，对死在司徒王允手下的东汉大学士蔡邕却愁情满怀到这般地步，以至仅仅因为某人模样有点像蔡邕，喝酒时就要把他拉到身边，为上天替蔡邕留下一个活面具而大发感慨。孔融对郑玄这类以严谨见长的学者，是否心存忌惮呢？不知道，至少你从孔融的表情上看不出这一点。

即使在敌人大兵压境，"流矢雨集"之时，他仍能以一种鬼见愁的风度，"凭几安坐，读书议论自若"。对，他感兴趣的就是这号姿态，他想证明的就是自己与世上"方伯"一族的本质不同。为了完成自己的历史造型，他甚至还会主动请缨，与武将争功，"大饮醇酒，躬自上马"，俨然一副关云长温酒斩华雄的气概。可惜，凤落平阳不如鸡，马上的孔融醉意蒙眬，又不会什么醉拳醉剑，结果只能仓促间将武夫的进取造型，临时改为诗人"仰天大笑出门去"的昂然而退。

好在谁都知道孔融是圣人后代，谁也没有真对他肩膀上的脑袋感兴趣，所以他总能不失体面地全身而退，扔下自己的百姓，从一个州郡窜到另一个州郡，反正照样有人请他继续昏官生涯。像济公一样，孔融的腰间大概也总悬着一壶酒，以便在路上一颠一颠时也能摆弄出点风度来。济颠和尚悬壶旨在济世，孔融呢？

当然也没法把孔融说成害群之马，这个不愿对社会负责任的圣人后代，只具备有限的危害社会能力。给社会带来真正的动荡和破坏，是军阀豪强们的勾当，如先后劫掠洛阳、长安的董卓和李傕、郭汜，如整天做着皇帝梦的袁术。孔融虽唾沫不断，其实手无缚鸡之力。话说回来，作为因果报应，最终死于曹操之手的孔融，对他人生命也较少体恤，滥杀忠良之事，孔融也曾染指。

有一次为了体现自己与众不同的义理观，他决定拿一个自己举荐过的人开刀。万事俱备，磨刀霍霍，只待问斩之时，一位名叫邴原的先生前来质问了。孔融本就理屈，这一次便难得地落了个下风，被邴原驳得哑口无言。你道孔融如何譬解？他竟厚着脸皮对邴原说："我不过想开个玩笑，先生怎么当起真来。"邴原却毫不含糊，当即追问道："岂有拿别人生命开玩笑的道理？"

曹操偶尔也会派点活计让孔融干干，为了安抚袁绍，使他暂时不至与自己为敌，他曾派孔融持天子节钺，并虎贲卫士百人，将大将军的印玺，隆重地给袁绍送上。这等冠冕堂皇的表面文章，交给孔融去做，曹操实在是找对了人。——可怜这个不可理喻的家伙，离开袁府后曾在荀彧面前对袁绍及其手下大加夸奖，仿佛这一趟美差颇和袁绍套上了交情。谁知他仍然把袁绍得罪了，就在孔融回到许昌不久，一封袁绍致曹操的亲笔信交到了曹操案头，袁绍不假掩饰地要求曹操把孔融杀了。孔融是怎么得罪袁绍的，怕他自己都懵里懵懂。

给孔融多大地盘他都无法自力更生，虽然他嘴硬，命中注定却只能在别人的统治下生存。在曹操"挟天子以令诸侯"，迁都许昌之后，孔融就一路朝都城方向走来。对被自己糟蹋掉的那一片片土地全无愧色，在许昌，在曹操眼皮底下，孔融立刻过起了"座上客常满，杯中酒不空"的生活，从而使自己的生活重新回到"议主"角色上来。借助曹操的强权和荀彧等一干能臣的调度，在那样一个乱世中，许昌当时还能享受某种台风中心的平静。这份平静竟仿佛是特地为孔融准备的，以便他腾出精力，咳唾江山，辱骂世人。

一些极为忤逆不道的言论，开始从孔融的少府里传出来。其中有些言论，即使在社会舆论相对宽泛无序的今天，都难以入人之耳。"父之于子，当有何亲？论其本意，实为情欲发耳！子之于母，亦复奚为？譬如寄物瓶中，出则离矣！"这话其实也不新鲜，此前王充在《论衡·物势》篇中已有所阐发，但不及孔融锐利："夫天地合气，人偶自生也；犹夫妇合气，子则自生也。夫妇合气，非当时欲得生子，情欲动而合，合而生子矣。"从语气上我们也不难发现，王充只不过说明一个自然之理，孔融则非得借助激烈的反问句式，以起到颠倒人伦的作用。钱锺书《管锥编》曾举出大量西方文学中的例子，旁证孔融之"吾道不孤"，如"古希腊诗人亦谓：'汝曷不思汝父何以得汝乎！汝身不过来自情欲一饷、不净一滴耳'"。

对于奉行以孝治天下的中国，孔融下面一个见解更让古人瞠目结舌。他鼓励人们，在饥馑年代，为了使素不相识的人可以活下来，不妨让父亲去死。方法是：将仅剩的一碗活命饭送给路人，而不是同样奄奄一息的老父。

似乎嫌自己一个人厥词大放不过瘾，孔融郑重其事地向当权者曹操，也向社会推举了一位人才。

他就是祢衡。

祢衡非常年轻，去世时只有二十四岁。他的天赋之高毋庸置疑，所谓"鸷鸟累百，不如一鹗"，俨然鹤立鸡群。"目所一见，辄诵于口，耳所暂闻，不忘于心"，博闻强记之能，无人能及。他还精通音律，即兴作鼓乐《渔阳》曲，"音节殊妙"，"渊渊有金石声"，可以令"坐上宾客听之，莫不慷慨"。

然而祢衡天生是要骂尽世人的，和后世阮籍准备一副青白眼的处世态度不同，祢衡从不知世上有谁值得他青眼相加，遂一概报之以白眼。即使对人世间仅有的两位知己孔融和杨修，评价起来照样疯疯癫癫，没遮没拦，竟将年长自己二十岁的孔融称为"大儿子"，将杨修称为"小儿子"。我们发现，世人一旦落入祢衡嘴里，结果甚至比羊落虎口还要凄惨。他只要对你略略瞥上一眼，就可以破口开骂了。

《三国演义》"祢正平裸衣骂曹"一回，对祢衡骂尽曹操手下做了详细的描写。仔细对照一下就会发现，他骂人很少是有道理的：仅仅因为别人长着个将军肚，便骂人家是"屠沽儿辈"，可使"监厨请客"；仅仅因为别人是独眼龙（何况还是战场负伤），就讥讽夏侯惇是"完体将军"。这并不能叫人佩服祢衡的口才。人身攻击，难道不是口才中的下流末技？

祢衡骂人的特点是：首先，他无法不骂人；其次，他从来不考虑给对方留点面子；最后，他也从来不给自己留有余地。骂人之于祢衡，就像毒品之于瘾君子，乃是不可遏制的爱好和冲动，为此，他也懒得虑及后果。拉拢一方，打击一方，骂一些人，同时安抚另一些人，这些最基本的论辩世故，祢衡全不理会。那天他准备回荆州老家，一些人决定送送他，想到平时饱受他的辱骂，送客也想略加报复，具体方法是，等祢衡走来时，大家全体坐着不动。祢衡走来了，一见此景，立刻号啕大哭起来。"你哭什么呀？"有人问。"走在一群行尸走肉之间，能不悲痛欲绝吗？"祢衡答道。

　　史书上没有祢衡家世的点滴材料，使我们判断祢衡的真实性格不无困难。比如他父母是否离异？他小时是否饱受虐待？他出生时有否难产？等等，我们皆不得而知。尽管如此，我们仍可较有把握地看出：祢衡有着明显的人格分裂症状，他的反社会倾向与自恋态度，几乎都是一眼可见的。这样的症状连弗洛伊德都无法医治，今天看来，疯人院是祢衡的必然归宿。

　　史书上有祢衡"发狂疾"的记载，但作史者似乎仅把这类"狂疾"视为祢衡偶尔的使性子，而没有想到那可能恰恰就是祢衡病灶的反映。在孔融要求他去见一见曹操的时候，祢衡因"狂疾不肯往"。

　　记得古斯塔夫·荣格在自传中曾经提到，很多在今天被看成精神病患者的人，在过去，他们往往能得到特殊礼遇，他们反常的精神状态，恰恰被视为不同寻常的证明。拿这个观点看祢衡，我们就不难理解，何以这个飞越了历史疯人院的逃犯，在汉末颇有声名，以至曹操虽然觉得"杀他比杀一只老鼠还容易"，但毕竟没敢亲自动手。

　　《三国演义》的读者，对祢衡羞辱曹操一事知之甚详：曹操任命祢衡为鼓吏，本意是想寒碜他一下，没想到祢衡竟然衣冠不整地走进大厅。由于东汉宫廷礼仪对鼓吏的衣着有特殊要求，祢衡这一身丐帮打扮，无疑构成了对曹操的挑衅。祢衡后来又答应曹操要求，换上鼓吏的标准行头，乃是为了实施下一步计划：他当着众人面脱下身上的百衲衣，一丝不挂，再徐徐换上新的装束。曹操无奈之下只能自我解嘲："我是偷鸡不着蚀把米，反被祢衡小子羞辱了一下。"

　　人格分裂的祢衡，显然从来不觉得曹操有甚可怕之处。他后来干脆继续穿上那身丐帮服，挂着根打狗棒，一屁股坐在曹操营帐外，对曹操破口大骂。每骂一句，打狗棒就重重朝地上戳一下。曹操即使"宰相肚里能撑船"，这时也按不住腾腾怒火。他唤来两名虎贲卫士，准备下三匹良马，祢衡就这样被撂在马上，被两个武士一路挟持出境，作为礼物，送给了荆州牧刘表。

在刘表高朋满座的客厅里，祢衡享受贵客待遇没几天，老毛病又犯了。他一面过甚其词地赞美刘表，不惜拿周文王加以比附，一面又对刘表手下众人大肆嘲笑。老实的刘表起初听不出其中暗藏的嘲讽，待到手下怒而检举，才省悟到祢衡的阴损刻薄。周文王素以礼贤下士、知人善任闻名于世，若刘表真属文王再生，他手下绝不至于如此昏庸不济，不然，只能说明刘表与他手下一般无能。刘表还算聪明，他明白了曹操将这个活宝送给自己，正是为了借刀杀人。为了让曹操看得起自己，他依法施为，同样将祢衡作为礼物，送给了当时屯驻夏口的将军黄祖。

黄祖是个粗人，他开始虽也拿祢衡当宝贝儿赏玩，但当祢衡一仍其故地嘲讽起他来，黄将军杀起人来可没想到眨眼。结果，祢衡竟是像狗一样被宰掉的。好在，黄祖还算粗中有细，没忘了在丧葬规格上给祢衡以相当礼遇。

传说祢衡曾作《鹦鹉赋》，内有句云："心怀归而勿果，徒怨毒于一隅。托轻鄙之微命，委陋贱之薄躯……"如此悲哀的文辞，会否真的出自愤世嫉俗的祢衡笔下，古人就曾有所怀疑。看来辨清这一点，需要的首先不是古典文学知识，而是心理学知识。我想，惊人的张狂放荡与同样惊人的哀婉悱恻，大概也只有在人格分裂者的意识层里才会得到统一。

祢衡死了，本着兔死狐悲的生命智慧，孔融先生应该有所警惕，收敛些才对。虽然祢衡非直接死于曹操之手，但以孔融的智力，他本能够看出曹操与祢衡之死的间接关系。可惜孔融没有，与祢衡一样，他同样认为世界上最不值得一怕的，正是连皇帝见了都要瑟瑟发抖的曹丞相。——其实，孔融若有点自知之明，他应该看出，自己才是导致祢衡之死的间接杀手。

政绩上乏善可陈的孔融，指摘起人来可是一张利嘴。论凌空蹈虚，大言无状，谁也奈何不了孔融，而一旦较到实处，比拼具体的统治才能，又谁都不会买孔融的账。

　　孔融有次就和光禄大夫郗虑争吵起来，分明孔融理亏，但曹操仍然愿意充当和事佬，亲自写信为两位和解。——孔融的骨头只会更轻。

　　种种迹象表明，晚年孔融最大的乐趣，就是和曹操过不去，和曹操抬杠。他也许不知道，曹操完全有杀他的借口，而且杀了他都能把责任堂而皇之地推给别人，比如袁绍。当然，如果孔融知道这件事，他也不妨自我膨胀地认为：曹操不杀他，乃是因为不敢，因为怕他。

　　有件事让孔融大为得意，并可以作为曹操怕孔融的证据。当年曹操将司徒杨彪投入大牢时，孔融不仅没想到自己性命也有危险，反而对曹操威胁道：如果你继续"横杀无辜"，我孔融"明日便当拂衣而去，不复朝矣"。——你道曹操怎么办？曹操还真放了杨彪。

　　出于管理上的需要，也和粮食短缺有关，曹操于建安十二年下了禁酒令。奉行"杯中酒不空"主义的孔融不高兴了，他忘了曹操也是一位讲究"何以解忧，唯有杜康"的性情中人，他压根儿就没想过曹操的立场，便嚷嚷着反对。

　　孔融有给曹操写信的习惯，在一封题为《难曹公表制酒禁书》的信中，孔融先是大谈一通"天有酒星，地有酒泉"的歪理，继而露骨地讥刺道："暴君桀、纣皆以色亡国，你何不干脆把婚姻也禁了。"曹操好像给孔融回了一封信，原信虽不可见，但从孔融复信中所谓"昨承训答，陈二代之祸，及众人之败，以酒亡者，实如来诲"的语意中，可以看出曹操的回信颇具语重心长的风格，还不乏大量有说服力的例子。

　　然而孔融是不可被说服的，他继续伺机向曹操发难。曹操北征乌丸时孔融便大加嘲讽，待曹操大军攻下袁绍的老巢邺城，时为虎贲中郎将的曹丕捷足先登，将袁绍儿子袁熙"颜色非凡"的妻子甄氏纳入怀中，孔融兴致勃勃，再次给曹操写信一封，远兜远转地说什么"当年周武王伐商纣王时，曾将纣王宠妃妲己赐给周公"的幽渺故事来。

曹操从军三十年，手不释卷，但还是被孔融这一新鲜典故弄迷糊了。想到孔融读书很多，曹操便虚心请教，孔融缓缓答道："以今度之，想当然耳。"——这算什么话？杜撰一个不存在的史实，用以挖苦他人，孔融的讽刺艺术委实造诣不浅，曹操受到的捉弄委实不轻……孔融几乎以某种视死如归的态度，将曹操的涵养逼向极限。

建安十三年（208 年）八月，随着一道《宣示孔融罪状令》的颁行，五十七岁的太中大夫孔融被押赴市曹，就地处决，其家族也惨遭株连。曹操赶在与袁绍官渡决战之前处死孔融，固然有钳制舆论、统一思想的战时考虑，但仍然算一大污点。

关于祢衡，他的人格障碍已使他丧失了自我收敛的能力，他的生命态势又极富攻击性，虽然今天可以被疯人院收留，但在古代，他在任何一个君王面前都讨不到活路。说到孔融，我相信孔老夫子上天有灵，一定会气得把天堂的地板跺穿。

两人都有一种只有知识分子中的极端者才会体现出的刚烈，古人习惯于将这份刚烈含糊地归结为某种书生意气，今天我们知道，他们都应该被纳入临床心理学的范畴，重新探究一番。呜呼，孔融与祢衡，这两张汉末时期最著名的臭嘴，也许只是两个病情深重的人，尤其是祢衡。

当然，按今天标准，两人均无该杀之由。我不清楚祢衡可以在今天干点什么，孔融似乎可以当一个时评家，或者，一名公共知识分子。他"理不胜辞"（曹丕语）的致命缺陷注定了自己无缘成为一流知识分子，但他执意对抗强权的反抗姿态和文字表达上的华丽才能，尤其是讽嘲天赋，又能轻易赢得民众喜欢，换句话说，活在今天的孔融很容易成为一个微博大 V 式人物，拥有海量粉丝，可以频繁出没于时政和娱乐版的头条。但是，他在任何时代都成不了真正的"当代伟器"；即使在今天，他值得尊敬之处亦仅限于姿态，而非内容。

八 遥想公瑾当年——周瑜

周瑜（字公瑾）是极品男人。他唯一的短板是寿命，寿命决于天意，非人力可致，而在人力可为的领域，周瑜全方位地做到了极致。如果老天爷再增周瑜十年岁数，整个汉末历史的走向都会有所不同，天下三分也可能无从说起。

周瑜容貌大有可观，高大，壮美，洋溢着阳刚性感。典故"曲有误，周郎顾"，其实包含两层意思。第一层是强调周瑜出众的音乐素养，他端坐聆乐时，只要听出点异样，就会转过身来，在众多乐女中一下看出那个弹错弦的人，准确得就像老练指挥家一下听出第三小提琴手拉错了弓弦。第二层意思是说，有些企慕周瑜的乐女，为求周郎返身一瞥，常会故意弹错。唐代诗人李端的小诗《听筝》，描绘了这幕风雅小景：

鸣筝金粟柱，素手玉房前。欲得周郎顾，时时误拂弦。

中国古代妇女素来不以情感主动、表达奔放著称，乐女频使此等小手段，想必只有一个原因：俊美周郎，对她们构成一种不可抗力。

诚然，相貌无所谓伟大，再非凡的仪表也不会成就男子英名。春秋时期的晏子任齐相时，其马夫身长八尺，相貌堂堂，举手投足，得意扬扬，不料回家后遭到妻子一顿抢白："你好没出息！看人家晏子，身高不足六尺，为齐国相，名满诸侯，却志念深沉，表情谦和，哪像你，当个小小马夫就目空一切，白长了一副伟岸身躯。"可见，鄙陋容貌有时还能彰显伟大，非凡仪表说不定倒会泄露渺小。说到周瑜，可以肯定，他的仪表顶多有益于自己的娇妻小乔，与他的事业无关。然八卦之心，人皆有之，八百年后的大诗人苏轼在"遥想公瑾当年"时，也忍不住先从"小乔初嫁了"说起。小乔与大乔，是当年名满天下的一对姐妹花，周瑜的铁哥们儿兼主公孙策娶了大乔，周瑜娶了小乔，一时风雅无双。

出众的音乐修养不同于天生蛮力，虽离不开天赋，但更多地取决于环境。欲练就"曲有误，周郎顾"的绝技，必赖于良好教养和相当的聆乐经验。的确，周瑜不是苦寒出身，他隶属于一个极有地位的士族大家，堂祖父周景、堂叔周忠，均曾官居太尉，父亲周异亦曾任洛阳令。孙坚早年讨伐董卓时，周瑜曾让出自家一处宅院供孙家居住；孙策举兵时，周瑜亦率自家部曲相迎。可见，周瑜家族绝非泛泛，该家族提供的封建贵族式教育，想必给予了他极大熏陶，并最终让他成长为一代儒将。

"儒将"是个美妙概念，也是个古典概念。按"儒者以六艺为法"，六艺即"礼、乐、射、御、书、数"，一望可知，其中并无文武壁垒，文武双修乃古典贵族教育的当然内涵。无独有偶，欧洲中世纪骑士也有所谓"六艺"，除箭术、骑术、游泳、狩猎外，还需研习棋艺和吟诗，同样含有文武双修的要求，至于古希腊、古罗马名将，几乎个个擅长演说，精于法律。古代没有职业军人，古罗马凯撒大帝在征服高卢后，亲自撰写了一卷《高卢战记》，罗马人并不觉得奇怪。东汉讨伐黄巾军的著名将领卢植，也是一位大学者，著有《尚书章句》《三礼解诂》，时人亦视为正常。另外，儒将的"儒"并不取决于学术或文学成就，而是注重一种内在光华，所以，周瑜虽无文章、书法传世，人们仍然依据他"谈笑间樯橹灰飞烟灭"的超凡气度和绝世战功，确认其儒将身份。周

记住周郎，等于铭记一段优雅的沙场英气，铭记一场帅到极致的指点江山。转瞬即逝的煌煌战功，造就绵绵无尽的人生嗟叹，生时有无限英勇，死时含无限缠绵，周郎无愧「极品男人」

瑜的继任者陆逊亦无作品传世（他的孙子陆机倒是一代文章大家，著有
《文赋》），《三国演义》仍以一回"书生拜大将"的文字，浓墨重彩地渲
染了陆逊的"儒将"特质。《三国演义》评点者毛纶、毛宗岗父子就此
夹批过一段文字，颇含妙味：

> 书生而有大将之才，不得以书生目之；亦唯书生而有大将之
> 才，则正以其书生而取之。先轸悦礼乐而敦诗书，晋之名将，一书
> 生也；张巡过目不忘，唐之名将，一书生也；岳飞歌雅投壶，孟珙
> 扫地焚香，宋之名将，一书生也。每怪今人以书生相诟詈，见其人
> 之文而无用者，辄笑之以书生气。试观陆逊之为书生，奈何轻量书
> 生哉？

毛氏父子系明末清初人，显然，在他们的时代，书生与大将已然无
甚关联，将领多为莽夫，书生多半文弱，长着一副孔乙己的身坯，常为
世人所"轻量"。

归根结底，儒将地位取决于战功。若依历代民众的熟悉度来排名，
赤壁大战堪称古今第一战，"人道是三国周郎赤壁"，周瑜是这场战争的
指挥者，正如孙权是这场战争的后勤保障者，鲁肃和诸葛亮是这场战争
的推动者，黄盖是这场战争的马前卒，曹操则倒霉地沦为周瑜声名的成
全者。所以，为更好地了解周瑜，必须从赤壁入手。名将期待沙场，沙
场成就名将，乃不易之理。

人所共知的赤壁之战，其实是一场被误解最深的战役。误解来自两
方面：第一，曹操一封虚张声势的信；第二，后人罗贯中的大师级虚
构，笃信《三国演义》的读者，甚至会把赤壁之功归于诸葛亮。赤壁战
功归于周瑜，在罗贯中之前并无疑义，最雄辩的理由来自对手曹操。谁
是赢家，输家说了算，曹操日后在一封写给孙权的信里，虽对失败有所

辩解，仍以一句"横使周瑜成名"的断语，确认了周郎的赢家身份。

严格地说，苏轼"三国周郎赤壁"的说法有误，因为赤壁之战发生时，魏蜀吴三国压根儿不存在，无论曹操还是孙权、周瑜、刘备，身份都是汉朝大官，他们都效忠于汉朝皇帝，至少口头上如此。理解这一点，就能界定赤壁之战的性质：它不是一场国与国之间的侵略战争，不是一场诸侯间的兼并战争，若强调战争的正当性，该正当性不在孙权、周瑜一边，反而更多地倾向曹操。战争的关键词是统一还是分裂，代表汉朝皇帝出战的曹操志在统一，意欲割据江东的孙权志在分裂，遂有此一战。换句话说，倘若孙权毫无分国裂土、割据自立的行为，曹操师出无名，赤壁之战就不会发生，正如曹操不会无故向忠于汉朝的益州牧刘璋进攻。

依照当时的统治规则，拥有军队的地方诸侯有义务祛除皇上顾虑，方法是"遣子入侍"。这类方法曾盛行于古代世界，古罗马人也曾借助该法求得帝国的安稳，日后造成罗马帝国极大动荡的匈奴人阿提拉，早年曾作为人质在罗马求学。曹操"挟天子以令诸侯"之后，即要求马腾（马超的父亲）"遣子入侍"，以确保皇上无忧。然而，当曹操假借皇帝旨意要求孙权依照惯例"遣子入朝随驾"时，孙权拒绝了。这份拒绝可以解读成图谋不轨、"闹独立"的信号。那么，谁在怂恿孙权呢？是周瑜。

周瑜与孙策的关系，友谊多于上下级因素，两人年岁相若，周瑜以兄礼敬待孙策，以自家部曲协助孙策。在孙策死后，周瑜又以无懈可击的礼仪，尊重并效命于小自己十来岁的孙权。孙权与周瑜得以建立双重关系：孙权既是周瑜的主公，又以兄礼敬重周瑜。在权力场上，这类涉及多重伦理的关系极易引发矛盾，周瑜却做得相当漂亮，既敢于担当，又全无僭越。在古人极为看重的友道和臣道两方面，皆堪称楷模。

周瑜具有强烈的效忠精神，但其效忠对象不是皇家，而是江东孙氏。周瑜和袁绍一样，不认为风雨飘摇的汉代江山值得挽救；周瑜和袁术一样，将朝廷之摇摇欲坠视为江山易姓、改朝换代的大好机缘，与袁术的区别仅在于，周瑜并无自立皇上的野心，他只想尽心尽力地辅佐孙权。当年，周瑜劝好友鲁肃投奔孙权，即以"汉室不可复兴"作为大势研判的前提，又结合所谓"先哲秘论"，断言"承运代刘氏者，必兴于东南，推步事势，当其历数，结构帝基，以协天符，是烈士攀龙附凤驰骛之秋"，赤裸裸地表达了推翻汉朝，靠孙权"结构帝基"的"打天下"计划。在周瑜、鲁肃成为孙权的左膀右臂之后，孙权久蓄于心的帝王梦想，就被点燃了。实际上，周瑜在赤壁战前声称"操名为汉相，实为汉贼"之时，曹操并无推翻汉朝的居心，由于别路豪强已被曹操一一剿灭，仓皇逃亡中的刘备尚无暇遐想自己的政治前途，当时真正觊觎皇位的，恰是孙权自己，周瑜只是用所谓"恶人先告状"的法子，丑化曹操，同时实施自己的战争动员而已。所以，在孙权、周瑜、鲁肃三人结成秘而不宣的"结构帝基"同盟之后，孙权就将自己放在与曹操必有一战的位置上。就此而论，赤壁之战的初因来自孙权的异心，远因来自周瑜的志向和才能。孙权敢萌异心，端赖周公瑾。没有周瑜辅佐，孙权的帝王梦，终究是南柯一梦。

对曹操，赤壁之战是一场准备欠充分的战役。之前曹操挥师南下，初衷只是收拾刘表余部，将刘表治下蠢蠢欲动的荆州，重新纳入朝廷版图。这项军事征伐进展顺利，以刘琮束手，荆州归降，刘备亡命为标志。当曹操顺手整编了刘表手下的庞大水军，从节省军事成本的角度考虑，他自然地把目光移向了孙权盘踞的江东。我们知道，作为帝国的实际统治者，曹操兵士分布于广大的国土边陲，曹操本人又历来反对扩充兵员（理由是"兵多意盛，与强敌争，倘更为祸始"），所以，他当时可资调配的兵员并不多。曹操在致孙权的劝降书里声称"今治水军八十万众，方与将军会猎于吴"，实质是一种战术性恐吓，奢望孙权未战先怯，放弃抵抗。作为一种策略，曹操的诈唬差点成功，孙权的江东小宫廷里一度沸腾着投降声浪，大量缺乏实战历练的江东老臣（以张昭为代表）都被曹操吓坏了，以为对抗曹操不啻以卵击石。倘若曹操幸而成功，这次诈唬将成为曹氏谋略的又一次经典表演。

曹操不曾料到周瑜的强势存在。周瑜冷冷一笑，不为所动。

周瑜不仅有坚定的意志，他还是明白人。之前随孙策转战江东，他积累了丰富的战争经验，对于双方将要交战的那片战场，没有人比周瑜了解得更多。周瑜不是一位走南闯北的征伐型将军，而是家园的护卫者，他一次不曾介入当时以北方为战场、以骑兵为战术核心的战役，他精于训练并指挥水军。周瑜是长江水战的行家，与他相比，无论曹操还是其手下将领，无一不是外行。对周瑜来说，只要确保战役在江面上展开并在江面上解决，曹操拥有的那支训练有素的北方军队，就将失去用武之地，不管人数是七八万还是八十万。

一个极度鲜明的对照是，当时的孙权小宫廷里，只有周瑜和鲁肃持战争立场。周瑜对当时形势的判断，全然不同于他人。诚然，诸葛亮的判断与周瑜相同，但立场不同。对诸葛亮来说，主公刘备已臻日暮途穷之境，唆使孙权联刘抗曹，对孙权是一场豪赌，对刘备则谈不上，缺乏赌本的刘备，顶多只是在孙权的牌桌上跟进几张小钱。若孙权获胜，刘备得以分享战果；若孙权失败，刘备损失有限，大不了继续南下逃亡。何况，刘备原已做好了远赴广西梧州，投奔苍梧太守吴巨的准备。地位决定立场，实力决定身价，拥有全部赌本且承担全部责任的周瑜，才是至关重要的。

后人注意到，周瑜从未对胜利抱有些许怀疑。通常，运气总是战争的组成部分，曹操在战胜乌丸、袁绍以后，都曾暗叫侥幸，但令人惊奇的是，无论战前还是战后，周瑜均未流露过类似庆幸，他自始至终都将胜利视为囊中之物。有人认为，若非黄盖诈降、东南风助力，周瑜难成其功，唐诗人杜牧"东风不与周郎便，铜雀春深锁二乔"的名句，就表达了这个见解。但周瑜并不认同，当他向孙权拍板时，他并不知道黄盖日后会献诈降之计，但他已然确信"操自送死"，认定"擒操，宜在今日"，且只需"请得精兵三万人，进驻夏口"，即可"保为将军（孙权）破之"。

罗贯中笔下的赤壁大战精彩绝伦，真实的赤壁之战怕是极为简单。由于曹操军营里突发疾疫，大量不习南方水土的士兵接连倒下，故战事未开，曹操的有生力量已经大有折损。凭借有利的东南风，黄盖载满易燃物的诈降船靠近对岸的曹操水军，曹操的"蒙冲斗舰"着火了。在冷兵器时代，得到风神襄助的火势，极易演变成现代战争的骇人规模，再加曹军船只都用铁链绑在一起，遂呈"火烧连营"之势，损失立刻失控。曹操第一时间大概就意识到伐吴已无以为继，遂把心一横，主动烧掉了另外一些船，避免它们成为周瑜的战利品。然后，曹军撤退了。孙权、刘备的小股部队对曹军实施了追击，但作用有限，"华容道"云云，不过是小说家的笔墨噱头。曹操所折损的，主要是原属刘表的水军，对于曹操以北方战事为重心的国家战略而言，那更像是身外之物，故损失不如预想的那么惨重。也许，比战略物资折损更重要的，是战略要地南郡的得而复失，以及曹操心气上的折损。终曹操一生，他再未兴起渡江伐吴之念。故经此一战，孙权的帝王梦，粗具雏形。

孙权不是一个知恩图报的人，但他始终对周瑜存有感激。孙权拥有的江东基业，固然继承自英勇的父兄，然没有周瑜，这片基业将早早地向曹操交纳。

事后复盘，赤壁之战赢得简单，一把火而已，但确信本方必将获胜，则是一个极不简单的判断。据史书记载，周瑜当时分析了曹操的用兵四忌，他对孙权说：

> 请为将军筹之：今使北土已安，操无内忧，能旷日持久，来争

疆场，又能与我校胜负于船楫乎？今北土既未平安，加马超、韩遂尚在关西，为操后患。且舍鞍马，仗舟楫，与吴越争衡，本非中国所长。又今盛寒，马无藁草，驱中国士众远涉江湖之间，不习水土，必生疾病。此数四者，用兵之患也，而操皆冒行之。

这些分析当然都很在理，但兵家胜负充满不可测因素，通常不取决于谁更能把话说得头头是道。以疾疫而论，它固然使北方士众"必生疾病"，却不能保证南方将士"必不生病"。实际上，当时中国疾疫流行，医圣张仲景即是周瑜同时代人，且生活在南方，正是目睹了当地大量疾疫，才促使他写下不朽经典《伤寒杂病论》。没有证据说明，生活在南方的士兵，会比北方士兵具有更多免疫力，东吴不少名将都曾死于疾疫，如吕蒙、甘宁、孙蛟、蒋钦等。周瑜本人日后突发疾病，一般说成箭疮复发，或许也与疾疫有关。有西方学者认为，中国人是在茶文化流行之后，才防止了很多肠道疾病，因为饮茶带来了煮沸饮用水的好习惯。在周瑜所处时代，茶文化尚未盛行于民间。

也许，周瑜最具实战价值的分析，是看出当时的"蒙冲斗舰"尚无力具备大规模渡江作战的能力。这个猜测可为如下事实所印证：赤壁战后，曹操及其后继者再无类似渡江作战计划，哪怕在魏吴间实力对比出现更大悬殊之后，该计划也不再被采纳。日后西晋伐吴，所采方法是在长江上游造船屯兵，以战舰溯江而下、顺流而东的方式取得成功。两种方式牵涉到的环境因素及工程技术差异，笔者无力探讨，但差异显而易见。周瑜预睹先机，遂有此大捷。

赤壁之战形成了全新的帝国版图，孙权得以与曹操南北分峙，划江而治。就此，帝国的分裂格局再次形成。周瑜和诸葛亮一样，并不认为本方具备掀翻曹操的能力，在可见的将来，他只满足于替孙权打下半壁江山。在周瑜的设计里，素无"三国"构想，倘天假以年，他甚至会把诸葛亮计划中的"三国梦"扼杀在摇篮中。

周瑜另一个过人之处在于，他早早看出刘备的枭雄本色。在周瑜看来，诸葛亮所谓"联刘抗曹"乃是刘备的一厢情愿，周瑜本人既不在乎刘备那点兵力，更对刘备的野心抱有警惕。他曾数次提醒孙权除掉刘备，顶不济也要对刘备实施软禁，通过将孙权妹妹嫁给刘备这种温柔方式，把刘备长期扣押在东吴。类似方法，郭嘉早先曾向曹操建议过，亦可见出"英雄所见略同"。可惜，孙权也和曹操一样一时犯浑，使刘备再次得以蛟龙入海，猛虎归山。

作为天生的"大场面先生"，周瑜最厉害的一着棋，是觊觎西蜀。当时刘璋任益州牧，张鲁频频生事滋扰，而曹操新败，暂时不会对孙权兴兵，周瑜觑准了大好机缘，打算攻取益州，兼并张鲁，结援马超。此计若成，东吴的国土面积将大为扩充，人口将大为增加（人口是当时最重要的战略力量），东吴不仅获得与曹操长期抗衡的资本，一旦时移事易，曹操老去，北边中国的权力格局发生变化，东吴还可能实施战略反攻，北吞中国。那完全是另一个历史走向。这条计划绝非纸上谈兵，因为，实力弱于孙权的刘备，在诸葛亮建议下，日后差不多复制了这条进攻线路，从而建立了蜀汉政权。

然而，就在周瑜紧锣密鼓地筹划伐蜀时，一场突发疾病夺去了他的生命，年仅三十六岁。

在《三国演义》里，周瑜被描绘成诸葛亮的嫉妒者。将气度宽宏的周瑜写成小肚鸡肠，自是罗贯中的非凡创造，值得给予文学上的崇高敬意。但真相不可能如此，依照合乎情理的逻辑，两人的真实关系应该是这样的：诸葛亮首先感谢周瑜恰到好处地活着，其次庆幸周瑜恰到好处地死去。周瑜生龙活虎地出现在赤壁，才使刘备逃过一劫；周瑜壮志未酬地死去，才使刘备获得了宝贵的生存空间。周瑜不死，属于诸葛亮的伟大人生将如何展开呢？事实上，周瑜一死，孙权旋即放弃了攻占益州的计划，刘备也随之获得了自己的另类前程。不是孙权甘愿放弃，而是孙权找不到周瑜的继任者。不得不说，在封建专制时代，历史主要是个人创造的，它随个人之兴而兴，随个人之亡而亡。

死于盛年的周瑜，给孙权带来了无尽的失落和遗憾，给刘备带来了天赐转机，给后人带来了永恒谈资。撇开汉末乱局，单从"了却君王天下事，赢得生前身后名"的角度看，周瑜早逝不算坏事，对名将来说，寿终正寝总是有点乏味，何况，那将意味着"周郎"变成"周翁"，这几乎等于西施变形为东施。记住周郎，等于铭记一段优雅的沙场英气，铭记一场帅到极致的指点江山。转瞬即逝的煌煌战功，造就绵绵无尽的人生嗟叹，生时有无限英勇，死时含无限缠绵，周郎无愧"极品男人"。

英雄是民族的缩影，一个民族铭记什么样的英雄，总能反衬该民族的若干特性。在罗贯中于元末明初撰写《三国演义》之前，诸葛亮与周瑜并非一道二选一的选择题，两人的联袂存在，共同丰富了我们民族的英雄长廊，洋溢于周瑜身上的诗性英雄特质，至少反映了汉唐人的英雄观。当罗贯中以一道虚构的周瑜遗言"既生瑜，何生亮"在两人中做出择一弃一的选择时，也就意味着诗性英雄的气质逐渐远去，巫师妖道得以大行其道，尽管，真实的诸葛亮绝非这样一个人。这种选择，折射出英雄气概的倒退，文化审美的软化，精神内涵的剥落。大致可以认为，真实的周瑜和诸葛亮皆有值得敬爱之处，单单迷恋《三国演义》里的孔明，难免有点偏激。

九 江东那一双碧眼——孙权

　　孙权（字仲谋）无疑是一名福将，当然不是《说岳》中牛皋一流，为示区别，同时符合他"吴主""吴侯"的身份，我们不如说他"福帅"罢。他的基业为了不起的父兄所创，年仅十九，几乎已有了"守成之主"的气象，有老成谋国的张昭和风流倜傥的周瑜为之辅佐，有程普、黄盖等不惜"马革裹尸"的老将为之勠力。最能见出孙权福大命大之处在于，每逢危急之时，他身边总能及时闪出一位天赐良将，为他排忧纾难，使他转危为安。

　　曹操二三十万大军屯集赤壁，欲与孙权"会猎于吴"，当是时，黑云压城，甲光蔽日，也许是汉末三国时期最具文士风流的儒将周瑜，如神龙翩然现身，遂演出一场"谈笑间樯橹灰飞烟灭"的"三国周郎赤壁"；荆州南郡被刘备借而不还，关羽威风八面，又公然辱骂孙权派去求亲的使者，孙权怒火攻心，苦无良策，蓦见"次及公瑾"的吕蒙应命而出，以羸弱病躯做最后一击，从而一举夺回荆州；刘备替关羽报仇，尽起蜀国军队，弥山遍野，旌旗蔽空，向吴国杀奔而来。孙权正因周瑜、吕蒙相继辞世而感叹命薄，谁知又一神奇小子陆逊划然而起，一战而将刘备连营七十里的军队尽付丙丁。

　　汉末三国三大战役：袁曹官渡之战、魏吴赤壁之战和吴蜀彝陵之战。

那一双极有魅力的碧眼，一眨一眨，眼瞳里倒映出的虹彩，幻化为三千里东吴形胜

孙权参加其二,借助两把神奇的烈火,而竟能凯歌双奏。妙的是,孙权几乎无须亲临前线,他只消在后方稍加调度,安抚将佐,落实些粮草和后续部队,就能尽收煌煌战果,这份福气,实在令人羡慕,难怪他出生时即"方颐大口,目有精光",活脱脱一个"碧眼儿",饶具贵人之相。

孙权平生除受到关羽极度轻慢外,还曾遭受张辽的藐视。区别是,关羽的轻慢与孙权的性命无关,倒使关羽自己因此种下祸根,来自张辽的藐视则几乎要了孙仲谋的命。那也是孙权难得的一次"御驾亲征"。

在合肥,那一天,张辽大概"吃错药了",他召集了一支八百人的敢死队,向着百倍于自己的东吴人骤然发难。八百人个个披甲持戟,如饿虎下山,扑向东吴羊兵。当张辽提坦巨神般的身姿率先冲破吴军阵势时,东吴人胆寒了,他们护卫着孙权,逃向边上那座由坟堆构成的小丘,再挺出一长列长矛,摆出一种类似古罗马军团的乌龟阵,将孙权铁桶似地护在垓心。"孙权,你懦夫!"张辽咒骂道,"我就是魏将张辽,你敢下来与我一对一决战吗?"孙权当然不敢,但他也许回了一句嘴(身为三军主师,被对方咒骂而不出口反击,情面上说不过去)。"懦夫还敢啰唣!"血脉偾张的张辽得势不饶人,再次发难,急冲而上。最先抵挡的东吴兵成了最早的牺牲品,二十米,十米,五米,张辽割草机般的铁戟清除着眼前障碍,只剩下对孙权的最后一击……

命不该绝的孙权再次得救了。他忠勇的部下不惜用人肉方式阻挡张辽的疯狂,贴身护卫纷纷发出临终前的惨叫,爱将甘宁身负重伤,凌统一支长枪又死命抵住了张辽,就在距孙权胸口不过三寸之地。——由于孙权视张辽如瘟神,致使整个吴国一度谈张辽而色变。后来张辽病重,魏文帝曹丕仍坚持让张辽出征。孙权一朝被蛇咬,十年怕井绳,告诫众位将士道:"张辽虽病,不可当也,慎之!"

不必嘲笑孙权的懦弱,怪只怪那一刻的张辽太过疯狂。因为,孙权按说不该如此惊慌失措,他早年射猎时,曾遭遇过理论上比这更可怕的场景：一头吊睛白额大虫突然直扑上来，两只前爪堪堪已搭上马鞍，好个孙郎，竟掷出双戟，分别击中猛虎的前爪。几乎在兽王沦为残疾的同时，又一支箭激射而出，贯通它的脑门……

"性度弘朗，仁而多断，好养侠士"的孙权，天生就具备帝王的威严和驾驭群臣的能力，而他伟大的兄长孙策，也从来没忘记提醒他这一点。孙策也许早就知道，自己好勇斗狠、孤身犯险的气质，注定命不久长，故带兵出征时，常将这位阿弟带在身边，让他"参同计谋"。更有意思的是，每逢酒宴，群僚毕集之时，孙策还会私下里对孙权说："兄弟，你得打点精神，在座诸君，日后都是你的大将。"

那一双极有魅力的碧眼，一眨一眨，眼瞳里倒映出的虹彩，幻化为三千里东吴形胜。

虽然如此，当兄长猝然殒命的时候，哀恸过度的孙权，一时仍然生出放弃之念。他神情憔悴，悲哀无度，完全忘记了眼下的当务之急。威严的张昭出现在门外："孙将军，这是哭的时候吗？你英勇的兄长难道希望你像匹夫那样哭个没完，把军国大事撂在一边吗？你看看外面，天下鼎沸，群盗满山，正等着将军重振雄威，收拾山河。请将军快快更衣，检阅你的部下，整顿你的郡国。"说完，张昭立在门口，直到孙权一身戎装重新出现，才露出满意的笑容。张昭亲自将孙权恭敬地扶上战马。

孙权上马了，这以后，他再也没有忘记自己肩荷的使命。

当年汉高祖刘邦与淮阴侯韩信相对叙谈，论及带兵之能。韩信对刘邦的带兵能力颇为不恭："陛下不过能将十万兵。""那么你呢？"刘邦再问。"我？哈哈，我可是多多益善的呀！"刘邦接下去那句质问，正恰切地反映了他早年作为一介亭长的见识："你既然多多益善，何以反而成为我的手下？""臣善于带兵，陛下善于带将。"韩信答道。

将这个众所周知的故事重说一遍，只为引出孙权的特点，即如果孙权有部下敢于像韩信这样讲话,孙权不会不快。他知道自己的长处是什么,他知道君王和大将不仅职位上有着不容逾越的分工,能力上也各有侧重。他要做的只是,在合适岗位上找准合适人才,一旦觑准,绝无怀疑。他最擅长做的一件事,便是在不失君王之尊的前提下,与群臣和睦相处,打成一片。也许他还认为:忙忙碌碌、事必躬亲的君主,不是合格的君主。他的使命在调度,他只要睁着一双善于发现并识拔人才的眼睛,就大功告成了。

和张昭的交往,颇能见出孙权这方面的特点。

孙权见张昭无疑有点心怯,他曾自称:"我在张公面前,从来不敢胡乱说话。"理由不仅在于此人"容貌矜严,有威风",不仅在于此人学富五车,一派长者之相,也不仅在于此人在东吴宫廷里资格最老,资历最深,还在于这老家伙特会找孙权的茬儿。当然,就张昭一面来说,他可能是因为孙策临死前曾特地叮嘱过他"好好辅佐我兄弟"。——据说,孙策还讲过类似刘备在白帝城对诸葛亮说过的话:"若我弟弟不行,先生可取而代之。"——再加张昭年长,所以习惯成自然地喜欢数落孙权几句。

孙权年轻,有时难免意气用事,想挣脱人主的拘束衣,与臣下胡来一气,借此松弛一下绷得过紧的君王神经。一次在酒宴上,兴致勃勃的孙权与臣下约定:"今天大家都要痛饮,直到有人醉得从楼台上掉下去,这酒才算喝过了。"但见张昭拂袖而起,在外面马车里一屁股坐定,满脸怒气,哼哼不止。孙权急忙追出来:"张公您何必呢,我不就是想和大家伙乐一乐吗?""这是君主的取乐方式吗?这是桀、纣辈酒池肉林的行径。"张昭说得既堂堂正正,又无限上纲。"罢了罢了,我听您的,这酒不喝了。"

虽然张昭颇有明朝宰辅张居正的架势,孙权可不像后来万历皇帝那样,只会躲在宫廷里耍赖,拒绝临朝。孙权迅速学会了对张昭阳奉阴违，方法大致同打鼾人接受别人批评相似：虚心接受，坚决不改。孙权在外面打猎射虎，张昭见了总不免又要唠叨一番"为人君者，当如何如何"的大道理，孙权鞠躬谢过，转眼给战马加上一鞭，又朝着猎场飞驰而去。

"孩子，你耍我呐！"张昭气坏了，不觉也老夫聊使女儿性，遂托病不起，拒绝上朝。孙权可不想得罪这位没有幽默感的老爷子，几次三番派人去请，张昭都不搭理，孙权只能亲自出面。"张公，孙权给您老赔不是来了，您快出来吧。您再不出来，我可要在外面放火啦。"君主无戏言，火焰果然在张邸四周燃烧起来。耿直的张昭不仅无意出门，反而让下人用泥土把大门填实，摆出一副视死如归的架势。"快快灭火。"孙权只能改变主意。这以后，孙权一直站在张昭门外，从早晨到黄昏。随着一声"咿呀"，在张昭儿子的苦劝下，张昭终于出来了。孙权立刻迎上去，两人抱头痛哭。

孙权也该任命一个丞相了，所有人都举荐张昭。这一刻，孙权的那双碧眼可一点没含糊，他没有答应。他知道，张昭性格刚直不屈，属于可敬重而未必可倚重的人，孙权宁可以师礼待之，也不想把国家交给他管理。当然，孙权嘴上说得漂亮滑溜："张公年事已高，丞相一职殊劳心力，恐于张公健康有碍。"结果，无法"立功立德"的张昭，老年时只能在家里从事"立言"，专事著述起来。

孙权拜将，亦颇值一书。东吴原有一班当年追随孙坚、孙策的老将，个个具有廉颇般的老资格，但孙权看出来，这些人忠勇有余，智谋不足，难以荷一方之任。所以每逢大战，孙权都会起用一些新人。这些新人在证明真才实学之前，如何让那拨老将诚心服膺，成了对孙权的一大考验。你想想程普这样的人，甚至当年与雄姿英发的周瑜同领大都督之职，都不仅没有深感荣幸，反而满肚子不快活，让他们听命于比周瑜名声差几个档次的小字辈调度，他们能接受吗？

　　他们能接受，因为孙权有办法。孙权让出身寒门的平虏将军周泰镇守濡须坞，老资格的朱然、徐盛任周泰的副手。孙权知道朱、徐二位肯定满心不服气，一天便以视察之名来到濡须坞。酒席上觥筹交错，孙权突然让周泰把衣服脱了。在座的还没明白过来孙权的用意，便集体倒吸一口凉气，但见周泰身上，剑伤累累，刀痕处处，简直体无完肤。"周将军这一道伤因何而起？""周将军这一道伤来自何处？""周将军这一道伤为哪一个敌将所创？"伴随着孙权与周泰的一问一答，举座皆惊，齐齐地把敬仰的目光投向周泰。为加强和巩固戏剧效果，孙权再接再厉，临时急出一把眼泪来，边抚摸着周泰臂膀，边泣不成声："将军，我与你亲如兄弟。将军在战场上战如熊虎，为孙某不惜驱命，以至受伤数十余次，皮肤历历如刀凿，我孙某又怎能不知恩图报，委将军以兵马重任呢？"朱然、徐盛在一边听得噤若寒蝉，从此再不敢对周泰有所不敬。

　　"士别三日，当刮目相看"的吕蒙，早先也曾受到鲁肃轻慢，"吴下阿蒙"的诨号，当颇能说明吕蒙起初地位之有限。但孙权用人不疑，还广造声势，大搞促销活动，为提高吕蒙的知名度而不遗余力。事实证明了孙权的慧眼，夺回荆州，击败关羽，吕蒙功高，一时无二。吕蒙病重时，为使爱将起死回生，孙权曾在全国范围内高价寻访杏林圣手。人主而能贤达若此，吕蒙也可死而无怨了。

　　陆逊被孙权任命为抗击蜀军的主将时，也许整个东吴都在私相询问："陆逊是谁？"孙权遂仿效汉高祖刘邦"韩信拜将"的做法，大起将台，在做足了声势之后，才将陆逊隆重推出。《三国演义》里罗贯中对此颇有渲染，兹不赘言。

　　其实陆逊早先因吕蒙病重而领军职之时，就曾将自己的默默无闻利用为克敌制胜的法宝。他知道关羽极端自负，遂在杀心初动之时，先给关羽写了一封信，信中一面对关羽的神勇大加赞叹，一面将自己的仰慕之情表达得无比肉麻。如果关云长真是"大意失荆州"的话，这份"大意"也是陆逊强加给他的。——碰到这样一个只会奉承拍马的东吴小子，关羽那把漂亮的长须能不飘飘欲仙吗？

孙权对周瑜、鲁肃，均敬如兄长。虽然没有刘备那种动辄与爱将"寝则同席"的不良爱好，但把他们请到家中，一边喝酒，一边秘密商议，孙权处理得别有一套。为了加强对部下的笼络，商议前他常常还会把自己年高德劭的老母请出来，让母亲代自己说两句得体话。孙权派诸葛瑾出使蜀国与刘备议和时，因诸葛瑾乃诸葛亮的胞兄，有人认为诸葛瑾将会与刘备相通。"胡说，"孙权拍案而起，"我与子瑜（诸葛瑾字）生死与共，天地同鉴，子瑜不会背叛我，就像我不可能背叛子瑜一样。"果然，诸葛瑾进退有节，义不负君。

孙权识人之明，即使酒意蒙眬之时，仍不减分毫。据《三国志·蜀书·董允传》裴松之注引《襄阳记》记载，蜀人费祎出使吴国，孙权酒后吐真言，对费祎说道："贵国杨仪、魏延，不过是两个小人，即使对蜀国曾有过鸡鸣狗盗之德，也不该委以重任。贵国一旦没有了诸葛亮，两人必定会生出祸乱来。诸君太不晓事，不知早加防范，那时不仅贵国深受其害，怕也要连累孙某不轻。"

这是惊人的预言，由于后事悉如孙权所料，孙权便不仅善于识人知人，竟然还显出看破悠悠时空的超凡功力。

江东那一双碧眼，深不可测。

孙权本来也有称霸中原的雄心和意图，所谓"思有（齐）桓（晋）文之功"，只因鲁肃的规劝，他才明智地放弃激进策略，改为迂回前进，决定先识时务，再做俊杰。孙权的长处在于，方针一旦明确，他绝不轻易改变。这以后，孙权便兢兢业业，先求安定一方，同时百般警惕，不断做好外交工作。总体上看，孙权的政策较少攻击性，无论赤壁之战还是彝陵之战，都不是由他挑起战端。袭击关羽，其实也是蜀国食言在先，对荆州借而不还。为了一方太平，孙权时而与蜀国和亲，时而又想着与魏国通婚，于兵法中的"借"字诀，玩得尤为娴熟：或借力打力，或借力去力，或借力生力。当然，反过来说，这也映衬出孙权与曹操、刘备的最大区别。曹操与刘备皆志在江山一统，孙权则满足于小朝廷格局，缺乏君王的大气象。孙权日后会主动向曹操称臣，刘备则永远不会。赤壁之战前孙权那句"孤与老贼，势不两立"的话，事后看来，也只是他一时的愤激之语，曹操若能允诺孙权搞"南北朝"，他恐怕会非常满意，也就心甘情愿地与"老贼"永远"两立"下去了。

为向魏国称臣，吴国派使者赵咨都尉出使魏国。曹丕问道："吴王何等主也？"赵咨答道："聪明仁智，雄略之主也。""愿闻其详。"曹丕显得饶有兴致。赵咨便做了这番发挥："纳鲁肃于凡品，是其聪也；拔吕蒙于行阵，是其明也；获于禁而不害，是其仁也；取荆州而兵不血刃，是其智也；据三州虎视于天下，是其雄也；不得已而屈身于陛下，是其略也。"这最后一句话，即孙权之"略"，更能说明孙权的本质。因为，我们只有将他的隐忍与韬晦（亦即陈寿所谓的"勾践之奇"），与"安得弯弓如满月，亲射虎，看孙郎"的勃勃英姿结合起来，才更能接近那双眼睛的真相。

世上没有无端的"隐忍与韬晦"，刘备弯腰种菜，正为了日后仰身坐天下。孙权亦然，有迹象显示，他的帝王梦很可能做得比刘备还要早。史载，孙权正式称帝后，大宴百官，归功周瑜、鲁肃。张昭亦欲"举笏褒赞功德"，未及开言，即被孙权冷冷打断："如张公之计，今已乞食矣。"张昭顿时汗如雨下，后人由此探知了孙权的真实意向：早在赤壁之时，年方二十六岁的孙权已有帝王志。与刘备的区别是，刘备自从赤壁之战后，即把曹操永久树为对立面，再无和解余地。孙权不然，他像一个缺乏既定立场的政客，即使在赤壁战场上获胜，仍立场暧昧，与曹魏藕断丝连，忽打忽和，显失体统。

在权力世界，几乎所有为了日后的远大前程而行使"隐忍与韬晦"的家伙，都会对个性有所扭曲。刘备、司马懿是其中突出代表，孙权也不例外，从孙权对张昭态度上的前恭后倨，已然暴露出其情性上的乖张。在专制国家，君主的性格瑕疵，常会恶化成国家的命运毒瘤。在立太子的问题上，孙权也仅仅达到了当时的一般水准，即平庸昏聩。在这个过程中，他也同样变得暴戾无常，滥行杀戮，滥施惩戒，不仅逼死了丞相陆逊（陆逊原是孙权的女婿），还骇人听闻地"赐死"自己儿子。"虎毒不食子"，孙权尤有过之。孙权死后，他的继承者甚至将吴国弄成了当时世界上最大的白色恐怖国家，亡国之君、孙权孙子孙皓的大量行为（好剥人皮，凿人眼），连董卓都会表示惊骇。

在那样一个乱世，孙权把人主的位置坐得那么稳妥、长久，实际执政时间长达半个世纪，毕竟是一个奇迹。难怪曹操生了那么多杰出儿子，依旧感叹道："生子当如孙仲谋。"

十　玄而又玄的枭雄——刘备

1815 年 6 月 18 日，比利时南部滑铁卢，尸横遍野。借着吊丧般的月光，一个鬼影从尸堆里袅袅升起。他掏空了四周遇难战友的口袋，金币、挂表、细软等物，急速向巴黎方向潜行。他叫德纳第，因为捡回一条生命，从此再不把他人生命当一回事。读过雨果《悲惨世界》的人都知道，这家伙终于没出息地成为一个忘恩负义、见钱眼开的势利鬼，使人厌恶的程度更甚于小说中那个对冉阿让穷追不舍的警官沙威。沙威固然冷漠，但毕竟还算履行职责。

回到东汉灵帝中平元年（184 年），今山东平原县境内某开阔地上，一小股官兵刚刚与黄巾军张纯部队狭路相逢，官兵损折严重，黄巾军得胜后呼啸而去，听任吊丧的月亮再次君临天下，挨次移过地上那一具具未及"马革裹尸还"的汉家官兵。又一个人影从尸堆里挣扎着爬起，嘴里哼哼唧唧。我们能够看清他了：一张年轻的脸，约莫二十四岁，不知是月光还是出血过多的缘故，他的脸非常白皙，中箭的左臂上，耷拉着一大片沾满血迹的布条。他长着一对令人惊讶的大耳朵。

根据达尔文的见解，人类的耳廓，除非它会动，否则就像盲肠一样，属于一种无效的进化孑遗。对猴子来说，会动的耳朵有助于侦测敌情：当需要判断强敌方位时，这种耳朵就像扫描中的雷达，无疑大占便

晋人葛洪在所著
《神仙传》中，怀疑刘
备死于强烈的悲愤和耻
辱感。但尽管如此，刘
备仍然在白帝城托孤之
时，对孔明玩了一手

宜。这家伙的耳朵会动吗？不知道，何况，几个循迹而来的朋友已经看到他了，他们一声欢呼，就把这位历史中的英雄搀扶上了战车。

当然——接过耳朵的话头——根据此时陆续传入中土的西域佛教的认知观念，一双峨然巨耳还是宝相庄严的象征，它代表富贵和威仪，同时代表仁慈。总之，大耳朵虽然缺乏可信的生理功能，但经由一拨文化术士的演绎，依旧可以见鬼地穿凿附会出无穷意义。

臂上的箭伤做证，大耳郎终于在朝廷的地方官僚阶层中觅得一锥之地，虽然，只是一个微不足道的官职：安喜尉。论官衔，约与今日派出所所长相当，只是管辖范围大一些。有道是不积跬步，无以至千里；不当所长，无以成皇上——汉高祖斩蛇之时，不也只是区区亭长吗？——年轻的安喜尉志得意满，决定先在自己的小小辖区，弄出一片承平气象来。

突然，财政吃紧的朝廷，刮出一股整肃风，说是要对基层的冗官赘员重新审议，汰除滥竽充数者。大耳郎估计自己"派出所长"的职位难保，顿时大感不安。此时的他已不是早年与母亲一起编席子做草鞋的那个穷孩子，也放弃了少年时喜欢绫罗绸缎的纨绔习气，身边那支横笛自从遗落在战场上以后，也早已不思鼓瑟吹笙。

作为一个没落子弟兼王室遗胄（虽然那谱系微若游丝，需要他一再提及才能使人略窥踪迹），他体内原有一股昂藏胆气，这使他根本不屑于贿赂督邮大人，即那个负责稽查下官的家伙，何况，他口袋里也没几个钱。他想和督邮谈谈，像行贿者故意遗落一只钱包那样，争取抽冷子提及自己的非凡身世。他坚信，督邮一旦知道站在他面前的乃是帝王龙种，定会瞿然改颜，连说"久仰久仰""幸会幸会"。

谁知督邮两眼朝天，对他的拜谒请求，置之不理。大耳郎鼻子一酸，想到自己的鸿鹄壮志有可能一开始就折戟沉沙，不觉怒气上冲，精血上涌。仗着一股边地人特有的蛮野脾性，他纠集几个吏卒，冲进衙门，拽住督邮肥胖的脖子便一路拖将出来。他把督邮三缠两弄地捆在树上，从贴身马弁手上夺过鞭子，着着实实抽打起来……若不是突然想到对方是朝廷命官，若不是督邮苦苦哀求，若不是目击者连说"够了够了，要出人命的"，督邮大人本来有望在大耳郎手下因公殉职。目击者说，督邮被抽了一百多下。史籍中没有督邮先生从此半身不遂的文字，想必也差不多了。

读者也许有点迷糊，认定我把刘备和张飞搞混了。没有，是罗贯中搞混了。罗贯中当年写小说时，面对史书上言之凿凿的"刘玄德怒鞭督邮"，肯定感到棘手。根据他对刘备性格的预设，他无法想象慈眉善目、温文有礼的刘玄德，"手拿钢鞭将你打"会是何等模样，就像他同样回避了刘备从尸堆里爬起这个细节一样。作为小说家，罗贯中有权将人物性格的内在统一视作至高无上的目标，为此不惜让历史为自己的创作让道。他处之泰然地把鞭子递到张飞手上，并且一不做二不休，好事做到底，撒谎撒到西，再让原来的鞭挞者成为阻止者、劝架者。好像没有读者对罗贯中的题材处理法不满，"张翼德怒鞭督邮"，这太顺理成章了，刘备，怎么会呢？……打那以后，再要说清刘备是何等样人，便格外费劲了。

美国人悉尼·胡克在《历史中的英雄》一书中写道："人们只有在抱着某些目的的时候，才能创造历史。"如果这是一条规律，反之亦能成理，即，历史既经创造，就必然会抱有一个目的。那么，在刘备颠沛流离的生涯中，他究竟抱有何种目的呢？为什么当他日子刚刚好过一点，作为刘表的座上客在荆州一住九年，却会在上茅房时见到大腿内侧多了几条赘肉，就抽噎起来呢？除了到处标榜、张扬自己的汉室宗亲身份外，他几乎从来不说大话。只有一次例外，而且是在酒后，他对刘表嘟囔道："备若有基本，天下碌碌之辈，诚不足虑也。"

对这一次抽噎，他的解释也显得模棱两可，其中有对时光飞逝的感叹，但这说明不了什么。熟悉汉乐府（如《古诗十九首》）的读者知道，感叹"岁月忽已晚""人生忽如寄"之类消沉情绪，简直是这派诗人最常见的滥调，即使"东临碣石，以观沧海"的曹操，也未能免俗。更能捕捉刘备哭泣缘由的，当是他后一个解释："唉，我好久没有骑战马了，我的功业在哪里呀……"他想念战马，思念战场，整日价与刘表座上的芸芸名士谈玄论道，刘备既不感兴趣，也不是对手。这是刘备区别于曹操、袁绍乃至刘表、陶谦之处，正如这也是刘备为什么与公孙瓒、吕布比较谈得来的原因。

"刘备天下枭雄。"枭雄，《辞海》释义为"犹言雄长，魁首"，倘如此，按汉末标准，天下方失鹿，人人争为雄长、魁首，缘何只有刘备被称为"枭雄"呢？据《三国演义》，刘备夫人死后被人称为枭姬，亦从侧面证明"枭雄"之名曾为刘备独占。枭，又通鸮，即猫头鹰。看来，为考察刘备的英雄气概和性格特征，我们还须将昼伏夜出的猫头鹰的特点一并纳入。附带一说，曹操曾被陈寅恪赞为"旷世之枭杰"，但那已是今人看法了。

刘备很多地方都让人费解：当黄巾军起，群雄纷争之时，他匆忙加入战团，借助对黄巾军的剿杀，在战场上频繁摇动一面上书"平原刘玄德"的旗帜，奇怪的是却一直没有搞出名堂，以至颠簸了十多年，竟得到野心家袁术这样一份评价："术生年以来，不闻天下有刘备。"

《三国演义》第五回里有一仗打得极为精彩，先是"云长停盏施英勇，酒尚温时斩华雄"，接着又是虎牢关三英战吕布，刘、关、张三兄弟在关东诸豪面前大大露了一回脸。然而这一仗与其说打得精彩，不如说写得精彩，那完全是罗贯中让打的，属于真正意义上的纸上谈兵。别说刘备，当年就连袁氏兄弟都回避与董卓正面作战，与董卓实际交过手的，只有曹操和孙坚。

《后汉书·孔融传》有一句话最能说明当时刘备的心情。当孔融在北海被围时，太史慈仗着一身孤胆杀出重围向刘备求援，刘备惊曰：

"孔北海乃复知天下有刘备邪？"这一"惊"字（或罗贯中笔下的"敛容"），实有入木三分之效。为此，兴高采烈之际他浑然不顾好友公孙瓒"曹操与你无仇，何苦与人出力"的善意规劝，立刻发兵三千人，冒冒失失地前往助拳去了。人们老是喜欢强调刘备"喜怒不形于色"的一面，却往往忽视了他性情中人的另一面。这一次碰巧曹操后方有事，便送给刘备一个顺水人情，孔融得以解除燃眉之急，想必也使刘备非常过瘾。当夜他舒坦地躺在床上时，难免会想："曹公亦知世间有刘备邪？"

然而，若说刘备自领一支军在中原往来驰突，就是想充当一名好事者，只要逢人求援，只要获得应有的尊重，他就悍然出兵，显然也把这位玄妙英雄看得简单了。他的雄心非常隐晦，甚至不惜藏匿在一片菜园子里。就像越是怕人知道的奸情往往越为热烈一样，越是隐晦的雄心，也越不容易遭到磨蚀。由于战局频频于己不利，刘备长年来不知"笑傲江湖"为何物。沙场上的刘备，实在是狼狈之日多，舒心之时少，如"饥饿困踧，吏士大小自相啖食，穷饿侵逼"的情境，刘备体验颇多。为什么刘备手下大将总有出头露面的机会？这与足球比赛所谓"弱队出门将"的道理相仿：你总在战场上吃败仗，当然就得一刻不停地劳驾手下拼命救场了，何况，侥天之幸，刘备手下又独多这类"百万军中取上将之头，如探囊取物耳"的超级英雄，古语叫"万人敌"。

长坂桥上的英雄只能改变一时凶险，无法左右战局，所以刘备在战场上东奔西窜的命运，长年得不到改善。从初出江湖到赤壁大战，半生颠沛流离，所谓"五易其主，四失妻子"，四分之一世纪过后，刘备仍不曾觅得一块自己的地盘，难怪后来要从东吴处连蒙带骗地弄来半个荆州了。他虽然不像吕布那样喜欢寻衅闹事，但卷入战场的频率，却与吕布一般无二。吕布反复无常，轻于去就，刘备与他也在伯仲之间，只不过刘备没有"弑主"的习惯罢了。除素来瞧不起他的袁术外，当时有点头脸的人物，刘备差不多一一投靠个遍：公孙瓒、陶谦、吕布、曹操、袁绍、刘表、孙权……曹操与人开仗，总是抱着明确的战略意图：把对方消灭，或削弱。但若说刘备与曹操作对乃是想消灭这只巨无霸，刘备自己都不敢相信。日后诸葛亮在隆中替他决策时，也明确告诉他："今操已拥百万之众，挟天子以令诸侯，此诚不可与争锋。"

当时那么多军阀豪强，没有一个是被刘备灭掉的。刘备仿佛成语中那只躲在螳螂后面的黄雀，耐心等待曹操挨个消灭异己力量，等待曹操与袁绍两家火星撞地球……奇怪的是，这样一个祸水型人物（他投奔谁，谁就要倒霉），居然每投一新主，都会受到高规格礼遇。甚至连最不会使用人才的袁绍，官渡之战前听说刘备来投，都要出邺城二百里亲自迎接，更不必说一味要把地盘让给他的陶谦等人了。至于曹操，我们知道也曾给了刘备极大脸面，竟至到了"出则同舆，坐则同席"的亲昵程度。至于"天下英雄，唯使君与操耳"的惊世评价，更把刘备抬举上了云端。刘备到底有哪些不同寻常之处呢？

试着再向他凑近一点，先考察他的形象。

他的形象够奇怪的：史书上说他"身长七尺五寸"，根据吴承洛《中国度量衡史》提供的换算数据，约可精确为172.5厘米，几乎是最为寻常的中国人身高。至于"两耳垂肩，双手过膝，目能自顾其耳"之类描述，显然是罗贯中参考了《三国志》后，勾画出的一副典型帝王龙种相。我相信，若在地铁上撞见一个两耳垂肩，双手过膝的家伙，谁都会以怪物视之，而"目能自视其耳"，显然更适合耳大如扇的猪八戒。说到"面如冠玉，唇若涂脂"，我们同样不能受字面美感的魅惑，稍加琢磨就会发现，那原来是一副白无常的尊容。更要命的是，《三国演义》中"面如冠玉"的好汉，竟然指不胜屈，罗贯中还曾用来形容孔明和马超。至于娘娘腔十足的"唇若涂脂"，亦曾被用来形容关羽。反正，若把古人的差劲形容当回事，我敢说刘备奇丑无比。

看来，刘备肯定有点异相，但未必是小说家告诉我们的那副尊容。否则，当刘备、诸葛亮、马超和关羽四人围坐在一起时，我们会被三块"冠玉"、两爿"涂脂"，弄得分不清谁是谁了。实际上，在小白脸扎堆的影视明星里要找那么多"冠玉"脸，怕也不容易。

刘备还有啥与众不同呢？他有点武艺，小时曾靠"勇力"在乡里有点名气，但放在汉末大环境里，这点功夫实在不足挂齿，对付乡下泼皮还凑合，上阵取敌将之头则难为他了。

在《三国演义》里，刘备有一句让女权主义者气炸了肺的格言："兄弟如手足，妻子如衣服。"钱锺书的《管锥编》曾提到莎剧中的例子，可与刘备做中西互动："一人闻妻死耗，旁人慰之曰：'故衣敝矣，世多裁缝，可制新好者'；又一剧中夫过听谗言，遣人杀妻，妻叹曰：'我乃故衣，宜遭扯裂'。亦谓妻如衣服耳。"我们还是不要拿今人标准来苛求古人了，须知刘备的魅力，相当程度上也正和他这份独特的"妻子观"有关。我们发现，刘备与好兄弟同床共寝的热情，绝不亚于与妻子缠绵，他与自己最钟爱的大将几乎都有过"寝则同席"的经历，他的英雄气概尤其体现在不顾妻子死活上，刘备妻子失陷敌手的次数，几可申请吉尼斯纪录：先曾为吕布所虏，后又落入吕布部将高顺手中，后再为曹操所虏，再后又为赵子龙拼命搭救……这做派若放在今天，刘备连竞选村长的资格都没有。

"要认识一个人，最好的办法就是看他交什么朋友。"我们且循着这句西洋谚语的指点，看看刘备的交游。先交代一下背景。

东汉末期，士族大姓在社会上的影响力日见彰著，豪门阀阅可以轻易左右时势。与此同时，社会上盛行品评人物的风习，任何欲跻身主流社会的人士，都想先赢得一块好口碑。就像今天社会生成了一种名叫"股评家"的奇怪行业一样，当时的社会也诞生了一种专吃开口饭的家伙，他们的职业就是品评人物、月旦士林；在茶余饭后对社会名流指指点点，说这个该干什么，那个会达到何种成就，便是他们的日常工作。他们的聚会场所因此成了各种流言蜚语的集散地，成为人才聚集、发布的园地。

这类人中以桥玄、何颙、许劭为代表。曹操年轻时为了从许劭（字子将）口中讨到一句评价，不惜采取胁迫态度。司马光在《资治通鉴》里说，这位许子将每月都要更改品评的主题（"月旦"二字由此而来），有次去某郡任职，竟吓得当地有点头脸的人齐刷刷地"改操饰行"起来，唯恐被他金口呵斥，将大好前程拗折了去。试看曹操手下众谋士，他们大多投靠曹操前已在这场声名竞争中有所斩获，如荀彧被南阳何颙赞许为"王佐才也"，贾诩则被目为"有良、平之奇"，钟繇少年时即被人看出"有贵相"。此外，曹操的众多武士也非出身泛泛，曹操在接纳他们的同时，往往也能将他们随身携带的部曲家兵整编到队列中去。

现在试着摆摆刘备手下将士的谱，不难发现，他们在投靠刘备之前，几乎没有一个有资格让别人道一声"久仰"。刘备青年时代结交的多为商贾布衣，亦即《三国演义》中刘备自称的"白身"。考虑到两汉实行重农抑商政策，如中山巨商张世平、苏双之类，即使家资累万，仍位于社会阶层结构的底层。"兵子"张飞，不管是否屠夫出身，其为士大夫（如名士刘巴）所不屑，则毋庸置疑；关羽追随刘备前乃一亡命徒，与刘备鞭挞督邮后的命运正相仿佛，显然还没有来得及在江湖扬名立万；赵云也是一个下层武士，他的家乡常山真定处在袁绍所辖的冀州，在名士纷纷向袁府鱼贯而入时，赵云不依袁绍，反投幽州公孙瓒，难怪公孙瓒将信将疑，一直不敢重用。他如东海糜竺及简雍、孙乾诸人，在江湖上都无甚名头。

说到公孙瓒，这位早年曾与刘备一起游学于大名士卢植的老友，实在也粗犷得很。这人在今天也许会成为一个男高音歌唱家，他嗓门很好，也特会招摇，不仅好骑一匹无一丝杂毛的白马，所带兵士也一律骑白马。但这位白马将军显然与"白马非马"论的创立者、先秦形名大家公孙龙子没有什么瓜葛。公孙瓒实在可说是天下名士的头号天敌，他手下不仅是清一色武夫，结交的也多为社会闲杂人员，如卜师、缯贩和行商，而对所谓"衣冠弟子"则视若寇仇，甚至不惜将他们斩尽杀绝。公孙瓒常与下层人物拜把子，刘玄德同样与关羽、张飞义结金兰。

公孙瓒与刘备最大的不同，看来在于运气，两人都热衷于结交下层人物，然公孙瓒结交的都是"庸儿"，刘备洪福齐天，一上来就找到两位堪称"万人敌"的铁杆兄弟。不然，真不知道像公孙瓒那样被袁绍逼得先杀尽妻儿、再引火自焚的悲惨命运，会不会同样落到刘备身上。毕竟，刘备除"天下枭雄"的名声外，他还曾被人称为"猾虏""老虏""雄人"或"老革"——我们知道骂人的话中常会夹杂真情，比如大号臭嘴祢衡当初骂荀彧"可使吊丧问疾"，就包含了荀彧系美男子的真情。

刘备不是个文化人，他在荆州待了九年，不曾和当地名士有过接触交往，比如那个被曹操认为比荆州更重要的大名士蒯越，始终与刘备话不投机半句多；号称"南州士人冠冕"的庞统，也长期与刘备不相闻问。刘备阵营里第一个勉强算得上名士的徐庶，说穿了也是个暴烈汉子，"少好任侠击剑……尝为人报仇，白垩突面，被发而走，为吏所得，问其姓字，闭口不言"。这算哪门子名士，倒与曹操手下猛将典韦有点相似了，典韦曾"为友报仇杀人，提头直出闹市……一市尽骇。追者数百，莫敢近"。好在徐庶性格里还有神话中斩蛟者周处的一面，愿意幡然醒悟，改做读书郎。

刘备曾试图接近荆州社交圈，但显然不太成功，百无聊赖兼一筹莫展中，正好听说了卧龙的大名，于是晃晃悠悠地向襄阳郊外走去，没留神便撞上了那个千年一遇的奇才。不管诸葛亮如何与众不同，卧龙岗仍然距当时荆州的主流社交圈很远。或许，正因为诸葛亮身上有一股疏淡的"村夫"气，刘备才敢于硬着头皮三上卧龙岗。

　　汉末人士若想在介绍自身时摆点谱，常会亮出宗族招牌来。刘备作为汉室飘零在长城脚下的一缕幽幽余绪，显然入不了"四世五公""门生故吏遍天下"的袁氏兄弟法眼，所以他避而不谈父祖辈，开篇即从去今三百余年的所谓"汉中山靖王刘胜之后"谈起，还唠叨什么"肺腑枝叶，宗子藩翰，心存国家，念在弭乱"，实在有点强词夺理。不管关系听上去多么疏远暧昧，只要持之以恒，看来仍可能收到奇效。刘备甚至在不必插入身份介绍时，仍会习惯性地搬出自己那"幽情苦绪无人问"的身世来。当初陶谦欲以徐州相让，刘备一面推托，一面不忘缀上"备虽汉朝苗裔"六字。试着咂摸那个"虽"字，与《西厢记》中张生在红娘面前自称"小生姓张名珙，字君瑞，本贯西洛人也，年方二十三岁……并未曾婚娶"中的那个"并"字，何其相似乃尔。张生当即遭到红娘一声娇斥："谁问你来？"我们也同样可以用这句话拿住刘备："谁问你来？"

　　没人问，刘备只是喜欢这么说而已。马基雅维利曾说："世袭的君主得罪人民的原因和必要性都比较少，因此他自然会比较为人们所爱戴。"刘备显然深明此理。他的确心比天高，虽然在曹操眼皮底下效老农种菜，作为一种阴寒的韬晦术，实在过于做作，我至今都不清楚，曹操真被他蒙了过去，还是以一种猫玩耗子的心情看刘备种菜好玩，暂时不加戳穿？须知无论曹操还是他手下那几个多智的谋士如郭嘉、程昱，都曾把刘备的枭雄本色看得一清二楚，只是不想给世人留下害贤名声，郭嘉才反对程昱"把刘备杀了"的建议。据《世说新语·世鉴第七》，曹操曾向一个名叫裴潜的人打探刘备，裴潜答道："使居中国，能乱人，不能为治。若乘边守险，足为一方之主。"我认为，汉末时代除袁术、孙权外，最热衷于做皇帝梦的，正是刘备本人，只不过他不想改朝换代，使江山改姓罢了。他始终不渝地赋予自己姓氏以皇家宗室的劲头，也就不难索解了。

"文革"时期有个父亲，给三个儿子分别起名"爱国""爱民""爱党"，遂大倒其霉。三个名字孤立地看都很合乎主旋律，被好事者一捏合，竟成了"爱国民党"。依据这套影射法，刘备给两个儿子分别起名刘封、刘禅，不也暗泄若干诡秘信息吗？"封禅"，那可是秦始皇、汉武帝这类皇帝中的帝王才能行的祭祀大典呀！刘备到底想些什么？

说刘备待人谦和有礼，那么，即使撇开他在妻子面前毫无绅士风度的做派，他听任关羽、张飞整日像侍女般枯立身后，就好意思吗？那样两个威猛汉子，竟甘心当着众人面在刘备身后傻站一天，且毫无厌倦，张飞就一点不暴躁？这幅构图，史书上虽凿凿有据，我却始终没法看懂。

说刘备仁恕有礼，有情有义，也非不可挑剔。白门楼上吕布命悬一线之际，请求他替自己美言几句，刘备为什么要用那样一句狠话把吕布往坟墓里赶呢？"明公不见布之事丁建阳及董太师乎？"虽然掌握吕布生杀大权的是曹操，但吕布如果也像关羽那样有一缕夺命魂的话，他肯定会向刘备索命。考虑到吕布虽曾夺去刘备在徐州的地盘，但也救过刘备的命，所以刘备这段历史台词，实在值得我们另眼相看。忍者，狠人之谓也。附带一说，刘备也曾赐死自己的儿子刘封，稍好于孙权的是，刘封是义子。

说刘备为人正直坦率，连死护着他的罗贯中也未必全部当真，不然也不会引出鲁迅那句著名评语："欲显刘备之长厚而似伪。"看看他假意摔儿子阿斗时的表情吧，看看他在张松献西川图前那套灵活运用欲扬先抑法的权术吧，最粗心的读者都会觉得，刘备玩起阴险，曹操也甘拜下风。对刘备颇为偏爱的黎东方，在概括了刘备攻打刘璋的做派后——"先和刘璋做朋友，答应替刘璋打张鲁，接受刘璋的礼遇和厚待，而终于突然翻脸，以怨报德，杀害刘璋的爱将杨怀与高沛二人，不践言向北进军打张鲁，反过来向南进军打刘璋。"——也不禁质问："这是一种什么作风？"他的看法是："打刘璋未尝不可，然而不可以做了朋友以后才打。"刘备也许预感到攻打刘璋存在道义障碍，所以率军出发前，一反往常，老臣旧将一概不用，听命身边的，多是些人品不太可靠的家伙，如张松、法正。黎东方说过："我因此要给法正和张松一个千年以下的'定论'：这两人是小人。"靠小人打天下，刘备是三国独一个。

想到刘备，我会本能地想到水浒寨里的那个山寨王宋江。及时雨宋公明除了哥们儿义气，究竟还有哪些能耐呢？历史上除了有"力拔山兮气盖世"、充满阳刚豪情的项羽式英雄外，也历来不乏阴柔功夫了得、善玩太极推手的猫头鹰式英雄，他们面露蔼然之相，却机心难测。刘备之前的汉高祖刘邦，再往前追溯的越王勾践，都是此中翘楚。今天不少黑社会头目，也经常穿着丝质睡袍，将阴谋与凶杀掩映在一派可掬笑容中。刘备的阴阳功夫无疑修炼到了相当火候，只在临死前才稍稍露泄了些消息。刘备遗嘱要求儿子多读申不害、商鞅的著作，"揽申、商之法术"，这本是陈寿对曹操的评价。我们蓦然发现，刘备与曹操，原来挨得这么近。

"刘备其不济乎？拙于用兵，每战则败，奔亡不暇，何以图人？"这句颇能代表时人见解的评价，当时就遭到如下反驳："刘备宽仁有度，能得人死力。诸葛亮达治知变，正而有谋，而为之相；张飞、关羽勇而有义，皆万人之敌，而为之将；此三人者，皆人杰也。以备之略，三杰佐之，何为不济也？"可见，"能得人死力"正是刘备高出他人之处。在识别和使用人才上，刘备具有一种杰出眼光，通过魏延和马谡的例子，与诸葛亮比较，刘备更显出非凡的"将将之才"。

说刘备"每战则败"，那倒是一点不冤枉。刘备以主将身份带兵打仗，严格地说只有三回。第一次是在军师庞统辅佐下，攻打益州。刘备一路上坑蒙拐骗，卑劣手段层出不穷，惜乎成效不大，在庞统中箭身亡之后，更是陷入进退不得的窘境，幸亏孔明和赵云的援军及时赶到，才以胜利收场。第二次是在定军山上，刘备统率的军队倒是一举击溃曹军，老黄忠还阵斩了曹操的兄弟将夏侯渊。按说，这场胜仗不妨归功于刘备，但由于种种或虚或实的原因，刘备仍然揽不得功。罗贯中在《三国演义》里，强行把战果归功于当时留守成都、并不在前线指挥的孔明，变相剥夺了刘备的军功。老黄忠阵斩夏侯渊的无上荣光，也让人倾向于把功劳归于一线战将。更有趣的是曹操，曹操事后实地察探了夏侯渊与刘备的交战地，深为对方行兵布阵之妙而叫好，待到获悉刘备身边有位叫法正的谋士时，方始释然，说："我固知刘备不办有此。"公正地说，那场胜利的确属于法正。刘备指挥的最后一次大仗，就是丢人丢到家的吴蜀彝陵之战了。刘备新近加冕皇上后，俨若小人得志，不知天高地厚地意欲一口鲸吞东吴，对诸葛亮的态度也一反往常，频露不屑之情，自诩"朕亦颇知兵法"。结果，数十万蜀汉儿郎（真实说来，大概只有五万，为数也不算少），被东吴神奇小子陆逊的一把火烧得精光，狼狈逃回的刘备，甚至没脸再回自己的皇宫所在地成都，在长江边的白帝城郁郁而终。好在，刘备还有一张王牌，一张对帝王来说最为重要的王牌：擅长识人、用人，能得人死力。一度遭到刘备冷遇的诸葛亮，依旧感于刘备的知遇之恩，替他收拾了烂摊子。

再来看看刘备怎样认识自己的吧。世上并无刘备集，这个不太喜欢读书的人，也没有戎马赋诗的习惯。约在建安二十四年（219年）秋天，58岁的刘备给当时奄奄一息的汉献帝上了一道不可能有任何用处的表文，我们正可把它拿来当作刘备的自我评价：

　　臣以具臣之才，荷上将之任，董督三军，奉辞于外，不得扫除寇难，靖匡王室，久使陛下圣教陵迟，六合之内，否而未泰，惟忧反侧，痛如疾首。曩者董卓造为乱阶，自是之后，群凶纵横，残剥海内。赖陛下圣德威灵，人神同应，或忠义奋讨，或上天降罚，暴逆并殪，以渐冰消。唯独曹操，久未枭除，侵擅国权，恣心极乱，臣昔与车骑将军董承图谋讨操，机事不密，承见陷害，臣播越失据，忠义不果。遂得使操穷凶极逆，主后戮杀，皇子鸩害。虽纠合同盟，念在奋力，懦弱不武，历年未效。常恐殒没，孤负国恩，寤寐永叹，夕惕若厉。今臣群寮以为在昔《虞书》敦叙九族，庶民励翼，五帝损益，此道不废。周监二代，并建诸姬，实赖晋、郑夹辅之福。高祖龙兴，尊王子弟，大启九国，卒斩诸吕，以安大宗。今操恶直丑正，实繁有徒，包藏祸心，篡盗已显。既宗室微弱，帝族无位，斟酌古式，依假权宜，上臣大司马汉中王。臣伏自三省，受国厚恩，荷任一方，陈力未效，所获已过，不宜复忝高位以重罪谤。群寮见逼，迫臣以义。臣退惟寇贼不枭，国难未已，宗庙倾危，社稷将坠，成臣忧责碎首之负。若应权通变，以宁靖圣朝，虽赴水火，所不得辞，敢虑常宜，以防后悔。辄顺众议，拜受印玺，以崇国威……

（《三国志·蜀书·先主传》卷三十二）

这篇会给今人带来一定阅读障碍的东西，归纳起来不外这样几层意思：首先，他给傀儡皇帝刘协加上了不少空洞无物的赞语，以便为自己添上同样多的赞词；其次，他再接再厉地将自己虚构成一个匡复天下的英雄；最后，以先斩后奏法，为自己自封的汉中王头衔寻找"不得不如此"的借口。个中可笑之处在于：对于罗列的衮衮群凶，刘备并无寸功剿除之力，却将那个凭一己之力"扫除寇难"的曹操，指摘为窃国大盗，这不太离谱了吗？

曹操有很多可以指摘的地方，但不会像刘备这么来。

临终前的刘备，百感交集。吴蜀彝陵之战的惨败，显然为他评价自己一生带来强烈的负面影响，何况，他的病大概也有些时日了。由于刘备是在不具备正当道义性的前提下攻占益州的，占领后又曾大举分封功臣，搜刮百姓，吴蜀彝陵之战的惨败又必然加剧益州人民的身心苦难，所以，此时的刘备，很难用积极态度面对死亡。晋人葛洪在所著《神仙传》中，怀疑刘备死于强烈的悲愤和耻辱感。但尽管如此，刘备仍然在白帝城托孤之时，对孔明玩了一手。对刘备托孤语，后人或褒或弹。赵翼赞为"千载下犹见其肝膈本怀，岂非真性情之流露"，吕思勉屡称刘备心计太工，黎东方指出："刘备的确于信任之中，带了一点不信任的意思。"他提醒读者，阿斗"同时也托给了李严。李严被刘备提升为尚书令兼都护军……分掉了诸葛亮军政两方面的大权"。这位李严，日后还狠狠地耍了一回孔明。这个据说"腹中有鳞甲"的人物，日后在孔明打了胜仗、正思乘胜追击时，竟谎报军情，迫使孔明退兵，办了件司马懿都办不到的事。

刘备临终时握着孔明的手，请求孔明帮忙辅佐自己的宝贝儿子刘禅，还说，"如其不才，君可自为成都之主。"——啥叫"如其不才"？刘阿斗无才，"知子莫如父"的刘备难道会不知道？实际上，当时的孔明既是刘备唯一的提防对象，也是刘备唯一可以倚重的力量。若位居丞相之尊的孔明别有他图，刘备已无能为力，故情急之下，刘备来了手绝的：用孔明的道德为筹码，反制孔明。刘备达到了目的，孔明决心用忠诚来达成理想，同时对刘备揣着明白装糊涂的小算盘不予计较。

在健康的时候，每天站在镜子前，刘备会对自己说些什么呢？不知道，我只能看到他的背影，着一件玄色长衫。

十一　千古云长——关羽

"义薄云天，气贯长虹"，这八个字即关云长的天然注脚。

蜀汉大将关羽在中国历史上的地位，只有南宋抗金名将岳飞可与之颉颃，事实上那也是中国仅有的一双直到今天还不断接受人间香火祭祀的武将，民国三年，两人殊途同归，同时在武庙接受祭享。区别是，岳坟仅西湖边一处，关帝庙则遍布全国各地。追踪关羽声望的曲线图也颇为有趣，与那些"死去原知万事空"的倒霉蛋正相反，关羽的身价倒是与日俱增，日见隆盛，最后竟升至高不可攀的圣人境地。

建安五年（200年），作为被曹操优待的俘虏，关羽被拜"偏将军"，获封"汉寿亭侯"。建安二十四年，刚刚自封为汉中王的刘备，拜关羽为"前将军"。关羽生前隆宠到此为止，接着便迎来了绵绵无尽、一浪高过一浪的煌煌哀荣。先是被后主刘禅追谥为"壮缪侯"，后又荣列唐朝颜真卿创议建立的"古今六十四名将"谱，自宋徽宗封他为"忠惠公"后，历代皇帝开始了攀比热潮，关羽地位不断飙升：大观二年（1108年）为"武安王"，天历元年（1328年）为"显灵义勇武安英济王"，到明万历二十二年（1594年），更高居"协天护国忠义大帝"的宝座，逮至清代，经过一千多年爆炒，关羽的名号已非26个汉字莫办了，即"忠义神武灵佑仁勇威显护国保民精诚绥靖翊赞宣德

关羽一个劲儿地张扬着自己，以至把自己弄到怪诞程度。他为什么不能节制一些呢？

关圣大帝"。

可见，与曹操一样，关羽"侯而王，王而帝，帝而圣，圣而天，褒封不尽，庙祀无穷"的泱泱大名，主要来自后人的再认识，与汉末时人的评价并不吻合。与曹操不同的是，在历史大盘的股指曲线上，关羽股走的是一条牛气昂扬的增值道路，曹操股则一路熊样，跌跌撞撞，至两宋时差不多已跌破血本，可数度申请人品破产，只在20世纪下半叶，才触底反弹。

历史未必公正，无往不胜的历史法则遭到艺术法则的狙击，有可能面目全非。罗贯中的《三国演义》提供了一个明证。在这部中国最早的长篇小说中，作家全力塑造了三个人物：曹操、诸葛亮和关羽。作家对曹操不无鞭挞挖苦，对诸葛亮和关羽，则无限景仰，不吝赞词。当然，这里面还有修订者毛纶、毛宗岗父子在背后操刀改编的因素，罗贯中也有无辜之处。

为了夸大诸葛亮的神奇，罗贯中不惜让自己同样偏爱的刘备为之垫背，不惜向倜傥风流的周瑜栽赃：自诸葛亮在小说第三十八回神龙现身后，刘备便就地降格为一个唯孔明之命是从的傀儡型人物了；周瑜更可怜，不仅被剥夺了"人道是三国周郎赤壁"的权利，还硬生生地沦为一个气量褊狭的典型，接受呕血身亡的屈辱命运。

我们发现，罗贯中笔下的曹操，虽奸猾万状，但大多事有所本，即使所据多为"齐东野语"般的稗官野史；同样出自他笔下的诸葛亮和关羽，想象内容意外地多，作家的笔墨在这两人身上腾挪得最为酣畅，享受的创作自由也最为充分。清代学者章学诚《丙辰札记》里曾用"七分实事，三分虚构"界定《三国演义》的虚实结构，这"三分虚构"中的两分，我看倒要被孔明和云长占去：这两个在小说中都能死后显灵的怪诞天才，因此成为距历史真相最远的人物——如果我们只是从小说里来认识汉末三国英雄的话。

虽然在罗贯中写出不朽巨著之前，关羽作为一种传说，已经在社会上赢得相当声望，但关羽"超群绝伦"形象的最终完成，毕竟有赖于罗贯中的如椽巨笔。

我觉得关羽若再次显灵，再次以披阅《春秋左氏传》的热情展读这部《三国演义》，结合云长倨傲不群的形象，他的第一反应乃是大惊失色，他该觉得受到罗贯中的"厚诬"才对。当然，如果汉寿亭侯觉得悄悄接受下来也不坏，他就该经常给这位罗贯中老弟上上坟去。须知满中国的关帝庙，对于任何一名自省意识不是超常强烈的人来说，都是无法抗拒的诱惑。

欧美人看《三个王朝的罗曼史》（*Romance of the Three Kingdoms*，按：即《三国演义》英译名），大概会怀疑关羽有同性恋倾向，根据彼邦的《麻衣相法》，他们可能把关羽那把大胡须，进一步鉴定为同性恋的标志性特征。这是冤枉的，但罗贯中为什么把关羽写得像个老童男呢？关羽有老婆，关平也不是他的义子，他还有女儿，此外，当时一本《蜀记》里甚至有关羽好美色的描述呢。

试着考察罗贯中的本意，再结合"文革"时期作家对待笔下英雄的习惯做法，我们或许能体会作家那份略嫌幼稚的纯良。"文革"时期的文学作品，为了标榜英雄"全心全意为人民服务"的无私忠诚，主人公经常被处理成不知爱情、婚姻为何物的火星怪客。影片《火红的年代》里的赵四海，四十大几了还没有老婆，整天和老母住一起，凑成一幅红色版的孤儿寡母图；京剧《龙江颂》里的女主角江水英，好像也没有丈夫，所以整天在龙江大坝上风风火火，向阶级敌人开战；京剧《智取威虎山》里删去了原来小说中参谋长少剑波与卫生员小白茹那层迷人的暧昧关系；长篇小说《艳阳天》中的男主角，作家浩然也曾开宗明义地告诉我们："萧长春死了媳妇，三年也没有娶上。"

《三国演义》里没有老婆的关云长，在古时偏偏成了最受妇人、孩子喜欢的形象，这事在今天也颇为可怪。有一点可以肯定，他在今天的女性世界里不会这么吃得开了。这样一位更愿意忠诚于某个男人的家伙，即使再仪表堂堂，作风和柳下惠一样正派，也只会吓跑天下女子。正是"柳下惠"这一点，最可能使关羽在恋爱场上受挫，太轻浮的男人与一点儿也不轻浮的男人一样，都是可怕的，也许后者还更可怕。——张飞在女子面前的立场不甚清楚，他可能有点"萝莉控"，娶了一名十三四岁的女子。事后发现，那姑娘竟是曹操兄弟将夏侯渊的女儿（或侄女）。若比谁更看轻女色，罗贯中虚构的"五虎将"中首推赵云：出于对未来丈人的警惕，子龙曾以女方与自己同姓为借口，决然推掉了一名"绝色"女子。关羽与刘备的真实关系，肯定有不同寻常之处，但《三国演义》里的情节，明显反常，如第三十八回中写"玄德先命孙乾出城，回报关公；一面与简雍辞了袁绍，上马出城。行至界首，孙乾接着，同往关定庄上。关公迎门接拜，执手啼哭不止"，第二十五回中写关羽"伏侍二嫂。却又三日一次于内门外躬身施礼，动问二嫂安否。二夫人回问皇叔之事毕，曰'叔叔自便'，关公方敢退回"等情节，皆礼数过当，也不合古人认知。南北朝时期的《颜氏家训》尝言："人之事兄，不可同于事父。"作者颜之推举例道："沛国刘瓛，尝与兄连栋隔壁，呼之数声不应，良久方答；怪问之，乃曰：'向来未着衣帽故也。'以此事兄，可以免矣。"

汉末一如春秋战国，谋士武将不必以效忠主公为至高品德。从名义上说，天下仍是刘姓天下，诸侯间的纷争对峙，不具有日后民族国家间发生战争时所含有的那份庄重和归属感，诸如爱国主义、民族主义等后人熟知的堂皇情感，时人还相当陌生。现代意义的"国家"与"爱国主义"等概念，实际上是法国大革命的产物。汉末的奋发有为之士普遍奉行"良禽择木而栖，贤臣择主而事"的行为准则，贤臣与明主处于自由的双向流动之中。类比今日，谋臣武士择主好似公司高管跳槽。尽管老板都不愿意手下干将往投竞争对手，但他顶多心生不快，跳槽者无须承受额外的道义及法律责难。同样，关羽若投奔曹操，他不会受到外界指责，更无须心生不安。

　　然而，关羽似乎超越了时代，他的行为虽与通行处世准则不合，却在更深层次上回应了人性的吁求和企盼。兄弟间的忠诚、朋友间的义气，乃是人性的永恒之光。关羽的非凡仪表和超群武艺，又使这份忠诚闪烁出别样壮美，这构成关羽得以羽化登仙的基础。使凡人位列仙班，必然伴生大量歪曲。歪曲有很多种，美化是最常见的一种。

　　历史学家黄仁宇在《中国大历史》中，曾意外地匀出篇幅，对关羽做了一番别具现代意识的点评。摘抄如下：

　　　　此人武艺必有独到之处，譬如他与颜良对阵，"羽望见良麾盖，策马刺良于万众之中，斩其首还"，文中又没有提及两方随从将士之行动以及对阵之地形及距离，类似侥幸，又若有神授。他之不受曹公优渥，一意投归先主，应系实情，也与他的习性符合。可是书中叙述他的英雄末路，则毫不恭维。关云长对部下不能开怀推恩的掌握，对于敌情判断、侧卫警备也全部马虎，又破口骂人，缺乏外交手腕，造成两面受敌的危境而不自知，最后他的部队毫无斗志，不战自溃，他自己只能率领十余骑落荒而走，也再没有表现斩颜良时的英勇。以这样的记载，出之标准的文献，而中国民间仍奉之为战神，秘密结社的团体也祀之为盟主，实在令人费解。

　　我喜欢黄仁宇的读书法。宋儒张载有言："为学要不疑处有疑。"但这一点古人较多地落实在考校义理上，而较少设身处地、将心比心地从具体情势出发，如黄先生对关羽斩颜良时"两方随从将士之行动及对阵之地形及距离"方面的存疑,就我接触到的古人评点汉末三国文字,可说绝无仅有。但黄先生的考虑是必要的,不然,我们只会一味地跟着作家傻想关羽如何具有"万夫不当之勇",将夸大之词盲目坐实,在字面上过瘾,待到需要正确理解关羽死因时,难免破绽百出,阵脚大乱。

须知东吴派去斩杀关羽的潘璋,并不是什么名将,而是"博荡嗜酒"之辈,实际擒获关羽父子的,更只是潘璋手下一个名叫马忠的小角色。关羽是不是竟像罗马尼亚党魁齐奥塞斯库那样,不明不白地死于寻常匹夫的暗算,亦颇可疑。

憾哉,关羽和张飞,两人一世英名,结果皆不得好死,双双身首异处。关羽更惨,不仅儿子关平当时就随自己阵亡,由于他此前处死了拒绝投降的曹操悍将庞德,庞德怒发冲冠的儿子庞会后来随钟会、邓艾大军灭蜀时,夷灭了关羽全族。——由此可见,水浒寨中那位号称关公后人的"大刀关胜",肯定是冒牌货。

关云长刮骨疗毒,史有明载,当然为他开刀手术的不该是华佗,真实的华佗此时已去世多年。罗贯中也许有所不知,若该手术真由华佗主刀,则关羽一边接受手术一边与部下饮宴喝酒的豪情反而会打些折扣:华佗尝拣制"麻沸散",一剂下去,关羽既无甚痛苦,与部下喝酒就不值得惊讶了。不,正因为关羽是在没有任何麻药的情况下接受"刮骨疗毒",他的勇气才使人敬意陡生。

这样的英雄是不会向任何人屈服的,这样的大将即使没有一把飘飘美髯助威,他也有理由对别人表现得傲慢一些。即使这个"别人",乃是社会地位在自己之上的孙权。黄仁宇说关羽缺乏外交手腕,当指拒绝孙权和亲一事。

孙权贵为吴主,为示吴蜀和好之意,曾为自己的儿子向关羽女儿求婚。我们知道,孙权派出的亲善使者遭到关羽一阵毒骂。罗贯中还嫌史籍中那一声"貉子敢尔"不够表达关羽傲视群雄的力度,在小说中添油加醋地缀上一句"犬子安配虎女"。也许古代读者特喜欢看大英雄出言无状，不讲文明礼貌，换用今天的眼光，关羽殊为不智。你可以拒绝婚姻，但没必要阴损他人，何况，徒逞一时口舌之快的侮辱，是要付出代价的。尤其，你侮辱的对象，乃是那个连曹操都颇为忌惮的孙权。

关羽一个劲儿地张扬着自己，以致把自己弄到怪诞程度。他为什么不能节制一些呢？有节制的傲慢，才可能升华为人格魅力，若傲慢得没个谱，则不仅令人生厌，还可能带来危险。这种危险，在和平时期会使人丢掉饭碗；在战争期间，可能使人丢掉脑袋。

无须资料做证，我也能想见，以关羽"亭侯"之尊（所谓"亭侯"，即有资格"称孤"的人），以他平素的为人作风，他的身边注定会出现一些惯于阿谀奉承的家伙。这是一种规律，有什么样的上级就有什么样的部下，一个地方、一个部门若出现大量谄媚之徒，把领导抓起来法办多半没错，因为只有拒绝洗澡的家伙才可能引来虱子光临。那些没有在史籍中留下名姓的小人，究竟在多大程度上助长了关羽的天神意识，是一个有意思的困惑。反正，在关羽走向生命终点的旅程中，我们发现，正是他那无法自拔的自大自恋意识，敲响他生命的丧钟。

这份自大自恋意识，此前关羽已表露得非常彰显了，有可能在一定程度上还造成了刘备集团内部的不和。马超初来投降时，远在荆州的关羽特地写信给诸葛亮，询问马超的人品等级。诸葛亮曾在荆州与关羽长期共事，熟知云长脾性，当即明了用意，回信中先是大夸马超如何英雄了得，说是和张飞也有一比，随即笔锋一转："终不及你美髯公之超群绝伦呀！"关羽读信后非常满意，还把这封信让手下人传阅。

同年刘备自任汉中王，旋即大封诸侯，后人所谓刘备"五虎大将"，缘起于此。关羽对张飞与自己同列自无意见，赵云有大恩于刘备，且与关、张共事已久，于理于情，关羽皆没法表示异议；对马超的潜在猜忌，已为诸葛亮的信所消解，再加马超家世显赫，其父马腾曾声称是

"汉伏波将军马援之后"，关羽亦表认同。剩下的便是那位老黄忠了。黄忠战功卓著，但那是在另一片战场上，关羽无从亲见。当时诸葛亮曾善意地提醒刘备："云长可能不快。"刘备表示日后当面向云长解释。"大丈夫终不与老兵同列！"果然，消息传到荆州，关羽拍案而起，一张枣红脸"唰"地转向青紫，断然拒绝刘备授予自己的印绶。亏得刘备派去的那位费诗先生特会讲话，连说理带哄骗，才让关羽勉强接受了下来。——尽管，历史上并无"五虎将"一说，赵云在刘备手下的官衔也不高，但关羽轻视马超、侮慢黄忠，则史有明载。这种侮慢，类似足球队里的更衣室大佬风波，通常总会损害本方的内部团结和战斗力。

我们再结合关羽的具体死因做些探讨，以期更接近他的本我，嗅准缭绕在关帝庙前的那脉真香。

关羽死前一年，恰是他戎马生涯的鼎盛期。当时，关羽在长江北岸屡战屡胜，先是将曹操的宗室重臣、征南将军曹仁驻守的樊城围得水泄不通；接着又水淹七军，擒于禁，斩庞德；然后水陆并进，继续围逼樊城。这座樊城，控勒着曹操辖区的南方，一旦失守，则大河以南"非复国家有也"。曹操军队由于四面作战，有点不敷使用：一路军由爱子曹彰统领，正在北方边陲镇压代郡乌丸的叛乱；夏侯渊、张郃等在西北阳平关与刘备相持不下；曹洪与张飞、马超在固山刚刚有过一场激战，虽阵斩对方大将吴兰，迫使张、马暂时撤军，但显然没到马放南山的时候；曹仁辖区内的宛城，也时有变乱，尚须征南将军分兵进剿；为了对付东吴潜在的偷袭，合肥防区也需大量驻军。

不久，追随曹操三十多年、与曹操有骨肉亲情的夏侯渊在定军山阵亡，曹操亲征汉中又不利，汉中已归刘备所有。虽然爱子曹彰在北方大敲得胜鼓，但南面战场的失利，尤其是大将于禁的投降，仍给曹操心理上带来重创。曹操回想"知于禁三十年"的往事时，云长当年阵斩颜良、挂印封金的种种业绩难免浮上心头，并使他打一冷战。这样，当曹仁频频告急，许昌附近谣言不断，不少原来臣服曹操的城池开始向关羽做投机性归顺时，曹操胆怯了。平时住在袁绍老巢邺城的曹操，为规避关羽锋芒，甚至盘算起是否把首都从许昌迁到邺城来。

养虎贻患。想到当年先后放走刘备和关羽，曹操难免心生后悔。显然，当时阻止部下追杀关羽，曹操并未想到关羽会有今天，更不会想到后人无中生有地编出一段"过五关斩六将"的传奇。他想得更多的，只是树立自己一代雄主的恢廓气度，因而袍袖一抬，"彼各事其主，由他去吧。"现在，由关羽掀起的战争风云，堪堪遮蔽了曹家城楼。他知道张辽可与关羽一战，但张文远平素与云长意气相投，惺惺相惜，常通音讯，让两人在战场上翻脸，曹操固然信赖张辽的忠诚和能耐，仍觉此事不妥。何况，日后对付东吴孙权，少不了还要请这位荡寇将军出马。另一位可与云长一敌的大将徐晃，刚刚在西北面协助夏侯渊和张郃，军队尚须休养生息。唉，偏偏徐公明与云长也有不错的交情，为什么自己最堪重用的两位大将，与云长都交谊匪浅呢？这更让曹操对关羽刮目相看，他知道关羽的脾性，自视极高，对士大夫尤其不敬，能入他法眼的，满中国都没几位。

与此同时，东吴也感受到了关羽的威胁。为筹措军粮，关羽曾擅自从荆州隶属东吴境内的湘关收取大米。这给了孙权一个信号：一旦关羽在与曹军作战中得以扩张势力，他可能进一步霸占荆州全境。倘如此，由于荆州牢扼着东吴上游，整个东吴防线，将暴露在关羽水军"顺流而东"的攻击面上。

这一刻，关羽威震华夏，呼风唤雨，勇不可当，他睥睨万物的孤傲品性也臻于顶点。

然而，曹操并没有迁都，"迁都"只是刹那之念，从未真正付诸实施。何况阴鸷的司马懿当时就表示反对，他主张联络东吴，让东吴暗地发兵。这一计谋为曹操采纳了，也奏效了。后来当曹操决定亲自带军支援曹仁时，他再次遭到部下劝阻。部下的建议是：于禁败于天灾，曹仁未到山穷水尽的地步，遣徐晃出马就足够了，主公若要自领大军，也不必加入战团，但远远观望，就足以鼓舞曹仁、威慑关羽。

这样，我们蓦然发现，就在关羽声威达到顶点时，他仍然只不过微微掀起了曹操袍袖的一角，并未使曹操智囊团闻之色变。徐晃带着一支仓促组建的军队出战了，这一仗徐晃打得非常漂亮，以被见多识广的曹操称为"将军之功，逾孙武、（司马）穰苴"的胆略，突破了关羽设置的道道营垒。据说，徐晃与关羽在战场上相见时，曾非常友善地互道别情，互剖衷肠，极重朋友义气的关羽正想着"我怎么可以与徐大哥交手呢"，忽听徐晃大喝一声："得关云长头者，赏金千斤。"关羽大惊："大兄，这话咋讲？"徐晃目光如电，朗声回答："抱歉了，云长，我必须先国家后兄弟。"徐晃抢起大斧，虽没径自朝关羽劈来，宣战之势已溢于言表，关羽只能仓促提刀应战。因为谁也横不下心来，两人都避免正面交锋，但这一仗，确是以云长败北而收束的。不然，曹操事后也不会迎徐晃七里，为他大摆庆功宴。成语"长驱直入"，即来自曹操对徐晃作战方式的概括。

有充分证据说明，关羽虽满肚子瞧不起孙权，孙权却也没把关羽太当一回事，孙权的部下吕蒙更不怕关羽，倒是关羽对吴下阿蒙颇为忌惮，以致为诱使关羽放松戒备，历来多病的吕蒙，还得再装一回病，回家休养。就是说，虽然孙权感到了关羽的威胁，但这反而促使他下决心灭掉关羽，收复荆州，而不是盘算着躲避关羽。我们说不清是曹操先要求孙权帮忙，还是孙权主动向曹操提出了偷袭关羽后方的建议，就算他们英雄所见略同吧。

关羽的麻烦大了。他不知道，人们只是表面上敬重他，内心却不觉得他有啥了不起。关羽刚愎自用的习性，不仅为军师诸葛亮熟知，也普遍被敌手视为可供利用的突破口。曹操与孙权这两只巨鳌，开始向关羽合拢。

相比较而言，为谋求后发制人，东吴人特会装孙子，做低姿态，麻痹对手，以求在战场上毕其功于一役，这是东吴人的惯用计谋。后来在吴蜀彝陵之战中大败刘备、当时尚名头不振的东吴将领陆逊，对关羽的真实看法如下：

"关羽自负其勇，盛气凌人。最近颇建大功，遂加倍骄狂，一心只想着北上向曹操挑战，根本不把我们东吴人看在眼里。"为此，陆逊精心算计了对付关羽的谋略：甫一上任，便给关羽发出一封充满仰慕的信……可以想见，关羽得信后，照例轻拂美髯，一边把信交给部下传阅，一边放松了对东吴的戒备。"大意失荆州"的心理种子，自此种下了。不多久，长江上出现了一支商船队，吕蒙精选的白衣战士腰藏利刃，一身商贾打扮，不动声色间，就将关羽设在江边的岗哨，一一摸去。

荆州失去时，关羽尚蒙在鼓里。

他手下两员副将，主动为吕蒙开启城门。南郡太守糜芳和将军傅士仁，虽对刘备忠心耿耿，但现官不如现管，由于此前在后勤保障方面未能悉如关羽尊意，关羽出征前对两人扔下一句狠话："看我回来收拾你们。"世故之谈是：惩罚，就罚到位；安抚，就抚到家，切莫两头不靠，不间不架。若只是威胁，难保坏事。关羽的威胁，恰巧处在诱发反击的临界点上。所以，糜、傅二将与其等着被收拾，莫如先下手为强，向东吴投降。结果，吕蒙之得荆州，几可说是兵不血刃。

荆州人民对吕蒙精神上的归附，竟同样顺利。占领军与被占领者几乎在相见的第一天，就亲切拥抱起来。

陈寿曾用这样两句话概括关羽和张飞："羽善待士卒而骄于士大夫，飞爱敬君子而不恤小人。"死于部下之手的张飞，固与"不恤小人"有关，而云长末路，则恰好说明了他对士卒百姓的"善待"，还大欠火候。按古人概念，为将之仁，在"文能附众，武能威敌"。"威敌"之武，云长不虞匮乏；"附众"之"文"，云长乏善可陈。吕蒙入荆州后，以快刀斩乱麻之势，施行了一系列安抚政策，不仅对百姓秋毫无犯，还主动遗衣赠药，俨然一派"子弟兵"风范。司马光《资治通鉴》里竟用"道不拾遗"来说明荆州城内的治安状况。呜呼，关羽在荆州的多年劳绩，弹指间被吕蒙一笔勾销，民心所向，已使关羽突然无家可归。与此同时，被关羽俘虏的曹操大将于禁，也被吕蒙救出大牢；关羽府藏财宝，吕蒙纤芥未动，静待主上孙权前来验收。

关羽派人不断向吕蒙打听城内动静，吕蒙客客气气，有问必答，厚待来使，弄得脾性极大的关羽突然没了脾气。关羽不善协调内部同僚关系的缺点，这时也被放大。他曾向距自己最近的援军刘封、孟达求救，两人出于旧隙，托词拒绝，听任关羽陷入四面楚歌之境。他向麦城走去了，不知怎的，这位不可一世的神武将军变得意气萧索，他在城头插上一面白旗，暗地解散了军队，只带着十几号人，个个衣衫破败，向着孙权预先设下埋伏的地点，宿命地走去。让一位兵镇一州、名震四方的成名大将被迫解散兵士，必然有其隐情。由于关羽士卒的家属都在荆州，他们了解到的情况已使自己无法再有斗志：家属们在吕蒙统治下所享受待遇之好，竟大大超过平时。"不战而屈人之兵"，这就是当时病体支离的吕蒙，在走向大限前给同样末日临头的关羽，上的最后一课。

性格即命运，极端兀傲与极端颓唐，本在旋踵之间。关羽之败，原与"大意"无关，实属个性使然。

最使关羽颜面无光的是：曹操突然没有取关羽人头的兴致了，当关羽因荆州失守而放弃围攻樊城，急速撤退时，曹操的信使鞭着快马，用最快速度赶到曹仁面前，严禁曹仁从后掩杀。也许，这是曹操的外交手段，他故意要让孙权立此一功，以使吴蜀交恶，瓦解吴蜀联盟。有识者认为，在徐晃当初打破关羽"露重飞难进"的重重营垒之后，曹操纵不假手吕蒙，也能击败关羽。当然我们也不排除曹操对关羽心存厚爱的可能，不忍心在他困败时，从背后放出飞刀。

孙权杀了关羽之后，立即将关羽首级送给曹操，曹操毫不犹豫地下令：以诸侯规格，厚葬关羽，并亲率百官祭拜。两人都是做给刘备看的，孙权想说的是，杀关羽是曹操的主张，与我无关；曹操的回答是："不，我正在为关羽痛哭。"

曹操成了赢家，因为刘备把账算到了孙权头上。西蜀成了最大输家，因为急于替兄弟复仇，在接下来的吴蜀彝陵之战中，刘备遭到了更加惨重的失败。最终，孙权笑到了最后。

这一切，皆缘自关羽将星的骤然陨落。

前面提到唐人颜真卿创议设立的"古今六十四名将"，汉末三国共有八人入选，除关羽、张飞外，另六人是：曹魏一方的张辽、邓艾和东吴一方的周瑜、吕蒙、陆逊和陆抗。考其余六人，他们至少主宰了一场胜仗，唯关、张除外。张飞虽和关羽共享"万人敌"名号，但真实可考的沙场事迹，只有长坂桥上那一声逃命途中的断喝，翻检史书，张飞并未斩下一颗敌将之头。张飞曾打败过曹营名将张郃，并兴高采烈地立石勒铭，但那是一场价值不大的遭遇战，并无突出战略价值。关羽水淹七军、擒于禁、斩庞德，事后看来，只是一种阶段性战功，相当于在篮球比赛的前三节刷出华丽数据，比分暂时领先，但胜败取决于第四节。关羽输在第四节，也就输掉了整场战役。张飞虽没打过大胜仗，但也没有吃过大败仗，唯因形象分突出，得以名留青史。关羽总体上属于败军之将，失败的后续效应还很大，长远来看，这场惨败还使得诸葛亮早先替刘备设想的复国方略不复存在，日后诸葛亮被迫在西北一隅与曹魏交战，无法在荆州开辟第二战场，致使战果寥寥，功败垂成。然而关羽的形象元素更加出众，挂靠于古人尤其在乎的忠勇仁义，遂得以在人格上实施战略反攻，最终升格为华美的武将典范。简而言之，如张辽、吕蒙、陆逊等人属于扎实的事功英雄，关羽和张飞属于轻盈的审美英雄，后者更适宜活在后人的想象性怀念中，活在说书艺人兴高采烈的唾沫中，活在"西皮流水"的韵味中。

　　与《三国演义》里那个忠勇双全、有情有义的美髯公相比，本文描画的关羽，毋宁让人扫兴。当然，试图看清关羽，几乎是不可能的。不是关羽的性格有多复杂，而是他的头顶缭绕着民间历千百年而不衰的袅袅香火，遂使他永远裹着一件迷幻大氅。神化是歪曲的前奏，敬畏是误解的始基，不同的人往往因不同的目的，或高明或拙劣地为关羽人为地添上种种细节，形格势禁之后，就使梳理不胜其烦。

　　就以民间"关羽斩貂蝉"为例，由于我们根本不清楚汉末时期是否真有貂蝉其人（从陈寿《三国志》及裴松之注引中，人们既找不到一根貂毛，也觅不到一尾蝉翼），这事便不知因何而起了。就假设有貂蝉其人，就假设关羽和貂蝉还有缘相会，当然在白门楼缢杀吕布之后，我仍然不清楚关羽凭什么要斩杀这个据说有大功于汉家天下的绝色女子，这又能给我们的英雄增添多少豪情呢？

　　中国古代的民间思维方式，常会掺杂些混账观念，对此我们只能置之不理。

　　关羽的幸运在于，他被成功地归结为某种英雄典型，关羽之使今人感到乏味，亦正在于他遭到该种英雄模式的捆绑。人们一面赞美他，歌颂他，供奉他，一面又浑然不觉地使他陷入单调和程式化之中。他成了民间朴素英雄心理的牺牲品。

　　然而罗贯中仍然值得感谢，他塑造的这位英雄，就艺术形象而言，堪称登峰造极。单单玩味小说中"温酒斩华雄"那一段，已足可令关羽不朽。这场厮杀虽属虚构，但传递出的英雄气概和战争鼓点，千载之后犹在每一个读者头上咚咚作响。我们不妨重温一遍：

　　　　言未毕，阶下一人大呼出曰："小将愿斩华雄之头，献于帐下！"众视之，见其人身长九尺，髯长二尺，丹凤眼，卧蚕眉，面如重枣，声如巨钟，立于帐前。绍问何人，公孙瓒曰："此刘玄德之弟关羽也。"绍问现居何职。瓒曰："跟随刘玄德充马弓手。"帐上袁术大喝曰："汝欺吾众诸侯无大将耶？量一弓手，安敢乱言！与我打出！"曹操急止之曰："公路息怒。此人既出大言，必有勇略；试教出马，如其不胜，责之未迟。"袁绍曰："使一弓手出战，必被华雄耻笑。"操曰："此人仪表不俗，华雄安知他是弓手？"关公曰："如不胜，请斩某头。"操教酾热酒一杯，与关公饮了上马。关公曰："酒且斟下，某去便来。"出帐提刀，飞身上马。众诸侯听得关外鼓声大振，喊声大举，如天摧地塌，岳撼山崩，众皆失惊。正欲探听，鸾铃响处，马到中军，云长提华雄之头，掷于地上。——其酒尚温。

这一段，寥寥280字，不仅勾画出袁氏兄弟和曹操的性格，还使一位顶天立地的大英雄，刹那间栩栩如生。谁能测量出在云长"酒且斟下，某去便来"这八个字中，蕴蓄了多少英雄豪情呢？尽管，我再扫兴地说一句，军衔为都督的华雄，他的人头实际上是被孙坚割下的，当时真正与董卓军队正面抗衡的，也只有孙坚。曹操也只是与董卓部将交了交手。

"青史对青灯""赤心如赤面"，这样一个云长即使不符合历史真相，至少也让人心潮澎湃。

我们享受这份心底的澎湃吧：一个赤面长须提大刀的人物，一个百万军中取上将之头如探囊取物的人物，一个为了恩主不惜放弃眼前荣华、虽跋涉千山万水而不辞的人物，一个竟能使自己贵为帝王之尊的兄长宁可不要江山也要为之报仇雪恨的人物。此外，如果你愿意接受的话，他也许还是一位"作画铁笔强"的画家，虽然，他的作品没有一幅留传下来，我们也读不到他一字半句遗文。

他的魅力既无可怀疑，又影影绰绰。

十二　一代完人——诸葛亮

"丞相祠堂何处寻？锦官城外柏森森。"随着一代诗圣杜甫的深情咏叹，我们这就尝试进入那一颗高贵灵魂。他置身其中的凶险乱世，如同拍岸惊涛，把他风霜高洁的人格，砥砺得格外磊落。

诸葛亮的童年和青年时期是如何度过的？西方人曾热衷揣测耶稣基督的早年生平，因为，在耶稣诞生于伯利恒那个马槽里之后，直到他二十多岁时重新出现，中间二十余年的经历，人们茫无所知。那里面有着一位巨人——如果他是人子的话——全部的成长密码呀！有人猜测耶稣曾到过印度，更有人说在中国的雪域高原上，出现过他向藏传佛教喇嘛研习东方秘术的身影……

同样，诸葛亮在走出隆中之前，或，在他因避难而不得已走进隆中之前，他有过何种经历呢？拜何人为师？去何地游学？所习经术主要为哪门哪派？自己对之又做了哪些融会贯通、推陈出新？凡此种种，皆使人一头雾水，充满好奇。

我们有把握的只是，他早年丧父，后来与弟弟诸葛均一起跟随叔父诸葛玄过活。诸葛玄曾受袁术任命为豫章太守，因受阻于兵灾而未能赴任，后转投旧友荆州牧刘表。青少年时期的诸葛亮，耳濡目染，想必得以洞悉官场权诈和沙场凶险。诸葛亮十七岁时，诸葛玄去世，有可能死

他的隐逸姿态里，暗含了出世之想。隆中的诸葛亮，他的衣袂与其说是飘飘欲仙，不如说非常沉重，我们没有理由将那时的诸葛亮想象成一个只知独善其身的高蹈隐君子

于政敌之手。他的长兄诸葛瑾（大诸葛亮七岁），居丧至孝，侍奉继母恭谨有加。约在建安五年（200 年），诸葛瑾离开两个弟弟，陪伴继母来到东吴闯荡，日后成为孙权的股肱大臣。

这以后诸葛亮独自来到南阳西边邓县一个名叫"隆中"的地方，距当时荆州的政治军事中心襄阳不过 20 里。他毫无疑问是一名自食其力的劳动者，而非如罗贯中描述的那样，大白天还在睡大觉。"高卧隆中"应指一种蓄势待发的姿态，而非整天酣睡不醒，连累刘备在外面等了好几个时辰。这不仅因为诸葛亮经常提到自己"躬耕陇亩"，还与他一贯事必躬亲、勤勉操劳的行事风格相统一。

诸葛亮结交了几位朋友，但他无疑木秀于林，他的朋友这么想，他自己也无须谦让。"诸位日后为官，大概可以做到刺史、州牧。""那你呢？"朋友问，诸葛亮"笑而不言"。

诸葛亮的读书风格，容易让人想到后世陶渊明所谓的"好读书，不求甚解"，当他的朋友读书都"务于精熟"时，诸葛亮"独观其大略"。我想，这个"大略"多半可训为"扼要"：孔明以经世致用为己任，匡扶社稷为抱负，自然不同于寻常只会在书卷中经营雕镂的腐儒酸丁，只知引经据典，死于句下。罗贯中在小说里曾经借诸葛亮之口辩别过"小人儒"和"君子儒"，言辞非常漂亮。"君子儒、小人儒"原是孔子拈出的概念，孔子曾告诫子夏："汝为君子儒，无为小人儒。"真实的诸葛亮未必说过这段话，但它的确契合诸葛亮的气概和抱负："儒有君子小人之别。君子之儒，忠君爱国，守正恶邪，务使泽及当时，名留后世。若夫小人之儒，唯务雕虫，专工翰墨，青春作赋，皓首穷经；笔下虽有千言，胸中实无一策。且如扬雄以文章名世，而屈身事莽，不免投阁而死，此所谓小人之儒也；虽日赋万言，亦何取哉！"

这时的诸葛亮有两个爱好值得注意：

其一，他喜欢"抱膝长啸"。据《封氏闻见记》释义，"激于舌端而清谓之啸"，则"啸"不过大家习见的"吹口哨"而已。其实不然，这是一个充满道家养生色彩的造型，与今之所谓气功略有瓜葛。古时善"啸"者，特指隐逸高人，他们擅长导引，专注内功，其"啸"声源于丹田，环流于四周，每每声震遐迩，其不同寻常的声效洵非寻常"激于舌端者"可以比附。武侠小说宗师金庸曾在小说《射雕英雄传》中，将"东邪"桃花岛主黄药师的长啸描摹得汹涌澎湃、大气磅礴。

其二，"好为梁父吟"。这五个字传递出的信息，也是既清晰又含混的，《三国演义》里有一首以"一夜北风寒"起句的《梁父吟》，略知当时诗文风格的人，当能看出此诗属伪托，断不会出自诸葛亮之手。在郭茂倩的《乐府诗集》和清沈德潜编选的《古诗源》中，记载了另一首《梁父（甫）吟》，摘录如下：

> 步出齐东门，遥望荡阴里。里中有三坟，累累正相似。问是谁家墓，田疆古冶子。
>
> 力能排南山，文能绝地纪。一朝被谗言，二桃杀三士。谁能为此谋，国相齐晏子。

按："梁父"乃地名，为泰山脚下一小丘，古人死后多有葬于梁父山者，遂赋予《梁父吟》悲凉的葬歌体特征。这一特征，即使从仅存的这首归在诸葛亮名下的《梁父吟》中也不难窥见。但《梁父吟》到底是一首诗的名字，还是一种乐府体诗歌的名称？它到底系诸葛亮创作，还是仅仅为诸葛亮所喜爱，从"好为梁父吟"五字中难以得出确切结论。汉语确实不够精确，即使一句乍看无甚难处的句子，推敲起来也会让人哑然。有人曾认为难点在"为"字上，因这个"为"字既可以解释为"撰写"，又可以解释为"吟诵"。

此言不假，但为什么不同时结合"好"呢？该"好"当然是喜欢、热衷的意思，而且是那种经常性的喜欢与热衷。若《梁父吟》仅为一首诗的名称，而这首诗又是诸葛亮所写，则"好"字无从索解，诸葛亮总不见得经常乐此不疲地写同一首诗？故结论只能二者择一：要么《梁父吟》为乐府诗名，诸葛亮为此写了一组诗歌（就像陶渊明写了一组《饮酒》，纳兰性德写了大量《浣溪沙》一样）；要么《梁父吟》非诸葛亮所写，诸葛亮只是喜欢吟诵它而已。

不管两种结论中的哪一种，都不妨碍我们得出这一认识：在对《梁父吟》的创作或吟诵过程中，寄托着"隆中"诸葛亮对时事世态的深重悲悯和无尽关切，他的隐逸姿态里，暗含了出世之想。隆中的诸葛亮，他的衣袂与其说是飘飘欲仙，不如说非常沉重，我们没有理由将那时的诸葛亮想象成一个只知独善其身的高蹈隐君子。何况，诸葛亮此前虽然没有正面回答好友"那你呢"的询问，我们仍可从他经常"自比于管仲、乐毅"中，看出诸葛亮的人格志向，盖管仲乃古代良相的典型，乐毅则为古代智将的楷模，两人均立下浩大事功。诸葛亮是隐士，不是名士，隐士奉行"有道则见，无道则隐"的原则，拒绝替昏君效命，极端情况下宁愿披发入山，活活饿死，也"耻食周粟"。隐士与名士的区别是，名士无意功名，无论有道无道，他只管弹自己的琴；隐士心中藏着一份建功立业之心，只要"天下有道"或觅得良机，就将毅然出山。诸葛亮自比管仲、乐毅，即表明了这份心志。若原本无意功名，他大可追慕老庄，或学老翁击壤，高唱"帝力与我何有哉"。传说姜太公钓鱼用的是直钩，钓的根本不是鱼，而是周文王。实际上，诸葛亮有扫清四海，一匡天下的宏大理想，对帝王职位却了无兴趣。

熟悉了这些背景，我们就较容易进入 207 年了。

刘备正在中原跟跟跄跄。由于曹操刚刚平定了北方，旌旄南指，刘备的寄身之地荆州首当其冲，受到巨大威胁。有个叫徐庶的人在刘备面前貌似漫不经心地提到了一个既陌生又响亮的名字：卧龙。"麻烦先生带他来见一面。"刘备对徐庶说。"不，这人是没法带来的，非得玄德公亲自去请。是否请得动他，还得看造化哩。"病急乱投医的刘备这就走向了襄阳城外，卧龙岗中。并非诸葛亮执意搭隐士的臭架子，而是两人伟大的合作，需要一个不同寻常的开始，所以刘备直到第三次拜访，才见到孔明真身。当然，结合诸葛亮在《前出师表》里的表白（那也是"三顾茅庐"说法的唯一可靠出处），所谓"三顾"，也可能指刘备与诸葛亮接连谈论了三次，前两次并未扑空。这又是汉语不够精确的一个旁证，后人嘴里津津乐道的"三顾茅庐"，也许拜误读所赐。

好事总是成双出现的，我们刚刚目睹了刘备、诸葛亮堪称无双佳话的会面，转眼便听到了那段也许是中国五千年历史上最为神奇的预言。为了方便下文对《隆中对》的赏析，有必要先加援引：

> 自董卓以来，豪杰并起，跨州连郡者不可胜数。曹操比于袁绍，则名微而众寡，然操遂能克绍，以弱为强者，非唯天时，抑亦人谋也。今操已拥百万之众，挟天子而令诸侯，此诚不可与争锋。孙权据有江东，已历三世，国险而民附，贤能为之用，此可以为援而不可图也。荆州北据汉、沔，利尽南海，东连吴会，西通巴蜀，此用武之国，而其主不能守，此殆天所以资将军，将军岂有意乎？益州险塞，沃野千里，天府之土，高祖因之以成帝业。刘璋暗弱，张鲁在北，民殷国富而不知存恤，智慧之士思得明君。将军既帝室之胄，信义著于四海，总揽英雄，思贤如渴，若跨有荆、益，保其险阻，西和诸戎，南抚夷越，外结好孙权，内修政理，天下有变，则命一上将将荆州之军以向宛、洛，将军身率益州之众出于秦川，百姓孰敢不箪食壶浆以迎将军者乎？诚如是，则霸业可成，汉室可兴矣。

我们先假设诸葛亮这一番话是听了刘备的虚心询问，略一沉吟后脱口而出的。人们常用"未出隆中，已知天下三分"的赞语，来高度评价诸葛亮的杰出才能，若将其中的"知"改为"定"，更能体现《隆中对》的价值。《隆中对》中的智慧含量不仅遥不可及，它还是非常独特的，它与当年沮授、荀彧不约而同地建议袁绍、曹操"挟天子以令诸侯"有着根本的不同。

"挟天子以令诸侯"带有某种"先入咸阳者为王"的意味，曹操使得，袁绍也使得，而三分天下的谋略，则只适合于刘备，尽管刘备完全看不到这一点。显然，对曹操而言，天下削平净尽，只剩下一个江东；对孙权而言，曹操"徒忌二袁、吕布、刘表与孤耳。今数雄已灭，唯孤尚存"，所以他虽自称"孤与老贼，势不两立"，但也仅限于借助"国险而民附"的地利、人和优势，与曹操分庭抗礼，搞南北朝。换言之，在曹操眼里，中国只有一个；在孙权眼里，中国可一可二；仅仅因为"隆中"冒出个诸葛亮，才使中国突然出现三分天下的可能。诸葛亮硬是以自己力超北海的智慧，从曹、孙争斗中虎口夺食般地为刘备抢下一片天地。于是，随着诸葛亮走出卧龙岗，一个全新国家的雏形也渐渐萌生。

虽然我们应该把赤壁之战的荣誉公正地还给周瑜，但在诸葛亮的《隆中对》中，已将曹操兵败预先算计在内。诸葛亮的目光还要长远得多，他清澈的双眼仿佛在天地间画出两个圆弧，这便轻巧地把一座"用武之国"荆州和一座"天府之土"益州，在理论上交到刘备手中。至于实践效果，则简单到只取决于一个前提："将军岂有意乎？"诸葛亮没有过多地考虑刘备有意与否（他当然愿意，就好像你面对一个在水里挣扎了两个小时的人，在把他救上来之前，根本不需要问一句："先生，您允许我施以搭救吗？"），他的思绪刹那间穿越了时间，不仅进一步为刘备勾画了蜀汉的内政外交，还历历如睹地设想到了兴复汉室的前景。

奇妙的是，诸葛亮的每一步设想都包含具体的操作性，先后次序之谨严亦匹似围棋国手行棋，算路绵长，在明确大方向的前提下，兼顾到了每一个具体环节。知行合一的诸葛亮，岂止是"未出隆中，已定天下三分"；未出隆中，他甚至已将日后的"三分归一统"，计算成大功告成前最后一个官子。

这便回到了本章开头部分笔者的疑问：诸葛亮在走出隆中之前，他无可比拟的成长轨迹，究竟是怎样展开的呢？在《隆中对》中，诸葛亮除了表现出宏伟的布局构想、精妙的战略设计，他丰富的人文地理学知识和混一华夏的民族眼光，也在在让人折服。诸葛亮的出生地告诉不了我们多少东西，他生于琅琊阳都，即今山东沂南。那么，他对"益州疲弊"的认识又从何而来呢？诸葛亮也许精研过那本当时面世的《水经》，但我们知道，在北魏人郦道元为该书作注之前，这本语焉不详的地理学著作，并不能给人带来多大裨益。会不会有这种可能呢，即在诸葛亮游学少年时期，他曾孤身万里地行走在大江南北，这使他不仅对益州的地形地貌、风土人情有所了解，一度还曾"深入不毛"，由此对南方少数民族多了些直接体验。

诸葛亮出山了。他才二十七岁！

按照今天的人才培养模式，诸葛亮是不可想象的。二十七岁，怎么看也只是一介小科长的年龄，而诸葛亮尽管任军师中郎将是在六年以后，位居丞相是在刘备称帝之后，封为武乡侯更是在刘备死后，但他事实上立刻就成为刘备军事集团中战略的实际规划者、制度的具体制定者和军国后勤的有力调度者。由于刘备在见到诸葛亮第一天起就甘居幕后，这使得孔明无须任何能力上的历练和资历上的筛选，便一步到位地成为蜀汉的精神支柱和力量源泉。这是多么不可思议！

据说，东吴孙权也曾想拉拢诸葛亮，诸葛亮对说客答复道："孙将军诚然大具人主气概，但观他的为人，充其量只能对我以礼相待，而不可能让我尽展才能。"前人对此曾有所驳斥：孔明何等样人，他与刘备水乳交融的关系甚至超越了刘备与关羽、张飞的旷世兄弟情，达到神而化之的境界。孔明根本不可能投向孙权，即使孙权让他尽展才能。

我同意这一驳斥，但尚须更进一解：孔明当年之所以慨然"许先帝以驱驰"，却也不能不归结为刘备愿意"咨臣以当世之事"这一事实，刘备的言听计从，对诸葛亮至关重要。我们发现智慧过人的诸葛亮很少有与他人商议、相与定计的必要。他的智力既高出众生，谋略又可靠完备，他要求别人的，只是忠实地贯彻执行。由于诸葛亮没有帝王野心，所以，一位能够让诸葛亮尽展才华同时又能让他对其品质由衷感佩的人主，如刘备，便成了诸葛亮的首选目标。

初出隆中的诸葛亮，在还没有来得及施展绝世才华之前，不得不先陪着刘备体验一番颠沛流离的滋味。这是刘备最熟悉不过的滋味，一笔因他先前的无能遗留下来的苦债。在曹操精锐之师的猛烈追击下，无论刘备还是诸葛亮，只能将"快逃"视为三十六计中的上上大计。然而，这也是刘备感动苍天的时刻，他不忍心抛弃追随自己的百姓，宁愿以拉家带口的龟步方式，率领百姓蹒跚地逃向江岸。

那边，曹操已向自己的五千铁骑下达了死命令，要求他们以日行三百里的骇人速度追击。幸亏神勇的张翼德在长坂桥一声怒吼，把曹操大军暂时阻了一阻，刘备才终得生还。——目睹刘备这份狼狈，诸葛亮感慨系之，并更加坚定了帮助这个苦命人的决心。

时势造英雄，英雄亦造时势，赤壁之战开始了。为了实现自己既定的联吴抗曹战略，诸葛亮亲自出马，游说东吴。据说，由于鲁肃的作用，孙权也在考虑与刘备联合的可行性，遂派鲁肃前来荆州打探消息。鲁肃肯定是在非常困难的情况下，找到了刘备，并触摸到了刘备真实的用意。陈寿好像对这一细节有点吃不准，因而在描述上留下了一丝矛盾之处，我们没法知道是鲁肃找刘备在先，还是诸葛亮先去游说东吴。好在即使把该荣誉归在鲁肃名下，对诸葛亮也没有丝毫影响。以孙权为强援，这是诸葛亮隆中决策时就已定下的战略，原不必借重鲁肃提醒。诸葛亮对东吴的游说获得了巨大成功，这部分也是因为，孙权本就不想向曹操投降，他最为倚重的将军周瑜当时曾豪情万丈地对孙权许诺："只要三万兵，你就可以看我破曹操。"

赤壁战后，刘备将荆州借而不还，东吴人肯定非常愤怒，觉得刘备背信弃义、过河拆桥。东吴人不知道，即使刘备愿意归还，诸葛亮也不答应。在诸葛亮为蜀汉圈定的初始版图中，荆州与益州乃是国家张开的两翼，夺取荆州，威慑曹操，乃诸葛亮的既定方针。需要说明的是，后代说书人嘴里的"借荆州""失荆州"云云，都失之简单，荆州地盘很大，共有七个郡，赤壁之战前属于荆州牧刘表，赤壁之战后则分属曹操、刘备和孙权三家，在围绕荆州的各项战事中，荆州的归属一次也不曾完整地属于刘备。刘备拥有荆州相对偏僻的四个郡，孙权和曹操分别占领其余的三个郡（其中南郡各占一半）。刘备拥有四郡的手段虽然不甚光彩，但也谈不上是从孙权处"偷得"或"借得"，因为在此之前，周瑜虽曾打下南郡，但作为整体的荆州，从未在法理上隶属孙权。故"借荆州"之说，乃是东吴一班文人学士为了掩饰本方偷袭关羽的肮脏行径而杜撰的一个说法。

在荆州四郡落入刘备之手以后，诸葛亮只需旋转刀柄，借助刀背力量顺势一抹，就可以将益州纳入怀中。一块谁也没有料到的土地，就此既意外又顺理成章地成为刘备的天下。——中国之所以能够鼎立而三，正在于突然出现一个力能扛鼎的时代超人，他以不可思议的政治魔术，为刘备无中生有地创造出一个国家。

《隆中对》的决策，正在有条不紊地得到贯彻。

这时，两桩互为连贯的事件，打乱了诸葛亮的步骤。先是关羽"大意失荆州"，致使荆州非复为刘备所有；接着，忧愤填胸的刘备不顾诸葛亮苦劝，以一种"不爱江山爱兄弟"的哗世激情，尽起蜀国军团，为关羽报仇。刘备的惨败，使得蜀汉本来就没有多少家底的实力更趋衰弱。不久，刘备即在白帝城愤愤去世，将自己可笑的宝贝儿子刘禅（阿斗）和一个脆弱的国家，郑重托付给诸葛亮。

时间为黄初四年（223年）四月，四十二岁的诸葛亮，迎来了政治生命的第二个阶段。

有诸葛亮为刘禅护国，这个弱智皇帝便大可整天与宦官阉竖在一起厮磨，与巫婆神汉在一起鬼混。身为丞相的诸葛亮，作为蜀汉的精神领袖和实际统治者，这时也将蜀国军政要权集于一身，所谓"政事无巨细，咸决于亮"。诸葛亮还通过主动与东吴修好，"团结和亲"，免除了一个强敌的威胁。自此以后，东吴与蜀汉再也没有发生过战争。

《隆中对》中"西和诸戎，南抚夷越"的方案，终于等到了一个可以实施的机缘。由于外部环境相对平静，诸葛亮遂率军南征，这就是我们耳熟能详的"七擒孟获"故事。对南蛮首领孟获"七擒七纵"，不完全是罗贯中的杜撰，史籍中也曾留有蛛丝马迹，只是罗贯中把它渲染得格外传神罢了。当然，以诸葛亮杰出的智谋，结合"攻心为上"这一既定态度，"七擒七纵"也是完全可能的。这虽然颇像一种猫玩老鼠的军事游戏，但诸葛亮的本意不在于炫耀自己，而是从心理上摧毁敌人，使得以孟获为首的南方少数民族部落心悦诚服，从此不敢再生事端。当时的记述很想让我们相信，诸葛亮完全达到了自己的目的。当然今天我们知道，诸葛亮对孟获等人的统治并不是无懈可击的，针对蜀汉的小规模叛乱，即使诸葛亮在世的时候，也从来没有停止过；而诸葛亮为了准备北伐，曾加剧了蜀国的赋税，民众的苦难难免有所增强。——当然，我们还知道，对南蛮实施安抚，也是参军马谡的意见。马谡有此一功，也可与赵括之流稍稍拉开一点距离了。

天下三分，对曹魏政权现在成了一种无奈，曹丕此前一次征伐东吴，再次以失败告终；对孙权是可以接受的选择，他甚至考虑起派船队去夷州（今台湾）的事情来了；唯独对诸葛亮是一种不可忍受的事实。他坚定的信念，使他一刻没有忘记对汉室的恢复，即使曹魏一方暂时忘却了他的存在，即使他治下的蜀汉，恰恰是三国中实力最为不济的。就在"七擒孟获"后的第三年，曹丕死后的第二年，即魏明帝太和二年（228年），诸葛亮率大军进驻汉中，由此揭开了北伐的序幕。

临行前，诸葛亮给刘禅上了一封表文，这就是《前出师表》，中国历史上最著名、最感人的表文。这一刻，诸葛亮心潮澎湃，他知道此去旷日弥久，路途多艰，前程未卜，吉凶难料；他担心不成器的刘禅在家里恣意妄为，疏远忠贞之士，宠信佞臣小人。为防"俱为一体"的"宫中府中"出现不测，诸葛亮临行前虽然做了大量准备工作，但他仍会为自己"分身无术"而深感痛苦。

一方面出于对刘备的忠诚，一方面也是志之所在，诸葛亮从来就没有存过废黜刘禅的念头，不仅如此，他还得额外匀出一分神来，加意佑护这个活宝。刘禅客观上成了诸葛亮的心腹大患，成了妨碍他走出成都、驰骋疆场的唯一障碍。诸葛亮"受命之日，寝不安席，食不甘味，思唯北征"，有"吞魏之志久矣"，他的意志不是那么容易消折掉的，即使愁肠百结，经过一番审慎的思考抉择之后，他仍决定以统一国家为急务，先行北伐。

细观《前出师表》，身为刘禅"相父"的诸葛亮，出师前也许竟没有向刘禅请示过什么（即使请示也是例行公事，做样子给别人看），他只是深感有必要关照刘禅几句，才援笔为文。因此，所谓《前出师表》，未尝不可以读成一通"诫子书"，表中除感人至深地闪烁着诸葛亮为蜀汉竭忠尽智的肺腑之情，还充盈着一种慈父威严，这份威严与孔明气吞山河的豪情一起，同时掩映在他"临表涕零，不知所云"的泪光后面。"文章西汉两司马，经济南阳一卧龙。"诚哉斯言。

然而北伐失败了，一次又一次地失败了，接连五次无功而返。也许，通过这一次次令人扼腕痛惜的失败，我们更能看清诸葛亮的高尚人格，和他性格中的某些致命软肋。

诸葛亮选择北伐的时机是否准确呢？在《前出师表》中，他曾用"危急存亡之秋"来形容时势，有人认为这是一个错误评价，因为蜀国当时并没有受到强敌的直接威胁，自成功地"南抚夷越"之后，当务之急应是休养生息，大兴农业，恢复国家受伤的机体，然后再厉兵秣马，伺机而动。对此我稍有异议，我觉得，"此诚危急存亡之秋也"之句，未必乃诸葛亮对时势的真实判断，而仅仅是说给刘禅听的，为了使刘禅不再荒淫，有所振作，从"权术"角度看，诸葛亮也有必要稍加夸大其词。欲探讨诸葛亮北伐时机是否准确，我们还得结合敌对国魏国的情况。

由于诸葛亮此前一直在大西南一带用兵，对魏国政权几无影响，是以当时魏国上下普遍以为，刘备死后，"数岁寂然无声"的蜀汉不值得重视，是以"略无备预"，防区松懈。结果"卒闻亮出"，便不禁"朝野恐惧"了。从南安、安定、天水"三郡同时叛魏应亮"这一点上，我们也能看出诸葛亮选择北伐时机的准确。兵至非常，"攻其不备"，正可见出诸葛亮的高明之处。

诸葛亮的局限也同时暴露出来了，那就是他的谨慎，追求"十全必克"的谨慎。我觉得诸葛亮的谨慎，虽可在性格构成上寻找原因，但也与他智力上的优势意识有关。

请允我再以围棋高手下棋为例：棋士对弈时若选择冒险深入的着数，频频放出胜负手，通常意味着棋势已落下风，寻常"正着"已无取胜可能，只能借助把水搅浑，以求一逞。反观对方，因胜券在握，这时便往往较为忍让，脑子里尽想着如何简化局势，拒绝与对手多做纠缠。诸葛亮与敌人交手时，其心态便好像这样一位胜券在握的棋士，他坚信自己的实力，他认为无须借助搏命招法就能"十全必克"，便自然不会对任何冒险举动感兴趣了。诸葛亮本能地追求"完胜"对手，因而不愿把战场上的胜负放在赌盘里旋转，哪怕他的赢面要大得多。

如果我们姑且认为诸葛亮选择了最好的北伐时机，但他确实没有体现出最佳的进攻策略。他拒绝了手下大将魏延轻兵突袭的主张，只是率领一支庞大的军队，绕道远行，缓慢地向着目的地长安迂回推进。这本该是诸葛亮千载难逢的机会，他完全有可能至少一举占领长安。结果，终其北伐一生，他竟一次也没有把军队推进到那么远。

若在此冒昧地来一番纸上谈兵，则诸葛亮似有昧于攻守之理的毛病。无论古代战争还是现代足球比赛，攻方与守方，所取策略均有所不同。"十全必克"的态度，通常只是防守方的策略。对进攻方来说，"攻其一点，不及其余"完全可能获得奇效——有战争史上不计其数的经典战例为证；而对防守方来说，"守其一点，不及其余"则不可想象。问题是，诸葛亮明明是进攻方，却极为不恰当地放弃了进攻者的谋略特权，拘谨地采取了那种通常只有防御者才被迫采纳的策略。给人的感觉是，在所有的交战方式中，诸葛亮只认同阵地战。每一个足球迷都知道，阵地战，只是一种不得已状况下的攻坚战，它永远不该是进攻的第一选择。

街亭大败，给予诸葛亮致命一击。诸葛亮从未答应魏延"自带一万兵"的请求，却轻率地给了参军马谡数千精兵，结果，这位言过其实的纸上将军，被魏国在沙场上摸爬滚打多年的老资格将领张郃一举击败。诸葛亮固然可以"挥泪斩马谡"，但蜀汉那么多儿郎的阵亡，却是无法随泪挥去的巨大阴影。街亭之败的惨重性，客观上是不可补偿的。诸葛亮在别路战场上获得的所有战功，都没有抵消掉马谡的失职。那么，诸葛亮为什么要委马谡以重任呢？这牵涉诸葛亮一个重大弱点。

聪明绝顶的诸葛亮，恰恰在识别人才上乏善可陈。马谡不可重用，擅长发现人才的刘备临死前就曾对诸葛亮有所提醒，正如魏延可以重用，刘备也曾向诸葛亮有所示范。细想刘备白帝城托孤之时，心中有千头万绪，仍能特地将马谡拿出来提上一提，肯定那时候诸葛亮对马谡已流露出令刘备深感不安的激赏之色，所以刘备觉得应该预加防范。诸葛亮对马谡并非不了解，他经常会在日理万机之余，与马谡在中军帐里谈论兵法。

如果你站在泰山极顶，呼吸着青天八万里罡风，感受自然界最瑰丽的天籁，自然难以辨别被自己"一览众山小"的芸芸小丘，哪个更高些，哪个稍稍矮些。诸葛亮也许正面对这种难局，他独标高格的智力，因其过于不同流俗，反而妨碍他辨别寻常士子的相对高下。这是一种类似"阿喀琉斯之踵"的强人式盲点，诸葛亮骨子里对旁人的轻视乃至无视，本身并不以他是否谦虚待人、平等待人为转移，正如有钱锺书式的博闻强记、锐眼精识，就必然会产生对他人的不屑之情一样，即使钱先生曾大自谦抑。这本来不该是诸葛亮的弱点，我们更应将此理解成"优秀"的并发症。

孔明看重杨仪和魏延的才干，"常恨二人之不平，不忍有所偏废"。朝臣间本就不易产生友谊，古代专制国家如此，现代民主国家亦然。华盛顿手下两位奇佐——国务卿杰斐逊和财政部长汉密尔顿势如水火；杰斐逊任总统后，又与首席大法官约翰·马歇尔不睦；汉密尔顿与副总统艾伦·伯乐甚至仇视到决斗程度。但是，在稳健运行的国家制度面前，这点不和并未造成动荡，有人甚至认为，他们的不和——所谓"巨人间的战争"——还促进了美国的民主进程。

杨仪、魏延等人的问题，并非不够精诚团结，而是能力不足；更大的问题，则是制度残缺，孔明的人治化统治越英明，去世后留下的权力真空就越大，正好供杨仪为代表的阴谋家跃马扬鞭，大开杀戒。诸葛亮重用了不该重用的马谡，轻视了不宜轻视的魏延，所以，蜀汉后期人才的极度匮乏，也就不难理解了。"蜀中无大将，廖化作先锋"，这一局面的造成，诸葛亮难脱干系。试看诸葛亮重用之人，如《出师表》中提及的郭攸之、费祎、董允、向宠等人，多属无能之辈，他们除了忠贞的品质外（个别人连"忠贞"都远远谈不上，甚至可以算作卑劣小人），一般便没有别种可称许之处了，包括那位"胆大如鸡卵"的"天水匹夫"姜维。有人曾这样为诸葛亮譬解，说孔明拒绝发现、培养能人，是出于对阿斗的呵护，因为阿斗是如此无能，一个心怀不轨的能臣即使只有曹操十分之一的能力，也会把蜀国搅乱。就算此论成立，孔明方减一过又增一过，他等于是用一种最差劲的方式来维持表面的长治久安。满朝文武皆无能，必使国力日益虚弱，如此，蜀汉不毁于内，必亡于外。果然，诸葛亮死后未满三十年，蜀国即率先为魏国所灭。

在北伐未能一战告捷的情况下，诸葛亮没能及时调整政策，恢复经济，也是造成他失败的一大根源。诸葛亮后来几次失败，倒并非战场上的失利，而只取决于一个共同的原因：粮食。诸葛亮是在后方无力提供充足后勤保障的情况下，贸然北伐的。这样，即使他在战场上获胜，由于所处战场乃是相对荒凉的陇西、陇右地带，无法从敌人或占领区中及时得到补给，这便从根本上妨碍他继续前进，扩大胜果。结果，正用得上他自己当年形容曹操的一句话："强弩之末，势不能穿鲁缟者也。"再则，蜀汉综合国力本来就无法与魏国相提并论，诸葛亮竟"无岁不征"，客观上有点穷兵黩武，反使蜀汉国力进一步削弱。此外，从地理上看，蜀汉所处位置，也是易于坚守难以出兵的地域。得陇望蜀易，得蜀望陇难，孔明其不察乎？——诸葛亮直到晚年才想到屯田，但显然施之过晚，诸葛亮甚至没能等到收获第一茬麦子，即"中道崩殂"。

诸葛亮之死，往好里说是忠心体国，公而忘私的典范，他也确实做到了"鞠躬尽瘁，死而后已"。往不好处说，又不得不归结为他过于不惜羽毛，对手下缺乏信赖。"事无巨细，咸决于亮"的结果便是，诸葛亮承担的工作量实在太庞大了，那么多不该由他亲自过问的事情（如"罚二十以上"），他都要"亲览"。如此"夙兴夜寐""食不甘味"，即使铜浇铁铸之人都难胜其劳，更遑论肉体凡胎的卧龙先生了。

"死诸葛走生仲达"一事，在曹魏方面固然可以解释成司马懿对诸葛亮的惺惺相惜，蜀国则理所当然地将此夸大为诸葛亮冥功之得。不过我还是愿意相信司马懿对诸葛亮敬重（或"害怕"）一说，此前他反复向蜀国使者询问诸葛亮的饮食起居，若仅仅为了考察一个人生命还有几日可活，凭常识也觉不可思议，何况当时的诸葛亮年仅五十四岁，司马懿还年长孔明两岁。司马懿是在听蜀使介绍到诸葛亮不要命的工作方式之后，才嗟然生叹："亮将死矣。"他日后实地考察诸葛亮的行营，并由衷感叹"天下奇才也"，亦足证他对诸葛亮的敬重。

虽然当时有人讥笑诸葛亮"劳困蜀民，力小谋大"，但总体上看，自诸葛亮"星落五丈原"之后，民间便掀起了对诸葛亮的顶礼膜拜之风；后来钟会入蜀前做的第一件事，也是先行拜谒"丞相祠堂"。《三国志》作者陈寿当年应司马炎之命，编纂《诸葛亮集》，而其《诸葛亮传》更对孔明赞不绝口，明显违背古时的"政治正确"原则。可见诸葛亮的威望，甚至在敌国都得到了充分尊崇。

"儒道合一"的孔明，他对刘备的忠诚，对蜀汉的卫护，对恢复汉室的孜孜以求，都闪烁出中国儒家学说中最见光彩的人格（当然不是现代意义上的光彩）；而从他行兵布阵的机巧百出（如"八阵图"，原意指平素操练士兵的八种阵法，不同于《三国演义》所写），和造木牛、流马，改进一次连发十箭的强弩，我们又分明见到了高妙的中国墨家式智慧。虽然后一点，亦即诸葛亮的"道术"，在他整个人格体系中只是一种补充，但民间恰恰将它无限放大，遂使诸葛亮在中国民间符号系统里幻化为妖邪型智慧化身，一个类似维吾尔族中阿凡提般的人物。他袍袖里的春秋、鹅毛扇中的阴阳和眼瞳里的智慧，千余年来一直被国人敬若神明。用句时髦术语，诸葛亮遭到了"妖魔化"。其实，后人啧啧称道的，恰是诸葛亮的短板，孔明素来不以战功赫赫、指挥若定著称，他的强项在于治理国家。从孔明死后立刻引发种种内乱——杨仪借机除掉了大将魏延——我们也能看出诸葛亮强项中的短处：他过于注重自身的能力威望，忽视制度建设，遂贻人亡政息之局。

与其说诸葛亮是智慧化身，不如说他是崇高人格的化身。在出自东吴张俨《默记》里的《后出师表》一文中，诸葛亮曾坦承自己"谲智"及不上曹操；无须曹操承认我们也能看出，诸葛亮伟岸的人格、不屈的追求、完善的智力，不仅高扬在曹操之上，也高踞在古来所有帝王将相之上。正所谓"出师一表真名士，千载谁堪伯仲间"。

他绝对不是一个手摇鹅毛扇的人。

十三 九面曹操

1. 别一种完人

　　曹操一言难尽，他也当得起"完人"一词。若诸葛亮的"完人"体现在人格节操上，曹操则在性格繁复、能力多样、正邪杂糅诸方面，显出最难盖棺论定的丰富和庞杂。世人惯称曹操为"奸雄"，然"奸雄"之名分涵两义：既是奸诈之徒，又是英雄之士。识得其中分别，方可论断曹操。因奸诈相而小觑其英雄气，或相反，因英雄气而忽视其奸诈，均非上乘观相法。

　　曹操的幸运在于，由于他的超卓异秉、超人成就、超常性格和超迈辐射力，讲述他的故事，褒贬他的为人，遂千年不衰地成为人们的爱好，他留存至今的事迹、传奇也格外众多，谁都不会对他感到陌生。对今日中国人来说，他们熟悉曹操不仅超过当代政治人物，也许还超过本地的省长、市长，尽管后者的官场形象整天出现在各类媒体里。

　　曹操的不幸也与此关联。曹操能力虽十倍于汉高祖刘邦，他毕竟没能在有生之年完成江山一统，也没有像刘备、孙权那样亲身到御座上过一把皇帝瘾，换言之，他没有动用强力将自己宣布为正统，不领情的旁人、后人，遂将窃国大盗的咒语啐向他面门，尽管，天下还真是曹操打下来的。据《三国志》裴松之注引《魏氏春秋》，夏侯惇曾对曹操说：

世人惯称曹操为「奸雄」，然「奸雄」之名分含两义：既是奸诈之徒，又是英雄之士。识得其中分别，方可论断曹操

"天下咸知汉祚已尽，异代方起。自古以来，能除民害为百姓所归者，即民主也。今殿下即戎三十余年，功德著于黎庶，为天下所依归，应天顺民，复何疑哉？"依今人吕思勉之见，"篡汉本来算不得什么罪名"，曹操执意拒绝篡汉，其实反映出他深厚的封建道德观，故吕思勉断言："魏武帝对于汉朝，已经是过当的了。"

此外，由于曹操后继者一个比一个无能，大魏江山几乎算不得一个完整朝代，曹操儿子曹丕建立的政权甚至没能延续到培养出本朝史官，即匆匆易手，这加剧了曹操的不利：身后声名只能交由形形色色失败者、颠覆者去嚼舌根了。鲁迅在著名演讲《魏晋风度及文章与药及酒之关系》中，针对曹操处境，感慨道：

> 某朝的年代长一点，其中必定好人多；某朝的年代短一点，其中差不多没有好人。为什么呢？因为年代长了，做史的是本朝人，当然恭维本朝的人物，年代短了，做史的是别朝人，便很自由地贬斥其异朝的人物，所以在秦朝，差不多在史的记载上半个好人也没有。曹操在史上年代也是颇短的，自然也逃不了被后一朝人说坏话的公例。

这段话抉心发微，一语道破了某种史籍"潜规则"。许是演讲时未曾留意，鲁迅只提到了"后一朝人"，而由于"三国鼎立"的特殊性，当年来自敌对国蜀汉和东吴史官的编派与损毁，对曹操的伤害只会更大一些，风格上也更刻薄尖酸一些。查《三国志》裴松之注引"凡二百十家"著述，来自那两个邻国的著述，为数甚多。

为什么没有人指责刘邦"篡秦"、李世民"盗隋"，唯独曹操特别易被人说成"篡汉自立"的大奸臣呢？看来，曹操背运之处在于：他想做好人却不彻底，想做坏人也不彻底，本欲两面讨好，反而给自己惹上无穷后患。

　　试想曹操若在年富力强、一手遮天之时，决然将懦弱无能的汉献帝推下龙床，以魏代汉，亲履御殿，结果会怎样呢？他有更充裕的时间经营基业，规划制度，安排后事，嗣后的江山想必也会稳妥许多，也更有希望遇上这等好日子，由本朝史官来赞颂魏太祖的英明神武。倘如此，正如人们不会指责项羽、刘邦颠覆秦朝江山一样，人们提到曹操时，大概也会换用一种"想我高祖斩蛇起义"的崇敬口气了。

　　曹操没有，"若天命在吾，吾其为周文王矣"，这是他的"本志"。然而鉴于老子尸骨未寒儿子曹丕就迫不及待地代汉自立这一事实，曹操遂无法夙愿得偿。私意以为，正是在"代汉自立"这一两难抉择上的狐疑不决，首鼠两端，造成了曹操的最大失策。

　　话说回来，曹操虽然功高震主，能够长时间玩皇帝于股掌之间，好像也没人建议他高卧龙榻。谋士董昭只不过建议他效仿周公故事——"九锡备物"，立为魏公，就遭到个别人士反对，包括曹操极为倚重的荀彧。曹操不该（或不配）有帝王之相，好像系时人共识。在曹操敌手那里，"名为汉相，实为汉贼"的说法也总能得到广泛传播，曹操之踟蹰难安，意绪难平，也就不为无因了。

　　想来曹操那难以启齿的出身，也是障碍之一，他本人对此深有体认：一个"本非岩穴知名人士"的人，要想在东汉末年唯世族大姓是举的社会选拔体系中混出点名堂，自会有额外难处。曹操祖父曹腾乃不具生育能力的宦官，父亲曹嵩系曹腾养子，一个"莫能审其生出本末"的人，所以曹操的真实背景，也就难以稽考。

　　曹操为什么独有一个小名"阿瞒"呢？为他命名时，父祖有过何种难言之隐呢？曹操另一个小名"吉利"，作为与"阿瞒"的对应，会不会暗示所"瞒"之事颇蕴凶兆，须用"吉利"二字加以冲抵禳解呢？此外我们知道，曹操甚至连姓氏都缺乏家族依据，他本该姓"夏侯"才是，他父亲当年改"夏侯"为"曹"，乃是为了从养父曹腾之姓——奇怪的是，在陈寿笔下，曹家与夏侯家竟然可以通婚，这更让后人难以捉摸。毕竟，对于近亲通婚的弊端，古人不至于如此无知。

曹操不是袁绍，缺乏庞大家族世系的有力支撑；曹操不是刘备，没有一个悠远绵邈的帝王谱系可供露脸；曹操也不是孙权，能够尽享伟大父兄创下的那片煌煌基业：曹操只能仰仗自己乱世英雄的非凡才能，自创江山，自铸伟词，所谓"欲为一郡守，好作政教以建立名誉，使世士明知之"。好在他有着非常全面的乱世才能，文才泱泱，武略滔滔，智谋傲视同侪；他的性格亦张弛有致，极具包容性。

如果说曹操的阴鸷、猜忌和机变百出的权诈人所难及的话，他生命形态的舒展、开阔，生命意志的坚韧、昂扬，也同样是时人（乃至后人）驷马难追的。极端的丰富、难以梳理的庞杂、两极相映互动的矛盾，既是自然界的本来意志，也是某些超凡人物的当然体现。曹操不仅没能例外，还体现得尤为彰著。

2. 呵笑疆场

我发现，不管记述者对曹操持何种立场，他们都无法回避一个表情：曹操在笑，曹操始终在笑。中国古代史官通常并不擅长留意传主表情，在那些常常精简到极处的文字里，我们很少看到生动鲜活的面孔，昔人记载曹操时不约而同地强调他的笑，便大大值得深究了。

记得幼时看曲波的《林海雪原》，知道威虎山上"八大金刚"有一个共同体会："不怕座山雕哭，就怕座山雕笑。"理由是匪酋座山雕的笑，意思浅显，匹似杀人席上"掷杯为号"，它只表达一个信号：我要杀人了。相形之下，曹操的笑则诡谲得多，丰富得多，其含义常常难以忖度。稍举数例：

"治世之能臣，乱世之奸雄"，这是汉末时期针对曹操最著名的一句评语，同时也不可思议地成为曹操的盖棺之论。该评语对曹操的负面影响也无比深重，它成了一根不可摆脱的耻辱柱，从此如影随形地追逐曹操一生，死后又如冤大头似的在曹操坟茔上缭绕不去。蹊跷的是，这句评语原是曹操自找的，为了从那个著名人物评论家许子将口中讨得这句判词，当年曹操肯定使用了某种迹近无赖的胁迫手段。敏捷的史官记录下了曹操初闻这十个字时的表情："大笑"——这一笑诡不可言，何况，笑面人当时年方弱冠。

据《魏书》记载，曹操当年与袁绍一起在大将军何进府中时，为了对抗以"十常侍"为代表的宦官集团，何进决定借助外力，召董卓入京。曹操预见到其事不妥，坚决反对："阉竖之官，古今皆有，欲治其罪，应当先诛元恶，交付一个狱吏就行了，何必大动干戈地调军队入城呢？若想把宦官不问首恶胁从，一锅端掉，事情必然会泄露，我料其必败。"曹操说这话时可是性命攸关，再加位卑职浅，常理似乎非急切诚恳之表情莫办。奇怪的是，曹操当时仍然呵呵笑着——微笑还是嘲笑？从容的笑还是勉强的笑？坐山观虎斗的冷笑还是迦叶拈花似的超然之笑？

曹操饱受祢衡侮辱，当然寻思着报复，决定让祢衡充当宫中鼓史。我们知道，祢衡对自己的弄臣地位仿佛懵然无觉，换衣服前干脆在大堂里脱得一丝不挂。曹操又笑了。这一次的笑我们总算听懂了，它的含义最接近自嘲，为自己辱人不成反取其辱，寻求一个明智台阶。

袁绍觅得一块充满危险象征的玉印，有次在和曹操同席时，他偷偷撞了下曹操胳膊肘，装出非常体己的样子，向曹操出示了这块宝贝。据说，曹操对袁绍正式生出厌恶之心，即始于对这块玉印的一瞥之中。但当时袁绍眼中的曹操，依旧是一副呵呵笑容——这一次笑与其说有几分座山雕的意味，不如说更接近刘备的表情：充满韬晦，隐机待发。后来曹操拒绝袁绍另立新帝的提议时，曾笑得更欢，语气里竟似有小娘子与情郎打情骂俏的架势，"我才不听你呢！"回营后立马抹去笑容，正式将剿除袁绍列入议事日程。

最具曹操特色的笑，总是发生在吃败仗之后。曹操这时的笑，几乎也是最公式化的，即它不以吃败仗的程度而改变，不管是"误中匹夫之计"的小失利，还是赤壁之战那样全面溃决型的大惨败，他总能颜色不改，笑容依旧。瞧不惯曹操的人尽可以将这类笑看成奸雄本性的大暴露，事实却是：正是这种敢于笑傲挫折的神情，使曹操能够从每一次失败中迅速站起，有时甚至还能运用非凡的清醒和果敢，将适才的失败迅速转化为反戈一击的大好机缘，以至从结果上看，本非得已的失败竟具有欲擒故纵的奇效。于是，几乎就在"今日几为小贼所困"的同时，曹操取得了更大胜利。——显然，仅仅为了端出一副满不在乎的表情，仅仅为了打肿脸充胖子，断不可能收到如此奇效。孟德斯鸠在《罗马盛衰原因论》中，提到罗马军团的战法："特别是他们偏偏在战败之后举行进攻，而这却正是他们的敌人因胜利而疏于防备的时候。"曹操亦老于此法。

曹操最具奸笑特征的表情，出现在那部对曹操不太友好的《曹瞒传》中：

> 公闻（许）攸来，跣出迎之，抚掌笑曰："子远来，吾事济矣！"既入坐，谓公曰："袁氏军盛，何以待之？今有几粮乎？"公曰："尚可支一岁。"攸曰："无是，更言之！"又曰："可支半岁。"攸曰："足下不欲破袁氏邪，何言之不实也！"公曰："向言戏之耳，其实可一月，为之奈何？"攸曰："公孤军独守，外无求援而粮谷已尽，此危急之日也。今袁氏辎重有万余乘，在故市、乌巢，屯军无严备；今以轻兵袭之，不意而至，燔其积聚，不过三日，袁氏自败也。"公大喜……

这一节文字被罗贯中几乎全文照录在《三国演义》中。若属实，曹操确实奸猾得无以复加，你看他"奸"得那么坚决和自然，那么从容又坦然，现代测谎器在他面前大概会没有用武之地。虽然反过来我们也要问一下：以曹操当时处境的凶险，以许攸来自敌对国的身份，以曹操对许攸既欢迎又提防的矛盾心态，曹操此时笑容可掬地撒谎，难道不是场合的无奈吗？该谎言关涉整个军事集团的利益，且处于战时，需要遵循"兵不厌诈"的训诫，需要结合德国铁血宰相俾斯麦的骇论："一个在政治上按原则行事的人，就如同嘴里横着根木杆穿过树林。"何况，柏拉图认为，"国家统治者可以为了国家利益说谎"。

曹操也有笑得格外迷人、格外纯粹的时候，那往往是在酒席上。议论风发，契阔谈宴，话题没遮没拦，尽情驰骋，这时的曹操竟会笑得前俯后仰，全然不顾体统，"头没杯案中，肴膳皆沾污巾帻"。

3. 喜怒无常

诚然，曹操不尽是整天笑呵呵的，此人性格的复杂多变，也在表情、脾性的多变上得到体现。

他当然会哭泣，多年老友鲍信死于黄巾军手下，曹操试图用钱财向黄巾军赎回鲍信尸身的要求也遭拒绝，无奈，只能请木匠雕刻一座老友形体，权供祭吊，那一刻，曹操眼泪可没少流。淯水一战败于张绣之手，长子曹昂阵亡，守护神般的猛汉典韦，也为自己捐躯，曹操好几次悲伤过度，竟至涕泗交迸。

插一句：总体上看，与今人比较，古人格外善哭，"男儿有泪不轻弹"只是现代人略嫌矫情的习惯。古人不像现代人活得那样憋屈，恰到好处的哭又常常成为礼节上的需要。比如，曹丕与曹植竞争太子地位时，听从朋友劝告，在曹操率兵出征前凭一副临时憋出的急泪，重新赢得曹操的心。大将军夏侯惇去世，身为魏文帝的曹丕"素服幸邺东城门发哀"，则被史家判为失礼，孙盛评价道："在礼，天子哭同姓于宗庙门之外。哭于城门，失其所也。"可见讲究多多。在《三国演义》里，哭泣还经常成为权谋的一部分，如刘备为了拒还荆州，就曾在孔明安排下，一次次当着东吴说客的面，随心所欲、演技惊人地实施着哭泣计划。

古人之哭，并不以自己是否"响当当一粒铜豌豆"为转移，曹操手下最雄猛的武士许褚，即因曹操之死而"号泣呕血"；人民记忆中最为粗豪威猛的汉末英雄张飞，在兄长关羽死后，也曾哭成泪人儿一个；智慧超群的孔明，还不时哭倒于地，活像职业哭丧婆。哭丧婆其实是一个古老职业，据钱锺书考证，至少在六朝时就已经出现，古罗马也有类似职业。另外，古代史官对"哭泣"的记述经常显得不遗余力，只要在史料中能以一定篇幅站住脚的人，我们总会或多或少读到其"哭泣"。可见，试图通过"哭泣"来揣度性情，未必是好办法。

我们且匀出笔墨，再看看曹操的"动怒"如何？

曹操阖家老小被陶谦部将张闿杀害后，急欲报仇雪恨的他完全置夫子"不迁怒"的遗教于度外，竟然像后来性喜"屠城"的蒙古军那样，对徐州的五座城池大开杀戒。虽不至于杀得鸡犬不剩，但参照荀彧"前讨徐州，威罚实行，其子弟念父兄之耻，必人自为守，无降心"的说法，曹操此番"所过多所残戮"的暴行，仍属禽兽不如。尽管，有学者将这番暴行归罪于新降曹操的黄巾军素质低下。讽刺的是，曹操一面有感于董卓造乱，在《蒿里行》中哀叹"白骨露于野，千里无鸡鸣"，一面又运用自身蛮力，一手制造了这一幕悲惨世界。

曹操一度非常迷乱，动辄大怒，弄得手下战战兢兢，不知所措。当时正逢曹操在张绣手下吃了败仗，部下想当然地将这份情绪反常，归之于战场失利。曹操虽然平时总是一副开明样子，真动起怒来，手下还是一个个躲得远远，除了荀彧，无人敢问。

"不可能，"荀彧对试图让他打探消息的钟繇说，"以主公之聪明，必不会为既往之事所左右，肯定别有隐情。我去问问。"

曹操见了荀彧，便把刚收到的袁绍来信递给他。原来，这封信措辞恶毒，字里行间扑闪出杀伐之气。或问，以曹操之"聪明"，他并非第一次受到侮辱，更非第一次受到"朋友"侮辱，当年老友张邈突然翻脸勾结陈宫、吕布，一举端掉曹操大半基业，曹操仍从容不迫，何以曹操当时不怒，此时却暴怒非常呢？理由不难找：袁绍太强大了。以双方实力对比，曹、袁对抗匹似轻量级拳王与重量级拳王的争斗，曹操无须亮开架势即已先落下风。虽然后来的官渡之战乃是曹操这辈子打得最漂亮的一仗，但仔细玩味曹操此前此后的种种言行就会发现，曹操似乎始终没有抱过必胜信念。"侥幸取胜"，这是曹操的自我评价。反过来也就能理解，曹操不为张邈辈动怒，实系一股不屑之情使然。

曹操杀大名士崔琰时的心态，暴烈冷酷得近乎失常。他让狱吏暗示崔琰自己了断，没想到崔琰会错了意，照旧在狱中接待宾客，谈笑如常。"这老不死的难道要我亲自动手吗？"曹操嘴角一撇，狱卒慌不迭地将曹操原话传给崔琰。"原来曹公是这个意思，好说好说。"崔琰当即从狱卒手中接过钢刀，以一种比今人点一支烟更潇洒自然的姿势，抹断了脖子。

暴怒的曹操，与笑呵呵的曹操，哪个更真实呢？我们还是像和面粉一样，把两者结合起来吧。正如平淡与乏味乃是绝大多数凡夫俗子的生命本性一样，矛盾，最为尖锐、最难调和的矛盾，也是曹操的特征。曹操让人称奇之处在于，无论体现其本性中的阴暗面还是光明面，他都能做得简净洗练，不露斧凿之痕。

前太尉桥玄，名重士林，对曹操深有了解。在曹操任侠放荡的少年时期，他独具慧眼，对曹操说："天下将乱，非命世之才不能济也，能安之者，其在君乎！"他对曹操爱护备至，当年许子将允诺接见曹操，便出于桥玄的引介。更奇妙的是，桥玄对曹操似乎有一种爱不忍释的亲情，不仅将家属郑重托付给这位小自己近半个世纪的小老弟，还常与曹操一起说笑。有一次两人同行，桥玄忽对曹操说："我死之后，你路过我的坟地如不献上老酒一斗，肥鸡一只，走出三步后肚子痛得打滚，可别怨我。"忘年交而能相处得如此融洽和不拘常理，亦可窥曹操的魅力。当然为自己肚子计，曹操日后没忘了给桥公上坟。

长曹操二十四岁的蔡邕，与曹操关系之独特也曾被曹丕形容为"管鲍之交"，曹操后来愿出重金赎回蔡文姬，显也渊源有自。这位蔡邕虽属大名士，实在也不乏荒唐之处，钱锺书曾对他那篇"残缺"的《协和婚赋》，按《淮南子·说训》"视书，上有'酒'者，下必有'肉'，上有'年'者，下必有'月'"之法细检，针脚绵密得如同"慈母手中线"，从而得出结论：蔡邕实为中国"淫亵文字始作俑者"，"'钗脱'景象，尤成后世绮艳诗词常套"。

曹操擅长在人性的两面作战，他的猜忌无人能及，他的宽宏世无其俦；他的残暴可比禽兽，他的诚挚亦能令人叹息弥襟，他的性格看来具有现代魔方的构造，一经拆卸，饶是圣手也难以还原。何况，他的能力又是那样全面，仅仅不加分析地阐述，都显得行道危危。

须知"窥一斑而见全豹"之法，施诸泛泛之辈自属方便法门，用在曹操身上必然效用尽失。他的肌肤纹理上，既有豹子的斑斓，梅花鹿的绚丽，又有雄鹰的单纯，兔子的素白。质感上也变幻莫测，贸然揣测，恐遭盲人摸象之讥：时而强硬如龟甲，时而柔滑如池鱼，时而坚韧赛牦牛，时而绵软胜蝴蝶……

我且就其性格的各个侧面，再略加点评。

4. 宰相肚量

"宰相肚里能撑船"，这话能用在世称"奸雄"、生性"好忌"的曹阿瞒身上吗？在"文和乱武"一章里我提到，曹操曾以一副不咎既往的态度，满腔热忱地接受了宿敌张绣的投降。作为一个极端务实的人，曹操如此对待张绣，固有事急从权的成分：曹袁对决，敌强我弱，当然宜捐弃前嫌，尽可能吸收一切有生力量，为我所用。然而曹操总不见得忘了长子曹昂的死因、爱将典韦的惨状，何以在时过境迁之后，仍对贾诩这位张绣的幕后操纵者笃信不疑呢？曹操弥留之时，曾在半昏迷状态中对妻子卞氏吐出这样一句话："我到了那边，子修（曹昂字）若问我'我母亲在哪儿？'我该如何回答呢？"这表明，曹操的内心世界也有非常深沉的一面，他从来没有忘记自己的长子。

魏种是一个颇受曹操信任的人，曾任河内太守，曹操对他有荐举之恩。当年兖州被张邈、陈宫、吕布等人夺去，郡县多叛曹应吕之时，曹操不无得意地对手下说："我相信魏种肯定不会抛弃我。"话音刚落，就接到了魏种叛逃的消息。曹操怒火攻心，咬牙切齿地发誓道："除非你有本事逃到飞头之国，断臂之乡，看我不收拾你！"六年后，叛逃的魏种被兵士绑得结结实实，送到曹操面前。"哪能这样对待魏先生？"曹操喝退兵士，亲自上前为魏种解开绳索，不仅未有丝毫惩罚，反而升他为河内太守，就像两人之间根本没有过节，就像自己从来没有发过誓。

"唯其才也。"曹操解释道。

曹操不杀刘备，说起来肚量也大得惊人。依刘备此前反复无常的行为，他完全可以找到杀死刘备的借口，何况他早已看出刘玄德体内有一股不羁的英雄心，不仅不可能为自己所用，且迟早会成为心腹大患。"方今收英雄时也，杀一人而失天下之心，不可。"曹操说，这话后来成为天下名言。

曹操放关羽归山，更显出超乎群英的雅量。那本来是一个借机杀死关羽的大好机缘：临阵叛逃，投靠强敌，即按现今的战争逻辑，也是一个在军事法庭上必受严惩的行为。当时关羽旧主刘备，正以贵客身份，坐在劲敌袁绍府上。不可猜度的曹操，竟嘱咐部下先去通报"云长慢行"，再亲率百官，备上丰厚礼品，亲自为关羽饯行。想想刘备、关羽后来给曹操造成的麻烦，曹操为表现肚量宽宏，爱才如渴，实在付出了过于昂贵的代价。所以裴松之根据这点，称赞曹操大具"王霸之度"。——后来沮授同样欲效关羽行迹逃归旧主袁绍，曹操为何又雅量尽失，把他处死了呢？世间事，大多此一时，彼一时。

曹操最惊人的肚量（此等肚量，即在宰相堆里也属百里挑一）体现在官渡之战后。袁绍仓皇溃逃，曹军兵士从袁绍主帐里搜出大量书简，其中不乏曹操手下与袁绍暗通消息的信函。"把他们一个个找出来，按军法就地处决。"几个对曹操最忠诚的谋士武将，不约而同地建议，言辞里充满愤激之色。"免了，免了。当时我自身难保，有人希望在我死后能有出人头地的机会，人之常情。烧了吧，都烧了，谁也不许看。"

当然，从谋略角度，我们可以将曹操这份肚量命名为"怀惭术"，即通过让手下羞愧，使他们日后俯首帖耳，再也不敢（或不忍）对自己不忠。

与曹操应无血缘关系的曾祖父曹节，也有过相似雅量，虽然是在一个普通得多的场合。邻人家里的猪不见了，越看越觉得曹节家的那只猪有点像，便蛮横地上门认领："喂，姓曹的，我家大白猪怎么光天化日之下到你府上来啦，还不快快还我。""是吗？"曹节急忙起身，领客人到猪圈，"是哪头？""就这头！""对不起，麻烦您领回家吧，不好意思。""哼，偷了人家的猪，说声'对不起'就够啦，这么轻巧……"邻人"哼哼唧唧"地牵着曹家的猪回家了，却见到自家的猪正在路上愣愣地瞧着自己。古人似乎是勇于知错就改的，羞愧之下，这位邻人当即备上重礼上曹家请罪，曹节依然只是笑笑。

我们提到过的那位讨伐黄巾军的著名将领皇甫嵩，也特擅此道。据《后汉书·皇甫嵩传》记载，他知道手下有人受贿时，不仅不加责罚，反而给他更多钱财，结果，受贿者中竟有因羞愧而自杀的。

可见，即使将曹操肚量归结为"权谋"和"怀慚术"，仍无法否认曹操的宽宏。若道德上不能令人折服，谁又会因你而"怀慚"呢？

5. 小人心事

如果曹操总是体现出上面这般恢阔的气度，千余年来集矢在他身上的种种诛心之论，也就无从生发了。好猜忌的曹操，其阴暗险诈的小人心事，也史不绝书。尤其体现在无端杀人上。

京剧《曹操与杨修》大获成功，顺便也将杨修的千年冤狱再次闹得沸沸扬扬。世人常将杨修之死归于曹操"忌才"，当年罗贯中也坚信不疑，还拿出杨修善于通过"猜谜""射覆"道破曹操心事作为例证。这其实很奇怪，被曹操压根儿瞧不起的祢衡视作"小儿"的杨德祖，即就才华而论，在当时也难称翘楚，建安七子中既没有杨修的名号，后世昭明太子萧统收罗宏富的《文选》，也仅收录了他一封致临淄侯曹植的简札（该信起句与末句都是"修死罪死罪"），曹操对才华远胜杨修的王粲全无忌惮，风发一时的建安七子事实上都曾为曹操所重用，缘何对杨修别有所忌，必欲杀之而后快呢？

按：杨修本司徒杨彪的公子，弘农杨氏累世经学，在江湖上的声名当时也仅次于汝南袁氏，曹操对杨彪颇为不满，一度还曾把他收付牢狱，只是投鼠忌器，担心从此堵塞人才归心之路，才没有对杨彪动手，顺手也给前来说项的孔融一个面子。但这未必就是曹操杀杨修的伏笔。再者，曹操乃天下雄才，杨修乃世家秀才，说雄才会嫉妒秀才，就像说雄鹰嫉妒山鸡一样难以理喻，何况，即以文学而论，曹操在中国文学史上的巍巍成就，又岂是成百上千个杨修所能倚多为胜的。

当然，心理问题不适合用算术的加加减减来解答，更可能的原因是：虽然杨修肯定多次惹曹操不快，曹操杀杨修主要还是顾忌身后的安宁。由于袁绍与刘表在处理继承权问题上都留下了致命祸患，心有余悸的曹操为避免死后发生同样悲剧，便决定削弱曹植的力量，剪除他的党羽。杨修之死，正在于他与曹植过从甚密，在于曹植因擅走司马门一事而突然在曹操面前失宠。认为杨修在猜谜射覆之类雕虫小技上经常胜曹操半肩，就会导致曹操嫉才，也有点想当然。真正有大智慧的人，必能洞悉智力的诸般等级和类别。生活中最常见的例子倒是，某人在鸡毛蒜皮的事情上智力越突出，他的综合智力反而越不牢靠。智力上的剑走偏锋，往往是缺乏大智慧的证明。

我们当然可以假设，若曹操没有改变早先对曹植的偏爱，决意立曹植为太子，遭殃的恐怕就是曹丕的智囊团了。为儿子利益杀人，曹操也不是第一回了，有个叫周不疑的孩子，他的死比杨修更值得同情，也更能说明曹操无可救药的猜忌。那孩子太聪明了，也许只有曹操早夭的神童儿子曹冲（字仓舒）可以和他匹敌。（按："曹冲称象"的故事，大似有佛门智，故陈寅恪断定属陈寿附会佛典，未必真有其事。）在曹冲还活着时，曹操对周不疑大有好感，一度还想把女儿嫁给他，遭到周不疑婉拒。曹冲既夭，曹操担心曹丕等人没能力控勒周不疑，遂果断派出刺客，将年仅17岁的周不疑杀死在某个谁也不知道的荒伧所在。前文提到孙权和刘备皆曾"赐杀"自己儿子，理由也都与继承权有关。刘备"赐杀"义子刘封，出于诸葛亮的建议，诸葛亮担心强势的刘封日后危及阿斗（刘禅）统治，遂建议刘备诛杀刘封，以免后患。单纯从人品和见识上看，诸葛亮原是最不该出此馊主意的人，但他仍然让偏爱他的人失望了。可见，在攸关继承权的权力场，历来充满血光，不独曹操一家如此。莎士比亚笔下的麦克白说道："越是跟我们血统相近的人，越想喝我们的血。"指的正是权力场，它与人伦亲情素来难以兼容。

崔琰，一位非常值得爱戴的名士，也曾得到曹操敬重。当年曹操初得冀州，将崔琰救出袁绍大牢时，曹操兴致勃勃地对崔琰说："昨天我查阅了一下户籍，发现贵州竟有三十万百姓可供补充兵员，实在是一个大州呀！"崔琰勃然变色："鄞州饱受战争创伤，生灵涂炭，你不想安抚百姓，却先计点甲兵，这难道是鄞州人寄望于你的事情吗？"在座的全都吓出一身冷汗，好个曹操，不仅全无怒意，反而堆下笑脸，当面向崔琰赔礼道歉。出于对崔琰道德力量的景仰，曹操甚至将人才选拔的重任交给他。"文武群才，多所提拔"，确保了曹操集团人才的素质。曹操还把儿子曹丕的教育之职，郑重托付给崔琰。崔琰不辱使命，尽心教育，尽管，崔琰更喜欢曹植一些。

崔琰有两个理由值得曹操提高警惕：曹操曾因衣着花哨为由，"赐死"了曹植妻子，而这位薄命女正是崔琰的亲侄女；曹操决定立曹丕为太子时，知道崔琰平素更喜欢曹植，他担心崔琰从中起不良作用，尽管崔琰的表现无可挑剔，他当时就明确表示，坚决站在曹丕一边，并认为只有立曹丕为太子，才能保证政权的持续和稳定。

崔琰之死，缘于一封书信，缘于曹操本人对文字狱的奇特兴趣。曹操晋封魏王时，有个马屁文人杨训上表称颂曹操功德，被时人讥笑。崔琰找来一看，认为没什么大不了，遂回杨训一信，中有"时乎！时乎！会当有变时"之句，生性猜忌的曹操立刻将此理解成崔琰有怨谤不逊的意思。当时他晋位称王，心理上正处于忧谗畏讥的敏感时刻，遂把崔琰投入死牢。

曹操与袁绍相持于官渡，许攸的来访起到了决定性作用，因为他告诉曹操一个非常重要的情报，使曹操得以率兵烧尽乌巢之粮，一举扭转了战局。许攸本是一个贪赃枉法的小人，他离开袁绍的原因，亦在荀彧的算度之中，属"家人犯法"。许攸自到曹营，举止轻狂，居功自傲，对曹操全无敬意，乃至在宴会上大呼小叫："阿瞒，若不是我，你根本得不到冀州。"曹操无奈之下只得嘿嘿干笑："那是那是。"

也许曹操能够容忍许攸当着自己面无礼，却不能容忍他当着别人面张狂。许攸步出原属袁绍治下的邺城东门时，对随从人员咋呼道："这户人家（指曹操）若没有我的帮助，根本别想从这道门里进出。"话音刚落，许攸即被收入大牢处死。

还有一人名叫娄圭，字子伯。他和崔琰一样，其实是死于一种比"文字狱"更可怕的"腹诽心谤"，这也是曹操猜忌心重使然。这位娄圭当年帮助曹操击败马超时，颇立功勋，他提议的抟沙为城法（利用奇寒的西北风，使掺水的沙子一夜间成为坚不可摧的防护墙）曾使曹操感叹："子伯之计，我不及也。"曹操对待娄圭颇厚，赏赐极多，他曾说："娄子伯富乐于孤，但势不如孤也。"有一天，娄圭与友人习授同坐一辆马车，正碰上曹氏父子外出，习授感叹道："为人父子而有如此排场，那才叫痛快。"娄圭脱口应道："人生在世，不能像看客那样光瞧着别人痛快，得自己痛快才是。"阴险的习授当晚就把娄圭的私房话密告曹操。不消说，娄圭人头立刻落地。

还有毛玠，这位当年曾向曹操建议"深根固本"的大功臣，感于崔琰无端被诛，唏嘘不已，牢骚满腹。一次在路上见到黥面囚犯，为一时义愤所激，吐出这样一句咒语："路有黥面者，正是亢旱三年的征兆。"曹操同样没有犹疑，他手下的"首席大法官"钟繇迅速行动，将这位大功臣收入大牢。区别仅是：后因有人出面求情，也许还想到了毛玠当年的好处，曹操特别允许毛玠死在家里，并负责提供上好棺木，确保毛玠家人不受任何株连。——当然，另一说是，曹操将毛玠赦免了，但贬为庶人。

我们发现，当感觉某人有颠覆政权的行为，或哪怕只是心里闪过一丝疑虑，曹操杀人总是连眼睛都不眨一下。所以，当董承等人与献帝合谋欲掀倒曹操时，曹操不曾有过片刻犹豫，严格按照"罚不逾时"的古令，在第一时间先下手为强。

此外，为了自家性命的安全，他常常也会或事急从权，或巧生变诈，杀人于无形之中。前者如借粮官之头安抚兵士，后者如为防备刺客而在梦中斩杀近侍。"丞相非在梦中，倒是阁下死在梦中啊！"杨修后来在该近侍入殓仪式上的这声嘀咕，确实会让曹操毛骨悚然。

再就其余曹操所杀之人略作评说：祢衡虽非死于曹操之手，但曹操借刀杀人之心匹似司马昭，属路人皆知；反过来吕布虽死于曹操之手，吕布的勾魂戟却只会照着刘备的面门搠来。陈宫背叛曹操在先，兵败受戮，完全符合古战场法则。杀吕伯奢一家，虽传述得煞有介事，由此还莫须有地衍生出一句最足以让曹操遗臭万年的格言："宁我负人，毋人负我。"但鉴于此事的始作俑者孙盛，属于陈寅恪所嘲"通天老狐，醉则现尾"之辈，历来为史家不屑，所述之事每多向隅虚构，故不可置信。

曹操赐杀荀彧，史料不足为证，仅可存疑。从中华文化的角度考察，曹操杀华佗，较之后世钟会劝司马氏诛杀嵇康，更易让人产生"广陵散于今绝矣"的旷世悲情。这位医家圣手只因更愿以"游方郎中"的方式普济众生，不愿沦为某位权贵的私人大夫，遂招杀身之祸。曹操杀华佗的做法也颇具曹操式特点。由于华佗借口妻子有病，曹操遂让兵士带上四十斛小豆，吩咐道："若华佗妻子确有病，就送上这四十斛小豆，并代我问候，他可不忙着来我处。若华佗撒谎，立即羁押。"华佗的妻子当然没什么病，结果也就可想而知了。为天下苍生计，荀彧曾替华佗求情，被曹操驳回。不过曹操得到了报应，不仅他的头痛病日甚一日，神童子曹冲濒死之际，曹操老泪纵横之余大生后悔："若华佗在，必不使我儿暴死。"

据《曹瞒传》，曹操杀人之前，常常还会演出一幕"流涕行诛"的小活剧，待戮之士倘以为曹操这把眼泪乃反悔之兆，事到临头只会更加泄气。钱锺书曾绝妙地联想到白居易《长恨歌》中"回看血泪相和流"，虽曰"别解"，是否也暗示我们，曹操之泪，非尽属虚伪呢？

6. 法外加恩

公正地说，曹操放下屠刀的场合也不少，纵无立地成佛之缘，也不宜视而不见。

对孔融和司徒杨彪，曹操素来看不惯，他本来有理由将两人除掉，你袁绍不是让我杀他们吗？那好，恭敬不如从命，我暗中指使人动手，并将两人首级给你袁大将军递上。即使曹操不愿在自己辖区动手，将两人绑缚后押赴袁绍所在地邺城，亦不失一计。曹操为什么不这样干呢？白白留着个"杀孔融"的把柄，可算不得一项事迹呀。

杀人，但罪止于身，不妄施灭门之刑，在当时也属难得的明智。曹操杀陈宫，本无可厚非。你说曹操演戏也罢，但他白门楼上既然抛出和解话头（虽然话里带刺），陈宫若低头认错，按照君无戏言的古人规矩，曹操也只能留他一命。他杀人然后厚葬，并一诺千金地始终善待陈宫老母，较之中国历史上司空见惯的"灭族"，似亦人道不少。当然，陈宫性情刚烈，曹操可能也知道对方不会屈服。

前述毛玠亦然。若荀彧之死可划归曹操名下，至少荀令君的后代没有受到丝毫连累——当然，杀人兼满门抄斩之举，曹操也不是没干过，不幸者中首推孔融，还有一个名叫赵彦的谋反者。

我相信一百个丞相，九十九个会把陈琳杀了。这位与路粹齐名的刀笔吏（路粹为曹操代拟声讨孔融的状子，世人读后咸"嘉其才而畏其笔"），当年替袁绍捉刀，一封数说曹操罪状的檄文传遍南北，内中将曹操及祖宗八代一网打尽，笔墨竭尽冷嘲热讽之能事。如此深仇大恨，质诸寻常君主诸侯，均属夷九族而难解恨之举，曹操居然大度包容，见到陈琳只轻描淡写地责备道："你小子替本初干事，骂我几句倒也罢了，'恶恶止其身'，凭什么把我父祖辈兜进来，太不地道了。"结果，陈琳仍然得到了恰如其分的重用，在曹操手下做自己最拿手的刀笔营生。

难道曹操手下当真缺少秀才吗？非也，邺下之盛，实是不让于兰亭群贤的。即就刀笔吏而言，曹操本人就资质非凡，帐下路粹、阮瑀（阮籍之父）与陈琳也在伯仲之间。"爱其才而不咎"，史籍上这寥寥六字，恰切地说明了全部原因。爱才是一个原则，为了使该原则得到优先权，曹操甚至不惜牺牲自己最为倚重的"法"的原则。

曹操诛杀袁谭后特地下令："敢哭之者戮及妻子。"有个叫王修（字叔治）的义士私下忖度道："袁谭对我有举荐之功，死而不哭，在'义'上说不过去。畏死忘义，何以立世？还是去哭一遭吧，管他老子娘哩！"这就抚摸着袁谭被割下的头哭上了，还越哭越响，竟至"哀动三军"。执刑兵士逮个正着，正待按军法从事，曹操急忙出面拦阻："算了，人家是义士，成全他吧。"不仅如此，当王修得寸进尺地向曹操提出收殓袁谭时，曹操干脆好人做到底，答应了他的要求。王修曾是袁谭手下的粮官，曹操对他官复原职。当时袁谭统治下的州县多已向曹操臣服，只除了一个名叫管统的小太守。"你去替我把管统杀了。"曹操对王修下令到。王修再次违背了曹操的命令，意外地说服管统向曹操投降。曹操一高兴，不仅不问王修拒命之罪，反而升了他的官。

又有一脂习先生，与孔融颇为友善。孔融当年屡次用书简怠慢曹操，脂先生曾加规劝，孔融未予理会。孔融伏诛时，慑于曹操的暴怒，当时许昌没人敢擅捋虎须，听任孔融暴尸街头。脂习缓缓地走上去了，一边痛哭，一边还喃喃道："文举，你舍我而去，致使我伶仃孤苦，虽忝活人世，又有谁可以谈话交心呢？"这还了得！脂习立刻被曹操收付死牢。但转念一想，觉得脂习先生够义气，还是原谅了吧。脂习出狱后，被曹操迁徙到郊外，后来路遇曹操，脂习当面向曹操谢罪。"元升先生，"曹操叫着他的字号，"你是慷慨之士。"当面了解脂习近况之后，曹操重新替他在许昌安排住处，并"赐谷百斛"。脂习后来活到了耄耋高龄。

曹操南征张绣时，刘表部将文聘一直抵抗到最后一刻才向曹操投降。"先生来得何迟呀？"曹操半奚落半开玩笑地对文聘说。"我无力辅佐刘表成就大业，又无能保全一方疆土，衷心愧愧，所以来晚了。""真是大好的忠臣。"曹操感叹一句，旋即让他统带本部兵马，担任江夏太守。文聘后来长镇江夏，达数十年。

《三国演义》中有一形貌如武大郎的奇才张松，即时强记之能，堪称中华一绝。罗贯中依据裴松之从一册《益部耆旧杂记》中摘得的百来字，敷演出一个精彩片段，将张松"语倾三峡水，目视十行书"的奇才发挥得淋漓尽致，并借此贬低曹操以貌取人。如果我们相信罗贯中的话（详见《三国演义》第六十回），则曹、张之间，张松无礼在先，换了袁绍，早就推出去一刀斩掉了。何况，将以貌取人这顶帽子戴在曹操头上，也不甚般配。

当时有个丁仪（字正礼），曹操听说其才，愿意把女儿嫁给他。曹丕在旁边反对，说是"女人都希望丈夫有一定的容貌，正礼先生不幸为独眼龙（'目眇'），怕有些不妥"。曹操后来与丁仪接谈，对他的才华大加赞叹，不禁后悔当初听从曹丕的劝阻："多好的人呐，即使双眼俱瞎，都应该把女儿嫁给他，何况只瞎了一只眼。丕儿误我。"曹操有所不知的是，这位丁仪与临淄侯曹植非常友善，曹丕貌似为妹子说公道话，实际上是担心阿弟势力得到增强。后来曹丕坐上帝位不久，便借故把丁仪杀掉了。

张松之事不妨再引申两句。说到记忆出众，汉末时代本也人才济济，孔融、祢衡均属此类，杨修也自不弱，王粲观人弈棋后的复盘能力，也为时人折服。张松"一目十行"，史未明载，读书而能"五行俱下"，倒有所听闻。（我听说今天有人提倡速读法，其法大致为按书页对角线斜读而下。由于一页书通常为 26×26，乖乖，那更是"一目二十六行"了。）"曲有误，周郎顾"，这说的是周瑜的风采，但强记之功，仍令人佩服，何况，周瑜这份绝活儿还是在酒尽三杯之后抖搂的。又女流中蔡文姬，强记之功亦足以傲世。她因"男女授受不亲"之故而谢绝曹操提供的秘书，凭记忆整理出父亲蔡邕的大部分著述。

7. 求贤天下

对曹操人品极为不屑的南宋学者洪迈，自属*"我虽有酒，不祀曹魏"*之列，但他也承认，若论"知人善任"，曹操"实后世之所难及"。在《容斋随笔·卷第十二》中，本着史家的良知，洪迈对曹操做出这样一番总结：

> 荀彧、荀攸、郭嘉皆腹心谋臣，共济大事，无待赞说。其余智效一官，权分一郡，无小无大，卓然皆称其职。恐关中诸将为害，则属司隶校尉钟繇以西事，而马腾、韩遂遣子入侍。当天下乱离，诸军乏食，则以枣祗、任峻建立屯田，而军国饶裕，遂芟群雄。欲复监官之利，则使卫觊镇抚关中，而诸将服。……张辽走孙权于合肥，郭淮拒蜀军于阳平，徐晃却关羽于樊，皆以少制众，分方面忧。操无敌于建安之时，非幸也。

知人善任，诚乃曹操一大特长，但未必是最具曹操特色的特长。汉末三国，天公抖擞，人才普降，但只有曹操（其次孙权，再次刘备，诸葛亮则无功可录）能不拂天公美意，将各路人才尽数搜罗，使各就各位，共襄大业。曹操手下，文人荟萃，谋士云集，战将缤纷，其他各怀异能的奇才异士（书法家中除钟繇外还有梁鹄、崔瑗、张昶、张芝等，围棋名手则有山子道、王九真、郭凯等一干人），亦靡然向风，鱼贯而入。曹操身边的人，固然不乏仰慕曹公盛名人品而前来报效的，但曹操对四方人才的诚心礼遇，"深自结纳"，无疑更具代表性。

军师荀攸投奔曹操，缘于曹操一封措辞恳切的邀请函，内云："方今天下大乱，正是智士劳心之时，而先生笼袖观望，归隐道山，不觉得太久了吗？"曹操喜获荆州时，在给荀彧的信中写道："我并不以得到荆州为大喜，所喜者是，我终于见到了仰慕已久的蒯越（字异度）先生啊！"

裴松之注《文士传》，载有一个奇怪故事，虽可疑，仍记之如左：名士阮籍为了逃避曹操对他的重用，效伯夷、叔齐故事，披发入山。曹操不依不饶，竟在山脚下施出焚山求士的狠招，烈焰腾空，终于逼得阮籍先生入朝，得以展其所长。曹操听说太史慈大名后，亦想罗致帐下，遂派人送去礼物。太史慈打开一看，内中空无一物，仅是一味中药，其名"当归"。

如果惩罚主要是一种原则（为此原则，曾两次救过曹操的爱将曹洪家人犯法，曹操仍不加原宥），奖励则是一门艺术，曹操是其中的艺术大家。司马光称赞曹操奖惩分明，道是"勋劳宜赏，不吝千金；无功望施，分毫不与"。这说的还是原则，其实，原则下还有艺术，及分寸的讲究、火候的把握。通常，曹操不会无谓嘉奖下属，像某些"豪帅"那样，赐部下金银只凭一时兴致。曹操奖励部下只循一个原则：论功行赏。曹操可贵之处在于，他不与部下抢风头，争面子，对谋士战将立下的"殊勋"，不仅了如指掌，还及时予以肯定，物质奖励和精神鼓励亦会随之而来。事后的褒奖或追思，也常因所述之事无一字虚假而显得无比诚挚。对郭嘉连篇累牍的追思自不待言，荀攸故世后，曹操多次嗟叹道："我与荀公达先生相处二十多年，他没有任何可以指摘的地方。""荀公达属于那种相处越久，让人敬意越深的非凡之人。""荀令君之进善，不进不休；荀军师之去恶，不去不止。"

曹操如因没有听从某人建议而导致兵败，回营后必不忘及时检讨，一边自责，一边肯定他人的高明。送大将出征时，曹操每每亲自主持誓师大会，以壮行色；一旦将军得胜而归，如徐晃击败关羽，曹操出城七里，摆下盛大庆功宴，并评论道："我用兵三十余年，并所闻古代善用兵者，还没有见过如将军般神勇的战例。将军之功，虽孙武子、司马穰苴亦甘拜下风。"徐晃带兵出征时曾经率领兵士先祭拜祖坟，以示敢死之心，这份豪情，自然缘于曹操的知遇之恩。

奖励的艺术，有时还体现在糅入丰厚的人情。曹操有一次半夜起来巡视营房，发现某帐中隐隐亮着烛光，挑帘而入，却见手下一文官办公通宵达旦，终因倦意来袭，昏昏睡去。曹操当即感动得流下眼泪，脱下棉袍为他披上，方始轻手轻脚地出去。

曹操最出人意料的一次奖励，在北击乌丸之后。我们曾在"郭嘉"一章里提到，那一仗曹操虽大获全胜，但打得奇险。出征之前，曹操手下谋士，除郭嘉外，几乎都表示反对。曹操班师回营，众谋士正担心受到曹操嘲弄，没曾想他们集体受到了奖赐。"此仗我虽获胜，实赖天佑，不足自夸，"曹操总结道，"诸君此前对我的规劝，乃万安之计，故仍应奖励。犹盼诸君日后继续畅所欲言。"

曹操最惊世骇俗的举动，莫过于他以丞相身份分别于210年、214年、217年颁布的三道求贤令。这是三面有可能一举颠覆中华传统儒教信念的文化反旗，曹操不仅郑重推出"唯才是举"的主张，还大步流星地将该主张贯彻到无条件的程度，遂使"唯才是举"成为优先于其他所有原则之上的首选原则。唐突圣贤、藐视礼法的雄心魄力，则在曹操不惮其烦举出的大量例子中，得到露骨的展示。曹操明白告诉世人：无论你是否有过"污辱之名""见笑之耻"，或即使有过如"贪将吴起"那种"杀妻取信""母死不归"的大恶行径，只要你确有能力，仍会得到我的重用。自孔老夫子倡导"举逸民"以来，这是中国历史上第一次也是唯一大范围的"举逸民"活动。曹操对负责荐举官员的部下（所谓"有司"）所提要求是：各举所知，勿有所遗。

陈寅恪对此颇有一番锐识，值得敬录于此。在对儒家伦理及当时士大夫遴选范围做出一番梳理后，陈先生写道：

> 孟德三令……则是明白宣示士大夫自来所遵奉之金科玉律，已

完全破产也。由此推之，则东汉士大夫儒家体用一致及周孔道德之堡垒无从坚守，而其所以安身立命者，亦全失其根据矣。故孟德三令，非仅一时求才之旨意，实标明其政策之所在，而为一政治社会道德思想之大变革……（下揣曹操之隐秘）盖孟德出身阉竖家庭，而阉宦之人，在儒家经典教义中不能取有政治上之地位。若不对此不两立之教义，摧陷廓清之，则本身无以立足，更无从与士大夫阶级之袁氏等相竞争也。（详见陈寅恪《书世说新语文学类钟会撰四本论始毕条后》一文）

陈先生的见解极具启发，虽然，我难免又想，曹操本非阉宦辈之嫡亲后人，阉宦弄权，不仅非自东汉始（秦时即有赵高篡柄），亦非自东汉亡，何以唯独曹操揣此"摧陷廓清"之念，行此非常之事呢？陈寿的答案简洁明快：曹操乃"非常之人，超世之杰"，我们只有在结合时代特征的同时，不忘结合曹操的性格特征，才有望接近他的"隐秘"。

曹操性格中的隐秘，连对曹操口诛笔伐不止的毛纶、毛宗岗父子也大感困惑，在他们评点《三国演义》的文字中，我们经常读到意外的赞扬文字，如"阿瞒的是可儿""老瞒最会和事""语甚趣"之类。这虽然可归结为罗贯中古典现实主义小说本身的魅力，却也表明这个事实：曹操难以言语道断。

8. 全能冠军

曹操惹人不快，也与此人过于强势有关。他的能力全面，几乎没有弱项。中国历史固然无法回避他的存在，甚至在不少貌似与曹操无关的专史中，他也能峥嵘出头。

粗粗想来，既然孔老夫子凭一句"不有博弈者乎"的随机评语而能为撰写"中国围棋史"题材的学者反复引用，曹操具备与当世围棋高手对弈的才能，更有资格在其中占有一席之地。

曹操无书法传世，但从他对书法家的厚爱，从他对挂在屋内、题在门上的书法作品经常用心临摹、反复把玩上，我们也能想象其书法修养。

根据"造作宫室，缮治器械，无不为之法则，皆尽其意"的叙述，曹操并非不能被好事者在"中国建筑史""中国工具史"或"中国家具史"中略略带过。

曹操对音乐也很在行，他所写的诗作乃是乐府诗，"及造新诗，被之管弦"。

曹操会不会在"中国服饰史"中也露上一脚呢？据说，曹操的葬服也是他自己设计的，风格上既杜绝繁琐，又力避俗气；他还借鉴了某些古代皮装的特点，以缣帛为衣料，设计了一种具有简易随身特点的军服，军官与兵士的区别，只在军服颜色上得到体现……

曹操的武艺虽无法与当世高手匹敌，但也非泛泛之流。他显然擅长游泳，不然少年时在水中击杀蛟龙（应指那种俗称"猪婆龙"的扬子鳄）一事，便无法索解。在十七八岁时，曹操曾独闯中常侍张让的宅院，被人发现后，他竟能舞动一支手戟，一边呵呵笑着，一边轻巧地越墙而出。张让家那么多家丁，居然奈何不了他。

曹操早年落难之时，有一次兵士谋反，放火烧他的营帐，曹操演出一幕"手剑杀数十人，余皆披靡"的武林英雄传，成功逃脱。少年时就喜欢"飞鹰走狗"的曹操，射猎场上也当仁不让，曾有过一天内亲手射杀63只野鸡的事迹，弓法之娴熟，令人生畏。曹操玩起风雅来，也不输给别人。谋士刘晔有一个奇怪嗜好，从来不愿当着众人面提出建议，曹操便与他书简相通，有时为探讨一个问题，两人竟会一夜间传递书信数十封。在没有电话、电报和电子媒体的古代，这份风雅，不知得累坏多少条马腿。

曹操"御军三十余年，手不释卷，昼则讲武策，夜则思经传"。这看来是真的，因为无须旁证，曹操诗文上的非凡造诣，已经证明了这一点。何况曹操曾夸口道："长大而能勤学者，唯吾与袁伯业耳。"曹操另一次夸口是在敌人阵前，西凉兵士久仰曹操大名，见曹操出阵，纷纷挤上前来想看个究竟，曹操哈哈大笑，对这些粗汉说："你们想看看曹公长什么模样吗？和大家一样，非长着四只眼睛，两只嘴巴，只不过比你们多一点智慧罢了。"

曹操诗歌上的造诣，可在中国前十人之列，至少郑板桥亦有此见解。他论文章之大乘法与小乘法，在得"大乘法"的诗人中仅悭吝地罗列了四人，曹操因年代占先而得以位居其首（其余三位分别是陶渊明、李白和杜甫）。论气韵沉雄，慨当以慷，曹操实有傲视千秋之才。

曹操的文章也很有特点，黄仁宇对曹操文章的"诚实"曾予以肯定；鲁迅还曾特别拈出"通脱"一味，激赏不已。鲁迅同样看出曹操诗歌中的"通脱"来，对《董卓歌词》中那句"郑康成行酒，伏酒气绝"的怪诗，意外之余难免还要感叹几句。确实，只有如曹操这种无拘无束，不依常理出牌的"非常之人"，才可能写出这种非常之诗。

在中国学术史上，曹操做出的贡献甚至惠及当今。当代学者李零对曹操在整理古代兵书方面的成就，给予了充分肯定。他把曹操整理过的兵书，归纳为"曹公五书"。"曹公五书"虽已"散亡"，但意义并未随之湮灭。李零告诉我们："我们现在看到的《孙子》，其实就是曹操传下来的本子，第一个给《孙子》作注的，也是曹操。他的书叫《孙子略解》。"关于今本《孙子》为什么"排列这么好"，李零说："肯定是后人进一步调整的结果，我猜，正是曹操整理的结果。因为今本的最早来源，就是曹注本。"李零的结论是："曹操对整理古代兵书有大功。"

论用兵打仗，那是曹操的本门绝活，独传之秘。与他的诗文一样，值得专文（甚至专著）论列。战场上的曹操诡谲万状，不可方物，"智计殊绝于人，其用兵也，仿佛孙、吴"（见诸葛亮《后出师表》，不见得是诸葛亮所写）。总体上看，战场上的曹操，思维舒展奔放，将"兵行诡道"之旨演绎得无比充分。

劫烧乌巢之粮，曹操用兵神速，硬是在袁绍援军抵达前的一刹那，大功告成；破张绣，曹操故意安步当车，以日行三五里的速度诱敌深入，再反戈一击；袭击乌丸，曹操甘冒奇险，先故设迷障，再精兵突进，在谁也没有料到的时刻，谁也没有料到的地点，突然一彪军杀出；战吕布，曹操计谋百出，时而诈死诱吕布来袭，时而让妇女充任疑兵，时而又布置间谍以为内应，终使吕布计穷智竭，在白门楼束手就擒。

它如逼公孙康斩二袁之头，"抹书间韩遂"，皆显出其灵活应变、计出当场的智慧。曹操对自己的沙场智慧显然自视甚高，偶或战败，他也会对部下及时总结败因，并慨然许诺："诸卿观之，自今以后不复败矣。"战马超之时，由于西凉兵凶悍无比，且擅使长兵器，部下颇有难色。曹操傲然答道："用兵在我不在敌，我可以让对方的长矛无用武之地。"为了完成四海一统的大业，曹操经常处于四面树敌，八方开战的境地，为此，在他的军事实践中，镇抚与招安术的魔幻运用，也经常让后人大开眼界……

"英雄割据虽已矣，文采风流今尚存。"（杜甫《丹青引赠曹将军霸》）这是雄杰豪迈之处，换言之，这也是曹操的不朽之处。

9. 膝下与暮年

曹操性格上的繁复多变，在儿子身上也得到了体现。在中国五千年历史范围内评选最优秀的父亲，曹操大概也能荣幸入围。他的儿子不仅能力过人，体现能力的范围也各不相同，如果我们暂时忽略来自母亲一方的遗传因素，则从这些儿子的各擅胜场上，也可看出曹操本人基因构造的复杂。

曹丕作为帝王乏善可陈，一次大宴宾客，曹丕竟然还向臣下提了这样一个可笑又可怕的问题："若君王和父亲都生着相同顽疾，而你手上只有一服救命药，你是先救君王还是先救父亲？"这和某些女子总喜欢刁难丈夫的那个弱智问题何其相似："若我和你母亲同时落水，你是先救母亲还是先救我？"但他讲过"自古及今，未有不亡之国，亦无不掘之墓"这样的话，身为九五之尊而能有这份自知之明，实属难得。

曹丕作为文学评论家，简直有开山之功，在他颇有散佚的《典论·论文》中，不仅说出"盖文章经国之大业，不朽之盛事"的靓语，让文人墨客感动至今，还曾以筚路蓝缕之德，通过对当世文人的评点，做了中国文学批评史上的首次尝试。他率先拈出"文气"概念，直接启发了后世的刘勰，还首次对诸种文体进行了辨析，并留下这一段经典话头："夫文本同而末异：盖奏议宜雅，书论宜理，铭诔尚实，辞赋欲丽。此四科不同，故能之者偏也，唯通才能备其体。"在《四库总目·诗文评类提要》里，《典论》也在体裁创设的意义上得到了突出肯定，所谓"建安、黄初，体裁渐备，故论文之说出焉，《典论》其首也"。曹丕在《与吴质书》中对建安七子的评骘概括，亦颇得要领。

曹丕文章虽无法与父亲较量雄奇慷慨，但也自成一家。据我浅见，曹丕的观察能力颇为了得，诸如"女无美恶，入宫见妒，士无贤愚，入朝见嫉"，及"观古今文人，类不护细行，鲜能以名节自立""文人相轻，自古而然"等提炼，皆切中肯綮，言人所未言，发人所未发。有此数语，曹丕也足可在中国文学史内随意出入，占据一个不亚于他在中国帝王史上的地位。

有必要提一下"才高八斗"的曹植吗？他的辞赋里，有着最华美的藻翰、最丰润的意象，不仅时人瞠乎其后，放眼千年，亦难逢敌手。曹植还是忧郁的，自早年与兄长曹丕争夺太子权铩羽而归，尤其因擅走司马门一事遭到曹操蔑视之后，曹植地位一落千丈，连妻子都被父亲杀害。"大难出诗人""文章憎命达"，作为幸灾乐祸的后人，我们反而从他的诗文中读到一些幽怨之气。

生命的晦气转化为艺术的亮色，这是艺术世界屡试不爽的规律，曹植体现得尤其充分。人们习惯于将曹植想象成一个文弱诗人，牢骚满腹，只知整天与几位脾性相投的朋友饮酒谈天。这其实是一个错觉，文武全才，这是曹操培养儿子的基本方向，曹植虽不及曹丕那么擅长击剑、摔跤、射猎，但沙场志向也是不输壮士的。如果当年带兵去合肥与孙权打仗乃是迫于父命，后来屡次三番地向曹丕、曹丕死后又向魏明帝曹叡写出《求自试表》，则体现出曹植体内亦有一股效命沙场的胆气。有趣的是，说到对文学的重视，身为帝王的曹丕，竟远在临淄侯曹植之上。曹丕对文学的重视一如上述，而恰恰是曹植，在《与杨德祖书》里，说过这样一段貌似与其才能天赋相距最远的话："辞赋小道，固未足以揄扬大义，彰示来世也……吾虽德薄，位为藩侯，犹庶几戮力上国，流惠下民，建永世之业，留金石之功，岂徒以翰墨为勋绩，辞赋为君子哉？"

曹操有个一脸黄须的儿子曹彰，武艺惊人，也许竟可与许褚、典韦一流悍将比试一番。他不仅擅长射箭骑马，膂力过人，尤其还有一段"手格猛兽"的传奇经历。如果相信史书记载的话，曹彰打虎和后世的武松完全是两个境界：曹彰几乎是以一种狮子搏兔的气概，将老虎逗弄得俯首帖耳，没一丝脾气。

曹操对这位"黄须儿"欢喜非常，但仍不忘提醒他："你不知道念书，只知乘马击剑，此匹夫之能，算什么本事。"遂亲自圈选了若干经典，让曹彰读去。曹彰肯定极不情愿，私底下常对人抱怨道："大丈夫当横行四海，效法卫青、霍去病，带十万兵驰驱沙场，焉能在家里作一介博士。"曹彰果然捞到了机会。作为骁骑将军带兵镇压代郡乌丸的叛乱，曹彰大获全胜。曹彰临行前，曹操曾告诫他："居家为父子，受事为君臣，一旦违我军令，你别指望我网开一面。"

曹操另有一个小儿子曹冲，他也许是曹操儿子中最出色的一个，不仅最聪明（比"才高八斗"的曹植还要聪明），还最仁慈。曹冲天生凤慧，洞悉世情，极富同情心，曹操对他宠爱有加。曹冲的死，也许是曹操平生遭到的无数次打击中最惨痛的一次。当时曹丕在一边劝父亲节哀，曹操脱口说道："这是我的不幸，你的大幸。"曹丕做皇帝后仍心有余悸地承认："假使仓舒（曹冲字）在，这皇位轮不到我来坐。"

有件事颇能说明曹操的丧子之痛：历来不相信天命的曹操，为担心幼子墓中寂寞，竟然打起了"攀阴婚"的主意。有个叫邴原的人也有一女早亡，曹操请求将这一对不幸的童男女合葬。邴原拒绝了。

曹操儿子虽个个了得，寿命却都不长：除曹冲外，长子曹昂很早死于战场，曹丕不过活了四十岁，曹植四十一岁，曹彰死得更早些。曹彰之死，也与曹丕弄权有关，最后"愤怒暴薨"。

曹操死于洛阳，也许死得较突然，死前诸子均不在身边，无法从容安排后事。后人考察英雄，往往不在乎他活得怎样，而是专注于他死得怎样。曹操活得非凡，死得平凡，唯其如此，曹操的死常遭后人奚落嘲笑，因为他死前语无伦次，毫无英雄气概，竟然吩咐起自己的婢女日后该干什么，竟然考虑起"分香卖履"之类细枝末节的事来。然而在我看来，曹操《遗令》既不同流俗又独标高格，其中闪烁着清醒、明智和至为难得的朴实。他肯定自己的只是"军中持法"的严明，明确指出自己平时的"小忿怒，大过失"不应仿效。他对丧葬规格做出严格限定："殓以时服""无藏金玉珍宝"。他要求"将兵屯戍者，皆不得离屯部，有司各率乃职"。

那是距今一千八百年前，一位盖世英豪在自己六十六岁弥留之时吐出的肺腑之言。

虽然曹操《遗令》中明确指出了自己的埋柩之所："葬于邺之西冈上，与西门豹祠相近。"奇怪的是，关于曹操在漳河上设七十二疑冢的说法又不胫而走，越传越邪。无风不起浪，我相信该传说的始作俑者多半为盗墓贼，他们想必把西门豹祠附近的大小山头掘了个底朝天，一无所获，沮丧之余只能编出这一传说来自慰。

真有意思！曹操墓究竟在哪儿呢？曹操《遗令》中流露的究竟是"人之将死，其言也善"的真切情感，还是更深沉的权谋诈术呢？有人曾恶狠狠地写道：

> 人言疑冢我不疑，我有一法君未知。直须发尽疑冢七十二，必有一冢藏君尸。

立刻有人代替曹操回答道：

> 人言疑冢我不疑，我有一法君莫知。七十二外埋一冢，更于何处觅君尸？

无聊至极！他们不知道，曹操倡导薄葬，曾亲自颁布法令"禁厚葬"。至于"殓以时服"，不仅是曹操的要求，汉末不少英雄均行此做派，如诸葛亮遗令即明示"因山为坟，冢足容棺，殓以时服，不须器物"。不久前河南安阳声称挖出曹操大墓，个别专家以一块写有"格虎大戟"的出土石碑，作为墓主确是曹操的证明，让人哑然。曹操曾将儿子曹彰"手格猛兽"之勇贬为"一夫之用，何足贵也"，且素不信邪，既如此，他还会把"格虎"这档子破事当真吗？

我们不是盗墓者，有这点时间，不如回到梅子青青的时刻，重新聆听一遍曹孟德煮酒论英雄吧。"设使天下无有孤，不知当几人称帝，几人称王"，曹操这番不避自夸的感慨，也值得我们刮目相看。

十四　狐媚与狼顾之间——司马懿

　　英雄有两种，打出来的英雄和忍出来的英雄。打出来的英雄生猛亮丽，如项羽，然秋后轧账，竟不及忍出来的英雄收益广大，如刘邦。在汉末三国，若曹操、诸葛亮算前一种，刘备和孙权就属后一种，司马懿更是后者中的翘楚，此子老于忍耐，精于等待。汉末三国人物为了江山打得不可开交，到头来九九归一，三家归晋，统统姓了司马。

　　晋明帝曾向司徒王导了解晋王朝是如何得天下的，王导从司马懿的功绩和手段说起，渐次说到司马昭在高贵乡公时的种种行径，听得晋明帝大惭，俯卧床榻，以被蒙面，怯怯地说："若如公言，晋祚复安得长远！"这透露了三个信息：一、司马家族的发迹史极为肮脏；二、该发迹史较少得到史家记录，以至身为司马家族皇帝，也只能通过老臣王导的亲口讲述，略加了解；三、史家著述阙如，通常对应着政治上的严酷。历史上最骇人听闻的统治，从来不是群情鼎沸，千夫所指，而是万马齐暗，阒寂无声。《晋书》系唐人编修，编撰者房玄龄等人距司马懿已有三四百年之遥，执笔之时已无忌讳。司马懿及其子嗣的残暴统治越有效，后世学者得以掌握的素材就越有限。大量司马氏家族不愿让后人看到的黑暗内幕，不仅会被漂白，还可能像一只电量告罄的黑匣子，永远沉没在历史海底。

司马懿虽时有暴虐之举，隐忍才是其人生的主旋律。在有限的资料里，我们找不到司马懿意气风发、快意人生的场合，他从未有过属于自己的「青梅煮酒」时刻

　　司马懿（字仲达）生于 179 年，小曹操二十四岁。这段年龄差非常要紧，与曹操、刘备等人代表的那一代秉持封建道德观的旧人相比，司马懿堪称一代"末世新人"的突出代表。曹丕当政后，曾评论当时朝廷三公——太尉钟繇、司徒华歆、司空王朗，赞道："此三公者，乃一代之伟人也，后世殆难继矣！"三公年龄皆与曹操相近，曹丕小司马懿八岁，可算同代人。以今拟古，曹丕心情好比"喝狼奶长大"的"一代新人"，在面对王国维、蔡元培、胡适为代表的那代旧人时，产生的那份自惭形秽感。当年濡染于两汉四百年文治武功下的东汉旧臣，与汉朝覆亡、三国鼎立时那一代擅长火中取栗、乱中取胜的新人，会形成全然不同的道德观、价值观。吕思勉曾感慨道："从魏武帝到司马懿可以说是中国的政局，亦可以说是中国的社会风气一个升降之会。从此以后，封建的道德，就澌灭以尽，只剩些狡诈凶横的武人得势了。"即以"夷三族"的株连为例，它虽是一项首创于秦朝的东方式恶法，且在西汉得到变本加厉的继承发扬，然逮至汉末及曹魏时期，此类恶法已大为收敛，当得势的司马懿对政敌动辄夷及三族，甚至连出嫁在外的女子都不放过时，就引来见多识广的后代史家的特别惊诧。这类惊诧，好比清朝末年仍有凌迟，但鲁迅在民国二十二年（1933 年）从报刊上读到"十七岁的青年刘庚生"被"绑赴（天津）新站外枭首示众"时，已然大感诧异。处于"升降之会"的时代，短短二三十年间的道德、风气格局，差异会大过舒缓岁月的二三百年。

　　司马懿出自一个颇有势力的家族，高祖司马钧曾为征西将军，曾祖司马量为豫章太守，祖父司马隽为颍川太守，父亲司马防官至京兆尹。司马防有八个儿子，因字中都有一个"达"字，时人号为"司马八达"。据说，司马懿"少有奇节，聪明多大略，博学洽闻，服膺儒教"，"慨然有忧天下心"。当年个别擅长鉴定人物品级的老江湖，如南阳太守杨俊和尚书崔琰，均曾给予他良好评价，认定他前途未可限量。司马懿本人也是这么看的，所以，曹操"兄弟将"曹洪求助司马懿时，司马懿鄙视曹洪人品，假装腿脚不便，拒绝应命。曹洪向曹操告状，曹操遂征召司马懿，司马懿立刻扔掉拐杖，前往赴任。无论司马懿对曹操怎么看，他坚信，欲展鲲鹏志，须抱曹操腿。

曹操与司马懿的关系，曾被说得格外玄乎。传闻，司马懿曾佯装风痹，拒绝曹操任命。司马懿装病确是一绝，他当着曹操派来刺探的使者的面，硬是躺在床上一动不动，活脱脱一副绝症模样。又据说，曹操曾测试司马懿走路的样子，以检验其品行。当曹操要求司马懿"反顾"时，司马懿"面正向后而身不动"，颈部骨节的灵活性异于常人，这在相书上有个说法，叫"狼顾"，古人认为，有此相者，非奸即诈。曹操自此警惕司马懿，曾告诫曹丕道："司马懿非人臣也，必预汝家事。"曹丕是太子，日后还是皇帝，故曹丕的家事等于国事、天下事，曹操的告诫不可谓不重。又据说，曹操做过一个怪梦："三马同槽"，即三匹马在同一个马槽里吃草，大感不祥。日后曹操剿灭马腾父子，自以为这个灾难性的梦启得到了消解。后人坚持认为，"槽"谐"曹"，"三马同槽"是指司马懿、司马师、司马昭父子这"三马"吃掉了曹家天下。听上去确实是个既有趣又凑趣的解释，对于理性思维能力不足、巫术交感思维昌盛的古人，这类说法总是具有最大的说服力。

司马懿肯定知道曹操对自己的戒心，他的对策是：加倍小心，避祸为上。在自己任上，他勤勤恳恳，做小伏低，忠于职守，除了依附那位长远来看最值得投靠的人——太子曹丕，他避免站队，也不会轻易做出头椽子。他曾向曹操谨慎提过两个建议，其一是在曹操征讨张鲁时，随军的司马懿向曹操建议伐蜀，曹操未予理睬，还回了句莫名其妙的超然话："人苦于不知足，既得陇右，复欲得蜀。"其二是在关羽"水淹七军""威震华夏"时，他不仅劝阻了曹操的迁都之念，还献了一条趁势离间刘备与孙权的计谋，曹操采纳了，遂有了孙权随后派吕蒙掩杀关羽的那一出大戏。这条计谋不见得全然归功于司马懿，但考虑到该计谋的重要性，身为功臣之一的司马懿想必改善了与曹操的关系，处境大有好转，与曹丕的关系更是进展顺利，这奠定了他的未来。他的未来取决于曹操之死，曹操去世后，司马懿被曹丕委任为类似"治丧委员会秘书长"的职责，全权负责曹操丧事。从"一朝天子一朝臣"的宫廷更替惯例来看，司马懿熬出头了。

怎样才算真正出头呢？必须拥有兵权。司马懿此前一直是文官，他历任文学掾、丞相主簿，还做过黄门侍郎、议郎，从未握有实质兵权。现在，托庇于曹丕赏识，他的官衔不断提升，不断接近实质兵权。曹丕于222年、224年两次伐吴，都以司马懿镇守许昌，并改封司马懿为向乡侯，次年又改任抚军大将军、假节，领兵五千。司马懿长期压抑的野心，此时必"怦怦"地乱跳，但表面上，他照例辞让一番，方始接受。曹丕不久驾崩，临终时令司马懿与中军大将军曹真、镇军大将军陈群、征东大将军曹休共为辅政大臣。魏明帝曹叡即位后，司马懿的个人事业随即蒸蒸日上。

倘撇开善恶，单论事功，司马懿也算达到了某种极致，终极地位与曹操相同。然观司马懿一生，我们无法找到一条清晰的生命历程。他并非按照一种自我设计的信念来履践人生，后人无法根据他日后的所作所为，认定他之前对曹操、曹丕的辅佐缺乏诚意。简而言之，他不是一个"吾道一以贯之"的人物，他依照某种"到什么山，唱什么歌"的方式，随机展开阶段性人生，像一位棋手，下一手下在哪儿，不取决于事先设计，而是依对方着数而定。

《三国演义》的读者，会对诸葛亮"空城计"津津乐道。那原是小说家的出色虚构，与史不合。马谡失街亭时，司马懿刚在另一条战线上打败孟达，两条战线相距甚遥，好比第二次世界大战时欧洲战场上的东线和西线，再能干的将领也不可能同时在两线作战。诸葛亮初出祁山时，司马懿的地位尚不足以自领大军，当时与诸葛亮对抗的，主要是曹操义子曹真大将军，及张郃、郭淮等一线战将。待到曹真病逝，升任大将军的司马懿才得与诸葛亮全面对抗。司马懿曾在致胞弟司马孚的信中，如此形容诸葛亮："亮志大而不见机，多谋而少决，好兵而无权，虽提卒十万，已堕吾画中，破之必矣。"口气大极，但实际上，在天时、地利、人和三方面占有全面优势的司马懿，始终不敢与诸葛亮正面接战。司马懿不是魏国宗室，升任大将军又不是凭借长期积累的战功，所以，他在部下面前并无绝对威望，那些久经沙场的战将常会不加掩饰地嘲笑司马懿胆小，在他们看来，司马懿的行为就像一支豪门球队在面对三流队伍时，不是全面出击，而是"摆大巴阵"，龟缩退守，全然不可理解。然司马懿不为所动，为了权且平息手下不满，司马懿还与朝廷联袂演一出戏，他佯装发怒，上表请战。魏明帝不许，派大臣辛毗来做司马懿的军师，节制他的行动。当司马懿面对诸葛亮挑战，作势出兵时，辛毗杖节立于军门，加以阻止。这套把戏被诸葛亮看得清清楚楚，他对姜维说："彼本无战情，所以固请战者，以示武于其众耳。将在军，君命有所不受，苟能制吾，岂千里而请战邪！"话虽如此说，诸葛亮苦于粮食不足，不耐相持，情急之下，派使者给司马懿送来一套女人衣服，暗示司马懿不是个男人。

过于谨严方正的人，总是无法准确拿捏小人心思，盖"以己度人"乃人之思维惯性，故诸葛亮面对司马懿时，他谨严方正的个性反而诱发一种判断上的盲点，导致想当然。阴柔无比的司马懿，本是那种不耻于钻爬狗洞的混世豪杰，他根本不在乎当着众人面穿一回女装。用激将法对付司马懿，那是把拳头打在棉花胎上。司马懿无比珍惜自己侥幸握有的那点军权，对诸葛亮又充满畏惧，他输不起，故拒绝与对方一决胜负。再说，有一点他至少判断对了：只要坚守，诸葛亮就会因粮草不敷而主动退兵。

古罗马将领费边在遇到相似强敌（迦太基名将汉尼拔）时，曾采用相似的拖延战术，同样取得若干成效。现代政治术语"费边主义"缘此而来。和司马懿一样，由于无限制地使用拖延战术，费边当时也引来了手下不满，他也因此被讥讽为"犹疑不决的人"。据罗马史家李维记述，费边小时候就有冷漠的特征，亦与司马懿相仿。

在诸葛亮面前尽显庸手、下手姿态的司马懿，遇到能力远逊于自己的对手，立刻英明神武，焕然一新，俨若韩信附体，孙膑再世。他征讨叛将孟达、征伐辽东公孙渊的那两场胜仗，打得相当漂亮，我们只有回想起他在诸葛亮面前的窝囊相时，才恍然惊觉，那不过是两场实力悬殊的战役，就像世界冠军球队八比零屠杀一支鱼腩球队，场面好看，内涵不足。天生一副阴阳脸的司马懿，征讨孟达前，为了稳住孟达，先写了一封充满善意的慰安信，令孟达放松戒备。然后，他麾动大军，用八天时间完成了对方以为至少需要一个月的路程，兵临城下。最终，孟达尸身被"传首京师"，在洛阳的"四达之衢"烧成了灰。

司马懿征伐辽东公孙渊时，手段更是毒辣。为了树立威名，司马懿在确信自己有把握吃掉对方时，连投降机会都不给对方。公孙渊派相国王建、御史大夫柳甫两位老臣前来求和，司马懿竟以两人"老耄，必传言失旨"为由，加以斩杀，同时发出檄文，要求对方再派"年少有明决者来"，公孙渊无计可施，只能另派年轻些的侍中卫演，前来商定送人质的日期。司马懿又换了套说辞，煞有介事地正告道："军事大要有五：能战当战，不能战当守，不能守当走，余二事惟有降与死耳。汝不肯面缚，此为决就死也，不须送任。"又拒绝了对方送人质的乞求，放手进攻。最终，公孙渊战死在梁水边，司马懿大获全胜。司马懿入城后，高举屠刀，"男子年十五以上七千余人皆杀之，以为京观。伪公卿以下皆伏诛，戮其将军毕盛等二千余人"。所谓"京观"，亦名"武军"，是一种野蛮的耀武方式，即用泥土夯实尸骸，在路边筑成恐怖高台，显

耀武功,震慑他方。古语"坑"亦同此义,未必指活埋。"京观"与
"坑"的区别在于评价上的褒贬,而非方法上的差异。泯然于"处决"
与"屠杀"之别,以屠戮代替正法,是古人常见的认知缺陷。

司马懿大开杀戒的襄平城,即今之辽宁辽阳,时天气严寒,随征军
士衣衫单薄,他们见司马懿收缴了大量衣物,遂请求增衣御寒。司马懿
心肠别致,竟一本正经地声称"襦者官物,人臣无私施也"。古来将领,
往往视兵士为自己家财,倍加爱护,战胜后大加赏赐,几成惯例。对士
兵不加体恤,不仅有损士气,还会带来风险,古罗马士兵经常在兵营里
闹事,甚至直接导致皇帝被杀,起因多半在此。当初曹操否决司马懿伐
蜀建议,所持理由之一即是"士卒远涉劳苦,且宜存恤"。可见,悭吝、
乖戾如司马懿者,百不有一。然与此同时,司马懿又上奏朝廷,把一千
多名六十岁以上的士兵解除兵役,遣返回乡,似乎又表明他不是一味狠
毒。不过考虑到这些士兵年满六十,即便不致战死,也会随着生理大限
迫近而日渐凋零,我们仍然不宜将该举措视为善政。总之,这老怪物
有着神出鬼没的道德感,极难一言以概之,难怪《晋书》作者感叹道:
"迹其猜忍,盖有符于狼顾也。""狼顾"是什么?说不清,至少不属于
"人性"。

传闻,魏明帝去世前,司马懿做了个不那么像梦的梦:"梦天子枕
其膝,曰:'视吾面。'俯视有异于常,心恶之。"这句"心恶之"的解
读,是古代史家的招牌点睛术,寓指司马懿自此有了异心。说此梦欠
真,理由有二:一、"视吾面"之说,验证于日后真实发生的皇帝诏书,
梦与现实已然合二为一;二、既是做梦,以司马懿之谨慎老辣,他断然
不可能将不可告人的隐衷款曲,告诉他人,"心恶之"之说,他人何由
得知?何况,载诸史籍的司马懿,位极人臣之处,仍表现得冲淡谦和,
尝谆谆告诫子弟:"盛满者道家之所忌,四时犹有推移,吾何德以堪之。
损之又损之,庶可以免乎?"

魏明帝死后，齐王曹芳继位，司马懿与曹爽并受遗诏，共同辅政。一山不容二虎，具有魏国宗室身份的大将军曹爽，成功架空了司马懿，司马懿明升暗贬，成为太傅。太傅即皇帝老师，不复握有兵权。司马懿满腹冤屈，但不吭不哈，示弱于政敌。为了彻底打消曹爽戒心，就在曹爽、何晏等人图谋政变前夕，司马懿再次亮出了独门绝技：装病。《晋书》作者活灵活现地展现了司马懿的演技：

> （曹）爽之徒属亦颇疑帝。会河南尹李胜将莅荆州，来候帝。帝诈疾笃，使两婢侍，持衣衣落，指口言渴，婢进粥，帝不持杯饮，粥皆流出霑胸。胜曰："众情谓明公旧风发动，何意尊体乃尔！"帝使声气才属，说："年老枕疾，死在旦夕。君当屈并州，并州近胡，善为之备。恐不复相见，以子师、昭兄弟为托。"胜曰："当还忝本州，非并州。"帝乃错乱其辞曰："君方到并州。"胜复曰："当忝荆州。"帝曰："年老意荒，不解君言。今还为本州，盛德壮烈，好建功勋！"胜退告爽曰："司马公尸居余气，形神已离，不足虑矣。"他日，又言曰："太傅不可复济，令人怆然。"故爽等不复设备。

装傻充愣，假痴不癫，在纯以诈力取胜的古代权力场上，不失为一种好办法，值得被先人郑重写入"三十六计"。这以后的故事，小说《三国演义》里有过精彩描绘：嘉平元年春正月甲午，天子谒高平陵，曹爽及其支党尽数随从，空出一座都城。司马懿僵尸复活，霍然而起，登高一呼，旧部云集；司马师曾"阴养死士三千，散在人间，至是一朝而集，众莫知所出也"。司马父子以极为麻利的政变手法，把曹爽等人弄成了叛党，皆"夷三族"。自此，大权归于司马氏。

后人好言司马懿"以狐媚取天下"，言之有理，然"狼性"缺省不得。隐忍与跋扈，每自成因果，那些以隐忍起家的权力狂，得势时往往格外猖狂。司马懿的特殊之处在于，他虽时有暴虐之举，但隐忍才是其人生的主旋律。在有限的资料里，我们找不到司马懿意气风发、快意人生的场合，他从未有过属于自己的"青梅煮酒"时刻，他始终在一种战战兢兢、如履薄冰的状态下达成自己的事业，哪怕位高权重，流露的心态仍然是"待罪舞阳"。舞阳侯是魏明帝赐给他的爵号。司马懿证明，通向成功的道路，由一连串卑微、欺诈、猥琐组成。一个从里到外、自幼及老从不曾体现英雄气概的人，仍可能在一场由顶尖英雄参与角逐的竞争中笑到最后。

史载，司马懿诛曹爽前，曾与大儿子司马师"深谋秘策"，直到事变前一晚，方告知次子司马昭。司马懿当晚派人观察二子动静，见司马昭辗转反侧，夜不能寐，司马师鼾息沉稳，镇静如常。暂不考虑这项观察是否准确（司马师死于极大惊恐，死前竟把眼睛震出眼眶，实在吓人），身为父亲却专注孩子阴郁性格的培养发展，考察儿子的阴谋家潜质，不太像话。反观诸葛亮，曾在致兄长诸葛瑾的信里提到儿子诸葛瞻，说"瞻今已八岁，聪慧可爱，嫌其早成，恐不为重器耳"，喜其天真，忧其早熟，与司马懿的育儿法正相反。曹操亦无与儿子相与密谋的习惯，更不会鼓励儿子的负面性格。曹植十岁时屡有妙文，曹操疑其代笔，问道："汝倩人邪？"曹植答说："言出为论，下笔成章，顾当面试，奈何倩人？"一派天生的才子口气，曹操方始释然。

司马懿的成功，是阴柔奸雄战胜阳刚英雄的典范，汉末三国的故事令人悠然向往，司马父子的故事却让人颓然、扫兴。由司马氏结束曹魏政权而建立的西晋王朝，国运仅51年，"三分归一统"不久即生"八王之乱"，之后是"五胡乱华"和南北朝，直到300年后的唐朝，中国才重归盛世气象。国人熟知的昏君典故"何不食肉糜"，即出自司马炎的白痴儿子晋惠帝司马衷，司马懿是其曾祖。

十五　英雄末路

吾族吾民，至今以"汉"名之，足证两汉 400 年，嘉惠实多。但是，若以英雄豪杰的结局作为切入点，我们看到的将是一条血色长廊。《旧约》记载的犹太民族发迹史，总是与屠杀相伴，古罗马帝国的大理石台阶上也流淌着大量皇帝、将领和元老院元老的鲜血，同样，辉煌的两汉文明也是浸泡在英雄的血泊中，而且，十有八九，那血是无辜的。

帮助刘邦打下江山的汉初三位名将韩信、彭越和英布，日后皆不得好死。彭越的死法尤其惨绝人寰，不仅被夷三族，枭首示众，刘邦还与老婆吕后合谋，竟把彭越当成一块牛肉煮熟后剁成肉酱，分发给诸大臣吃。难怪当初贵族出身的项羽抓了刘邦父亲并扬言"吾烹太公"时，江湖混混儿出身的刘邦回答得那么淡定："吾翁即若翁，必欲烹而翁，则幸分我一杯羹。"也难怪吕后日后会对戚夫人使出"人彘"这种超级变态的酷刑。古人心肠、手法之怪异，常令今人措手不及。

学者资中筠先生写有《君王杀人知多少？——从"以人为本"的角度看历史》一文，她于 20 世纪 90 年代初"重读汉史"，惊讶于"两汉大臣得善终的不多"，遂"下决心梳理一遍汉史，拉一个清单，看看究竟有多少大臣死于君王一怒之下"。结果极为骇怖，以名将为例，善终者不多，阵亡者极少，惨死、冤死者却不计其数。在与"君王一怒"相

绝世战功是有稀缺性的，名将声名必赖绝世战功而立，绝世战功又必赖绝顶机遇，机不可失，时不我与。邓艾大功告成，等于宣告钟会白忙一场，他当然切齿痛恨

姜维心雄万夫，胆大包天，若幸而功成，当笑武侯、邓艾为等闲。惜志高于才，心过于智，胆大于略，惊天逆袭，徒成画饼

关的非正常死亡里，自杀算最好的结果，如："飞将军李广"赶在与廷尉对簿之前挥刀自刎，免去了巨大屈辱；名将周亚夫在预感迫害将临时，也绝食自尽，避免了更惨的结局。腰斩是极为常见的死法，灭族更是司空见惯。汉武帝滥行杀戮甚至达到这个程度，丞相都接连获罪受诛，"及至公孙贺被任命为相，吓得不敢接受，'顿首涕泣不肯起'，最后被迫接受，出门说：'我从是殆矣！'他在位居然维持了十三年，结果还是因儿子犯事，父子同死于狱中，而且又是灭族"。

世人好言"一将功成万骨枯"，这虽是事实，但不应掩盖另一个事实：万骨枯尽，将相随之。所谓"狡兔死，走狗烹"，"走狗"即指将相大臣。秦汉专制统治的特点是帝王至高无上，在帝王的天下观里，以千万人奉一人，天经地义。在专制权力场，竞争是其特征，温情是其烟幕，冷血是其本质，居上位者所思所虑，如卢梭所言："他们希望自己的血享有特别的尊敬，却丝毫不在意人类的血。"

汉朝既是各类英雄得以纵横驰骋、扬名立万的大好朝代，也是令他们纷纷不得好死的人间地狱。相形之下，汉末三国时期，嗜杀之习较前大有好转，以曹操为例，除荀彧之死略可存疑外，他手下众多谋士、武将，除少数阵亡外，多获善终，无一死于自己的暴怒之下。如孔融、杨修辈，毕竟属外围人士，与汉高祖、汉武帝等人动辄诛杀股肱之臣，不可等量齐观。刘备、孙权亦然，依现代标准，他们的行为仍不乏可议之处，但比之秦皇汉武，已然大见温和。

不同年代有不同的"温和"标准，不宜随意比较，否则，拿秦始皇将替自己造陵墓的工匠及大量嫔妃活埋于陵墓内的事实，与纳粹把大量犹太人在伪装成公共洗澡间的毒气室里毒死的行为进行比较，纳粹的行为甚至算得上"温和"。事实上，尽管汉末三国时代的残暴程度较前大有收敛，我们只要拿文明社会的通行标准加以衡量，仍然可以感受到大量冤屈。

先说些让人心绪难平的"末路英雄"吧:

太尉段颎之死,不妨用来放大东汉末年的无道。这位太尉生前颇似卫青、霍去病的合格继承者,一位真正的"征西将军",在剿平汉末最大外患西北羌乱时,屡立战功。我们知道,当年贾诩正是成功地冒充了段太尉的外甥,才免于一死。在与鲜卑人的作战中,段颎忽发奇想,伪托一封皇帝让他即日班师回营的诏书,一边佯装撤退,一边在路上设下伏兵。结果,信以为真的鲜卑人果然"哇啦哇啦"地追来,像一群冲向海洋的北欧旅鼠,正中段将军伏兵计,鲜卑人大败亏输。

"矫诏"是掉脑袋的重罪。只要事关统治,很难指望皇帝成为开明人士,皇帝眼里的头等大事,永远是警惕部下任何犯上作乱之举,哪怕策略性地运用,也严惩不贷,以儆效尤。当然,段将军打了胜仗,皇帝也不好意思下令把他处死,坐牢则免不了。另外,东汉末年的皇帝普遍不及皇家前辈来得强势狠辣,也是原因之一。

翻阅史书,必须对段将军的连续作战能力表示钦佩。段将军显然继承了骠骑将军霍去病的战场风范,他的部下据说可以在"自春及秋"的半年时间里,以"无日不战"的旺盛斗志,连续追剿入侵之敌,凯歌频传——当然,打掉史料中夸张的折扣,将"无日不战"理解成"每旬一战",依旧惊心动魄。从技术上讲,由于汉代引进了优良马种,日后又发现苜蓿喂养的马匹可以长得更加强壮,足以支撑重装骑兵的武器装备,才使得霍去病、段颎等人率马队千里奔袭大草原成为可能。

也是合当晦气,功成名就的段颎代替桥玄任太尉刚过一个月,就出现了日食。拘泥于"天人合一"之境的古人,总是下意识地将该种寻常天文现象视为"天怒"表征,每一次短暂的"天狗吞日",都会引来宫廷长时间的惶恐不安。既然皇帝不可能让出御座,太尉只能引咎辞职。这还没完,由于段颎又牵扯进别的案子,遂再次被投入大牢。这一次是死牢。他唯一享受到的太尉待遇是：不必开刀问斩，只要把送给他的那杯毒酒喝下就行了。——不知该说侥幸还是不幸，他的家族虽然没有一个接一个地人头落地，却无一例外地发配到了蛮荒的边疆。后来还是靠宦官帮忙，若干家人方被赦免还乡。

诛杀功臣，在中国历史上曾频频上演；每一次上演，都会把巨大的阴影罩上朝廷。董卓上台后，讨伐黄巾军最力的两位朝廷恩将皇甫嵩和朱儁，也立即靠边，不出两年，相继抱恨而终。

幸亏司马迁没有生活在那个时代，不然，依据司徒王允杀害大学者蔡邕的理由，我们也就读不到《史记》了。蔡邕曾被董卓一月之内连升了三次官，董卓暴尸街头后，出于那种 2 世纪的奇特书生意气，蔡邕竟然当着司徒王允的面叹息了一声（一说蔡邕竟然在那具胖大尸体面前哭号了几下）。虽然"十常侍"主政之时，蔡邕颇受排挤，郁郁不得志，但蔡邕似也不必以为，仅仅因为董卓对自己有过强盗式的"知遇之恩"，就值得为他掬一把老泪。作为一位声名显赫的史学大家，他应该知道，同情有罪者或"抚尸痛哭"，是一桩极易导致杀身之祸的行为。也许他太天真了，对自己"德高望重"的地位过于自信，他以为玩一把火，大不了多一次有惊无险的经历罢了。话说回来，清人赵翼《廿二史劄记》里有"东汉尚名节"一条，其中屡屡提及"抚尸痛哭"，甚至司徒王允本人，早年曾替一位被朝廷处死的上司刘瓆守志三年，与"抚尸痛哭"半斤八两。鲁迅曾感叹中国"一向少有敢抚哭叛徒的吊客"，这个"一向"，只能从东汉以后算起，如赵翼所感慨，"昔人以气节之盛，为世运之衰，而不知并气节而无之，其衰乃更甚也"。鲁迅所指，乃是"并气节而无之"的时代，我辈不宜以今拟古，做想当然之思。何况蔡邕并未完全看错，确有不少人在王司徒面前替他求情，可惜王允急于立威，严词拒绝。当众人试图以当年汉武帝不杀司马迁为例说服王允时，反惹得王司徒火气更盛。在他看来，正因为让司马迁活着，世间才多出一部"谤书"出来，若让蔡邕活着，谁知道他会在书中如何诽谤我王允呢？

蔡邕固然没有机会为王司徒立传，王允作为千古恶人的形象，却再也无法被历史抹去了，即使他曾成功地惩治了董卓。因为，用一种暴政替代另一种暴政，并不能使后人有所感谢，难怪罗贯中如此感叹："当时诸葛隆中卧，安肯轻身事乱臣。"——按：这里有个无伤大雅的错误，王允杀蔡邕之时，诸葛亮年方十一岁，所"卧"之处亦非隆中，更谈不上"轻身事乱臣"了。

司马迁的遭遇很难说好过蔡邕，但原因毕竟与蔡邕不同。司马迁遭受腐刑，不是因为写书，而是替朝廷眼中的问题将领李陵辩白了几句。同样，《汉书》作者班固晚年死于狱中，也是因另一桩案子的牵连，并非死于著书立说，所以其妹妹班昭决心续成《汉书》时，还得到了汉和帝的支持与赞赏。对后人来说，一朝一代的灾难总会随着时间流逝而减少破坏力，而王允致力于从根子上剿灭文化创造力的企图更加可怕。今人无法想象，若中国不曾有过写《史记》的司马迁，中华文明将失去多少传承之力。但无须想象我们也知道，自秦始皇焚书坑儒、汉武帝"罢黜百家"始，辉煌的中华文明曾一次次蒙受摧残。作为对照，古希腊、古罗马大哲柏拉图、亚里士多德、西塞罗等人的作品几乎全数保存至今，以至单单亚里士多德一人留下的著述，文字量上就足以媲美先秦诸子。

回头说说袁绍的谋士沮授。沮授之让人困惑在于，以他出色的大局观，他本可以在汉末这片畋猎场上立下不朽声名，结果，他选择了一个注定无法让他施展才华的主子，并誓死效忠。

作为汉末最能看破天下大势的奇才之一，单纯说计道谋，沮授不在荀彧、郭嘉之下，有人更将他置诸荀、郭二人之上，直接与诸葛亮相提并论。我们发现，在袁绍迈向失败的每一步之前，沮授都曾及时给出正确建议，或表示反对，或另建良策。沮授曾建议袁绍将皇帝奉迎身边，以便"挟天子以号令天下"，袁绍嫌麻烦——理由约如淳于琼所言："今迎天子，动则表闻，从之则权轻，违之则拒命"。——竟不予理睬。官渡之战前沮授表示反对，希望袁绍休养生息，厉兵秣马，等待一个更合适的机会，再一举击败曹操，执住天下之牛耳，急不可耐的袁绍仍然未加理会；即使在官渡之战正酣之际，袁绍也有很多获胜机会，沮授均曾一一看出，或者当面，或者以书牍形式告知袁绍，袁绍竟以某种只能理解为魔鬼附体的固执，一再摆手道，"非也非也"，"差矣差矣"，终致覆水难收……

沮授官渡之战前已被袁绍剥夺了大部分军权，罪名为反对战争，懈怠军心。袁绍战败后带着亲信随从八百人仓皇逃亡，把沮授弃置一边，遂使沮授被曹操俘虏。总体上极为爱才的曹操，给足了沮授面子，不仅亲自为他松绑，延之上座，还当众评价道："本初若听从阁下劝告，曹某焉有今天。有奇才辅佐却不知重用，本初焉能不败。"沮授知道，曹营中不乏因投降曹操而叱咤风云、扬名立万的例子，名将中就有张辽、徐晃，若沮授投降曹操，别说"不失封官加爵"，从此获得更大功名，也完全可能。然而，沮授见到曹操的第一句话和最后一句话竟然都是"我不向你投降"。沮授后为曹操所杀，乃是因为他执意逃奔袁绍，被曹操手下抓个正着。

仅据"士为知己者死"的理念，无法解释沮授行为。沮授原在"幽滞之士"韩馥手下任事，当初袁绍胁迫韩馥交出冀州时，沮授表示反对，举出种种理由力劝与袁绍一战，这至少说明沮授不属袁氏家族的"门生故吏"范畴。袁绍起先虽对沮授颇为信任，但后来的所作所为，已足可使沮授寒心，那么，他为什么还要执意忠诚这个对自己背信弃义的旧主子呢？

想到袁绍逃回家后的第一件事就是杀死田丰，沮授即使不为曹操擒杀，在袁绍手下能否讨得活路，也大可怀疑。何况，汉末士子原也像今天的公司白领一样，不以跳槽为非。

沮授大概爱上袁绍了吧？中国古人历来对"男风"设禁松弛，而相貌堂堂的袁绍，至少在仪表风度上，还是极具煽动性的。

当然，沮授不降也可能另有隐情，他的家族原为冀州大族，族人全在袁绍挟制之下，为确保家族不受连累，沮先生也可能慷慨赴死。一个可供对照的例子是马超，他当年明知家人以"人质"身份扣在曹操身边，仍执意与韩遂等人举事造反，导致阖族被曹操依律斩杀，依当时舆论，马超就是典型的蛇蝎心肠。

时值乱世，过于刚烈的性格，虽然有助于迅速建功立业，但命丧疆场，猝然横死，也在所不免。故中国古代有为之士，大抵属太极高手，他们兼擅阴阳，总是奋发与韬晦结合，精进与隐忍互动，若单执其一，身为主将却好勇轻生，虽可在历史星空中划过一道亮灿星光，星光过后，除了赢得后人几声唏嘘，并不能留下更多玩味的余地。

以是观之，汉末时代东吴那一对"上阵父子兵"，足称典型。在董卓一章里，我对孙坚锐不可当的骁勇本色，已略加描述。他的大儿子孙策（即"孙郎"）同样令人闻名丧胆，当真乃将门虎子，一时无双。三国鼎立之势，就东吴一面来说，早在曹、袁官渡之战时，已然粗具雏形。东吴形胜，历来属天下名郡，然此前也曾兵戈交迸，自封为土皇帝的小毛贼自也不少。孙坚、孙策早早脱颖而出，八方邀击，完全凭恃自身独具的沙场魅力，开创出一片壮丽山河，供后来的孙权稳稳经营。这一对父子的沙场名号一为"破虏"，一为"讨逆"，也名副其实得很。

孙坚是在自己最具雄鹰姿态的时候，猝然陨落的，年仅三十七岁。虽然手下兵士众多，但孙坚体内无疑充盈着独行侠的血液，相信生命来自神授（孙坚的出身，也曾被人附会出一段"山海经"来），所以他竟然匹马孤剑地追杀强敌，终于在岘山山脚，遭到暗箭伏击，寂寂惨死，"谁知霹雳火，落地竟无声"。孙策死时不仅更年轻，才二十六岁，死前的姿态也比阿父更加矫健壮美。曹操对他的称呼是"狮儿"，对他的评价是"难与争锋"。生活中的孙策除了比父亲更具幽默感外（陈寿说他"好笑语"），在孤胆英雄气上也有过之而无不及。他太年轻了，如此妙龄而竟能取得如此惊人的战绩，谁都不敢展望他的未来。所以，天命适时显示出其糅乖违、和谐于一身的结果来：孙策只能和他父亲一样，横死疆场。就像天命也曾让古希腊的亚历山大大帝于三十三岁时骤然病逝一样。

　　孙坚、孙策父子既然那么无敌天下，无人敢正面相抗，死在远远射来的暗箭之下，也就不足为怪了。冤吗？如果死亡能进入美学范畴，我们不妨从审美角度，赏析吴山下那两具遗骸。

　　若论沙场冤死，曹操著名的"兄弟将"夏侯渊，无疑算得一个。死前他是曹操镇守西北刘备防线的主将，探究他的死因，即使照《三国演义》中的说法，也不合礼数。和当年死在关公手下的颜良一样，他也是在华丽的将军麾盖下，还没来得及问一声"来将通名"，就被一个苍髯老汉一刀斩落了人头。

　　黄忠的马是从山上直冲下来的，这符合事实（罗贯中写关羽斩颜良时，也提到关羽的赤兔马跃下土山，但不符合事实，关羽斩颜良，应在某个水边渡口处）。依夏侯渊当年"虎步关前，威震陇右"的名声，突见一蹘偈老汉冲下来叫阵，他显然认为有必要了解一下对方姓甚名谁，以决定是亲自出马，还是让手下一个寻常小校对付一番了事。谁知那老头正窝着一口气，只想着在刘备面前露一手，再加地形有利，老头又确有两下子，夏侯渊这便糊里糊涂地送了命。

　　其实，夏侯渊更大的冤处还在死后。当刘备听说黄忠阵斩对方主将时，竟没有流露出起码的高兴，反而说了这样一句话："杀掉夏侯渊有什么用，要杀就杀最厉害的。"刘备指的是张郃，夏侯渊的部将。按刘备的推论，夏侯渊死，张郃的指挥权有望提升，威胁反而加大。——虽然当年谭鑫培可以把京剧《定军山》唱得震天响，在当时，刘备真正忌惮的却是机变百出的张郃。夏侯渊能不冤吗？然而，夏侯渊的冤情仍未完。若当真死于老将黄忠之手，勉强还算得"死得其所"，若稀里糊涂死在无名小卒刀下，只怕更加没有光彩。因缘凑巧，夏侯渊女儿曾嫁给张飞，与张飞所生的女儿又嫁给了阿斗，成为蜀汉皇后。夏侯渊的儿子夏侯霸日后投降蜀汉，阿斗一边指着自己儿子对夏侯霸说"我儿也是你的外甥"，一边又辩解称"卿父自遇害于行间耳，非我先人之手刃也"，等于否认了黄忠阵斩夏侯渊的事实。

再说说张郃，一位不仅让刘备忌惮，连诸葛亮都小心提防的曹魏名将，然而和夏侯渊一样，冤将命运仍然罩上他的将星。熟悉"孔明挥泪斩马谡"故事的读者都知道，街亭之败，虽可归罪于马谡用兵的可笑，但也说明了张郃极善用兵。想到街亭之役乃是导致诸葛亮出师不利的最大败因，张郃更值得我们另眼相看了。

张郃出道很早，最初也曾加入讨伐黄巾军的战团，先后当过韩馥、袁绍的部属。官渡之战时，张郃曾向袁绍提过若干合理建议，不必说，"袁绍定律"决定了这些建议的结局。张郃在袁绍大势将去前的一刹那率军投向曹操，给了袁绍致命一击。曹操显然对张郃仰慕已久，他见了张将军后的第一句话竟然是："韩信归汉了。"想到韩信乃是时人公认的千秋名将典型，尤其想到曹操并没有盲目抬举他人的习惯，这份评价便更见贵重。

然而，张郃并没有像同属降将出身的张辽、徐晃那样经常获得独当一面、自领一军的机会，苦差使倒接受了不少。在曹操行军过程中，张郃常常充当先头破敌的工作，在前方逢山开路，遇水搭桥，铲除障碍。

张飞平生打过的唯一胜仗，就是击败张郃，遂一时高兴，立了一块碑铭，上书"汉将军飞，率精卒万人，大破贼首张郃于八濛（即宕渠山），立马勒铭"。世称张飞为书法家，即以该碑为据（原碑毁于"文革"）。然这场胜仗其实无足轻重，张郃此前曾率军深入蜀地后方，转战数月，从蜀地带出了大量人口（汉末人口急剧衰减，人口也是重要的战略资源），归途中的疲惫之师遇到张飞以逸待劳的伏兵，才告失利。曹操心知肚明，故张郃败后，地位不降反升。

夏侯渊死后，为确保三军不可一日无帅，张郃被手下民意推举为夏侯渊的继任者（这事后来得到了曹操的准许），但张郃任主帅的时间并不长，曹操死后，防备西川刘备的重任先后落到曹真、司马懿身上，张郃日后再次成为司马懿的副将。

诸葛亮忌惮张郃，难不成司马懿对他也有所防备？张郃之死，同样冤屈莫名，他很可能是被司马懿以"借刀杀人"术害死的。战场上的张郃再次击败了诸葛亮，蜀军只能退却。司马懿命令张郃追击，张郃反对，理由是"诸葛亮极善用兵，虽然一时撤退，也会沿途布防。且附近一带山头林立，地形复杂，一味追击，必有凶险"。然而军令如山，司马懿怪脸一翻，张郃只能知难而上，结果，诸葛亮预先埋伏在山上的蜀兵，正好乱箭齐发（好像还是那种诸葛亮亲自设计的十支连发的强弩），张郃就地沦为一张活靶。本来，以他百战沙场的经验，追逐敌人时必定会保持弓箭的射距距离，但他没能料到诸葛亮已经有了新的发明，射距突然增长了许多。他只好死在这件新式武器上。又听说，张郃只是膝部中箭，膝部中箭怎么会当场死去呢？这一缕小小的疑云，并不能改变张郃屈死的命运——其实，张郃也是一位儒将，通晓经学，在军营中每每与部下"歌雅投壶"。

若结合罗贯中的编派，蜀国名将魏延受到的冤屈，远较夏侯渊和张部来得深重，引人同情之处，也更强烈。罗贯中竟然对这位忠心蜀汉的将领，外科手术般造作出脑后一段"反骨"来。《三国志》曾提及魏延"梦头上生角"，遂请教蜀国的占卜官赵直，赵直当面哄魏延道："夫麒麟有角而不用，此不战而贼欲自破之象也。"私下却认为："角之为字，刀下用也，头上用刀，其凶甚矣。"我猜，这大概就是罗贯中的灵感来源。作为当年被刘备亲手提拔上来的牙门将，魏延很快证明了自己的才能。可惜魏延在刘备手下时间短，在诸葛亮手下时间长，我们由此发现，就在诸葛亮与司马懿在陇西拉锯般交战之际，两人手下同时都有一位出色将军，体味着某种壮志不得伸的生命状态。

张郃好在还有一个街亭大捷可供夸口，同样渴望建立战功的魏延，连一次像样的作战机会都没有从诸葛亮手上领到。诸葛亮每次北伐，魏延都希望自领一支万人大军，像当年韩信那样，与诸葛亮在潼关会合，诸葛亮每次都加以拒绝。于是，就在张郃私下抱怨司马懿怕诸葛亮之时，魏延也牢骚满腹地认为"诸葛亮胆小"，令自己奇志难伸。

诸葛亮第一次出祁山，有过一个千载难逢的机会，即使不能一举克成大功，至少有望将长安并入蜀地。当时魏国派驻边防的安西将军夏侯楙乃曹操大女婿，"素无武略""又多蓄妾"，因着与魏文帝曹丕的关系，才获得这个苟守一方重镇的职位。魏延觑准此一机缘，大胆向诸葛亮提议道："给我五千人，自带粮草，循秦岭以东疾进，不出十日可到长安。胆怯的夏侯楙见我蜀兵天降，必然仓皇而逃。曹叡若想率军亲征，最起码也得二十几天，丞相已可先期到达。这样，咸阳以西可一举而定。"

不少学者认为：魏延的计划虽然冒险，但成功的可能性极大，因为他对当时敌我形势及当地特殊地形的判断都是非常准确的。考虑到后来蜀国灭于魏国之手，乃是由于魏国大将邓艾采取了相似的"奇险"战略，诸葛亮对魏延提议的否决，只能让我们深感遗憾了。

　　能与诸葛亮共事，即使对所有人都是无比荣幸的奇遇，对魏延实在是宿命的打击。刘备信任魏延而警惕马谡，诸葛亮信任马谡而防范魏延，由此可见两人识拔人才上的优劣。魏延心比天高，当年刘备任命他为汉中太守重任时，魏延曾以气贯长虹的口气对刘备拍胸脯担保道："若曹操举天下而来，请为大王拒之；偏将十万之众至，请为大王吞之。"

　　想到蜀国赖以威世的成名大将除赵云外都已谢世，后继的张嶷、张翼、马忠尚未成熟，人才正处于严重的青黄不接之时。在诸葛亮时期除降将王平、姜维外，几乎没有拿得出手的将才。生性本就孤傲的魏延，也就更有理由白眼向天，冷眼瞧人了。诸葛亮的死，在魏延看来不啻为一次天降机遇，他正可借此施展抱负，大展雄才。"什么？仅仅因为一人去世，就要改变国家大事？丞相去世，不还有我魏延在吗？"由于诸葛亮临终遗命是要大军退兵，命令魏延断后，姜维任二线防守，杨仪与费祎主导军队回撤。杨仪乃魏延的死对头，两人经常公开发生冲突，魏延认为自己军职为"前军征西大将军"，乃是北伐首席大将，如今反而要受自己瞧不起的杨仪辖制，他实在咽不下这口气。魏延决定单独行动了。投降魏国？不，他正想以实际行动告诉蜀国父老：谁才是真正能胜利北伐的人。

　　两个小人（杨仪和费祎）与一介武夫（马岱）合谋，再加上士兵大量开小差，终于把魏延暗算了。

　　若天命安排魏延在曹操手下，他会杀出一片怎样的沙场景观呢？历史虽容不得假设，但想想也不坏。

　　大将于禁，其英雄末路的心态，可悲复可怜。他是被曹操一手从步伍中提拔上来的，与张辽、徐晃、张郃等人齐名，并称为曹营名将。当年何其擅长治兵，可说有周亚夫之风。一次，为了严肃军纪，当曹操手下归夏侯惇调度的"青州兵"趁着战乱间隙胡作非为，对百姓肆意劫掠时，他不顾夏侯惇在曹营中的特殊地位，毅然驱军上前，就地正法。

"于禁谋反了"，所有人都在如此传言，不明就里的曹操，惊慌之下准备亲自前来问罪，却见于禁不慌不忙，先在外围布置好防备敌人偷袭的阵势，再来到曹操面前，从容解释原委。这一刻，曹操为手下有这样的将领，内心蓄满自豪。后来关羽围困曹仁，曹操亲自点将，让于禁出马。曹操几乎没有怀疑于禁战胜关羽的能力，更谈不上怀疑于禁的忠诚。那是一个秋天，汉水突发大水。在不期而遇的滔滔洪水面前，于禁瞬时丧失了一名战将的斗志，也失去了当年周亚夫般的治军才能，他的兵力不在关羽之下，却以洪水溃散之势刹那瓦解，他自己也向倨傲的关羽屈下膝来，成就了关云长"水淹七军"的威名。对于在刀尖上讨生活的古代将领来说，活成咋样，终究不及死成咋样。

孙权袭杀关羽之后，于禁作为关羽的俘虏同时获救。为讨好曹魏，孙权给予于禁极高礼遇，让他在路上与自己并驾齐驱，立刻就有唾沫和恶语扑向他的面门："无耻败将，你也配和我们主公站在一起。"于禁回到魏国时，已判若两人，面容枯槁，神情颓败。魏文帝曹丕表面上安抚他几句，私下里却派人在曹操陵堂里画上一组壁画，将关羽连胜、庞德愤怒、于禁投降的场面，一一再现，然后安排于禁前去参观。无尽的羞愧，不出几天，就把于禁折磨至死。

于禁的投降其实合乎今义：放下武器，不再对抗，并未倒戈附敌。中国古人的投降观确有蒙昧之处，但曹丕的做法，说起来倒也另有一番理由：当年于禁讨伐昌豨，昌豨原是于禁旧友，情急投降，于禁以所谓"围而后降者不赦"的堂皇理由，边抹眼泪边斩昌豨，时人咸视为装腔作势，曹操还感叹昌豨为何不向自己投降，言外之意当然是，我曹某会放你一条生路。关羽曾"围而后降"，曹操非但不怪罪，还大加礼敬。故曹丕厌恶于禁，与此有关：既然你对昌豨一本正经"奉法行令"，自己就不该围而乞降。

个人早晚行迹的判若两端，虽然永远能引起世人的好奇，但作为一种生命形态却未必是反常的。

汉末名将中死得最可笑、最名不副实的，莫过于颜良、文丑。两人此前曾被袁绍爆炒得仿佛当世一等一的高手，结果，颜良生命的全部价值，仅仅为了完成对关羽的烘托；文丑更丢人现眼，罗贯中曾在小说中将文丑处理成死于关羽青龙刀下。从小说立场来看，这一两面讨好的笔法无可非议：既加强了关羽的神勇，又使文丑死得合乎身份，但实情是，文丑之死不仅与关羽无关，也与大破文丑军的徐晃无关，他很可能死在杂七杂八的乱刀或乱箭之下。附带一说，古代战将的沙场战死，十之八九与弓箭有关，弓箭乃当时最具杀伤力的武器，至于演义小说里的多回合厮杀，不过写得好看罢了。

汉末诸侯中，死得最惨烈的，无疑属公孙瓒；死得最荒诞的，自非袁术莫属。袁术当年为避开董卓的迫害，与袁绍、曹操同时逃离洛阳，路经南阳时，正逢上长沙太守孙坚诛杀了当地太守张咨，袁术遂坐享其成，将一座有着数百万人口的大郡据为己有。"四世三公，门生故吏遍天下"的社会优势，想来在其中起到了极大的促进作用。这一番基业袁术得来全不费工夫，随之就想入非非起来。

孙坚攻占洛阳后获得一块传国玺，袁术不择手段地弄到手中之后，便盘算起天命来。战场上的袁术屡战屡败，但他本钱雄厚，输得起，即使兵士一个个饥馁交加，他照样异想天开地要做皇帝。袁术死前，正逢酷暑，这具刚刚学会用"朕"开口讲话的行尸走肉，突然回光返照地来了点食欲，遂命下人到厨房里给他弄点甜食来。厨房里除了所剩无几的一些麦屑，哪儿还有东西可供果腹。"朕活该落得这个下场吗？"袁术用尽最后一丝气力，向老天爷挣扎出这声天问，随即瘫伏在床的一侧，污秽的血，流满一地。

邓艾、钟会、姜维，三人均在事业堪堪达到巅峰之时，戛然而止。邓艾，这位古今第一口吃名将兼水利专家，显然死于同僚钟会的陷害。在此之前，时年六十七岁的邓艾，以惊世胆量，用不足万人的兵力，偷渡阴平，一举攻陷一座尚武之国，堪称绝无仅有。毕竟，西蜀非春秋小国可比，它共有22个郡，131个县，覆灭时仅官吏就有4万人。考邓艾为人，应无叛国之心，他只是过于想仿效古时名将所谓"将在外，君命有所不受"的做法，在处理蜀国投降事宜上显得自说自话，矜伐自得。居功自傲就像"见钱眼开"或"一阔脸就变"，虽讨嫌，究属人之常情。古人往往无力区分讨嫌与恶行的界限，将道德上的亏欠、礼仪上的疏漏径视为法律上的罪愆。低调固然是一种更好的腔调，高调也不是死罪。邓艾的可悲在于，他仅仅因为没有达到居功而不恃的圣贤标准，就横受疑忌。在大人物司马昭面前，疑忌与杀头，是一回事。再加钟会的蓄意诬告，遂被押回都城受审，不幸半道上遭到旧部劫杀。

钟会，这位当年在嵇康面前碰了一鼻子灰的半吊子文士，属于那种虽值得重视但永远有人比他更值得重视的可怜虫。因家学渊源，他的文章、术数、儒学、玄学、书法，都颇有名气，但成就有限。他还有些上不了台面的绝活，比如从书法家父亲钟繇处学得一手好书法，却没把它用在正道上，只是一味模仿他人笔迹。据说，他通过模仿笔迹窃得他人一处房产。由于他距真正的天才尚缺一口真气，便在心里生出一腔恶气怨气，当邓艾获得旷世战功之时，钟会的嫉妒心也同步放大。传闻，恺撒看见马其顿王亚历山大的塑像时，痛哭失声。哭泣中包含着忌妒：旷世战功已被亚历山大一人所得，留给恺撒的人生空间无几，他能不哭吗？同理，钟会见邓艾独揽大功，亦生大悲。恺撒与亚历山大非同时代人，故哭声中仍包含致敬，钟会与邓艾处于同时竞争状态，更加势不两立，两眼充血。绝世战功是有稀缺性的，名将声名必赖绝世战功而立，绝世战功又必赖绝顶机遇，机不可失，时不我与。邓艾大功告成，等于宣告钟会白忙一场，他当然切齿痛恨。

将领间的猜忌，从来不亚于情妇间的忌妒，理由亦然：竞争对象具有唯一性。一争那个唯一的男人，一争那片唯一的战场。钟会当年既会进谗言谋害嵇康，此时再进一词，将唯一的劲敌邓艾暗算了，也就不值得惊讶，何况，他恰可因"世无雄才"之故，一举"竖子成名"。他拒绝班师回朝了，与蜀汉假意投降的名将姜维一度俨若莫逆之交，脑子里还想着"顶不济也能做一个刘备"，便在蜀汉的首府成都安营扎寨了。结果，他因确凿无疑的叛乱罪，遭到了比邓艾更惨的结局。

姜维原是曹魏将领，投降诸葛亮后，专心蜀汉。他深受诸葛亮器重，但能力未必出众。但是，在蜀汉濒临灭绝的节骨眼上，他灵机一动，拟想了一个石破天惊的计划。该计划共分四个步骤：第一步，借钟会之力拿下邓艾。第二步，纯凭口舌，诱导钟会的"异志"，以便完成蜀汉用军队都无法完成的任务。第三步，再借钟会之力，坑杀魏国将领。第四步是最终曲：诛钟会，驱魏兵，恭请刘禅还宫，完成复国大业。若计划全盘完成，姜维将以一个传奇英雄的名字，长留青史。可惜，计划达成一半，姜维即因魏国兵士发难而猝然殒命。

"他灵魂的欲望就是他命运的先知。"这是美国诗人型大法官霍姆斯的隽语，语妙通神。邓艾、钟会、姜维，一时三杰，意气鹰扬。三人中任一人，只要略加收敛，均无取死之由，而竟一一蒙难，死不旋踵，无他，灵魂的欲望逾于常人之故也。

三杰中邓艾最为冤屈，他确无反心，唯自我评价过当，功名之心逾恒，导致举止违礼，无端取祸。钟会异志大炽，心念大乱，有非凡之欲望而乏老辣之见识，审时不足，度势无力，左脚上姜维之贼船，右腿入司马昭之裤裆，终致死于非命。姜维心雄万夫，胆大包天，若幸而功成，当笑武侯、邓艾为等闲；惜志高于才，心过于智，胆大于略，惊天逆袭，徒成画饼。邓艾可悯，钟会可鄙，姜维可叹。上苍予其才而不馈其智，馈其智而不助其力，助其力而不与之时，与之时而不赐其运，悲夫！

属于英雄的幸运，就是死得其时，死得其所，反之，辄成悲剧英雄的宿命。塞涅卡说："幸运的好处令人向往，厄运的好处叫人惊奇。"

不管怎么说，随着这三位意欲整理旧山河的名将相继死于非命，三国故事也就结束了。

十六　汉末三国的女人

　　英雄辈出的年代，若没有美人出没其中，谁都会觉得扫兴。这不，从"庭院深深深几许"的历史帷幕中，袅袅转出一个，她的芳名叫貂蝉。

　　我们在罗贯中《三国演义》中看到她的依稀影像，这个据说可以让月亮羞惭的绝色女子——古人以"沉鱼落雁""闭月羞花"来分别形容四位美女，想象力真是奔放，在他们眼里，美是一种自然力——作为汉末第一条好汉吕布的妻子，倒也贴合人们的审美习惯，一如范蠡配西施，项羽对虞姬。但是，若我们信赖罗贯中的描述，循着他的怪诞笔墨试图还原貂蝉，我们看到的这个女人，不仅相当可疑，毋宁还有点可怕。

　　漂亮的姑娘永远"年方二八"，貂蝉也不例外。作为司徒王允府上的一个歌伎，她谈不上有何社会地位，王允纵以"亲女待之"，也难以使她的身份获得实质性提高，何况，王司徒对她的称呼乃是"贱人"。称呼"亲女"为"贱人"，肯定不合地球人的情理法度。罗贯中不假思索地就把大量滥调美德赋予貂蝉，如谓貂蝉从不敢有儿女私情，俨然不食人间烟火的天使。按说，这样一个"养在深闺人未识"、拥有一张吹弹得破的脸蛋、从未有过人生历练的姑娘，我们不该对她的见识抱有任何奢望。谁知罗贯中告诉我们，差矣，这位蝉姑娘不仅深明大义，还格外擅长观察，能够从王司徒的长吁短叹中立刻分辨出"国家大事"，遂

在涉及卞氏这位太后级女人，我怀疑古人执笔记述时，笔墨有点颤抖，所以我们见到的尽是些高风亮节的行为，而较少符合生活实情的内容

愿意为天下生灵免于涂炭计，不惜"死于万刃之下"。

　　从罗贯中无法自圆其说的叙述中，我们倒凑巧看出貂蝉的人性来，只是这份"人性"过于突兀，对女性的贬低过于露骨。接下来我们看到，这个天使般的姑娘立刻显出通常只有在春香楼或长三堂子里混迹四五年的风尘女子方能具备的风骚才情。她时而对董卓投怀送抱，时而对吕布暗送秋波，挑惹煽情之烈，分寸拿捏之准，"故蹙双眉，做忧愁不乐之状，复以香罗频拭眼泪"的那一整套春娘模式，俱让人昏昏欲倒。难道女人当真都是"水性杨花"，只要王司徒一声令下，就可无师自通地同时周旋于两个老辣男人身边，自己又不露丝毫破绽？这是奇怪的，我以为，只有文学上的色盲，读完小说后才可能拜倒在貂蝉的石榴裙下。细看，貂蝉的一颦一笑，无不踩准步点，然貂蝉何以具此超级狐媚神通，书中无一语涉及。貂蝉就像一个依电脑程序精确运行的数字化人物，从不犯错，从不紧张，只说此际最该说的话，只做此际最该做的事，无论身处何种险境，心思无纤毫紊乱，举止无些微惊恐，可以一边把腰肢扭成杨柳，一边保持八风不动——后者其实是在精神上征服地心引力。看上去，克格勃、中情局或军情六处培养的价值三千万美元的超级特工，较蝉姑娘都大有不及。貂蝉就像一个从未展示过游泳水准的人，突然以一种"反身转体三周半"的优雅动作跃入水中，压水花的技术完美无缺。

　　奥黛丽·赫本在电影《谜中谜》（*Charade*）里说过一句台词，"女人天生是最好的间谍"，但我们还是不必当真。貂蝉无懈可击，唯独缺了点血肉气。看来，写深写活一个女人，这份能力罗贯中并不具备。有心将《三国演义》与陈寿、裴松之《三国志》做比较的读者不难发现，罗贯中虽是小说大家，虚构人物的能力恰恰不够高明，他笔下的人物不仅史书上多有记载，所选细节，大多可在史料中找到出处。罗贯中的高明在于裁剪之功，而非别有创造。倘如此，貂蝉影像的严重失真，我们就不必过于计较了，何况，煞风景的是，历史上并无其人，她的名字和芳容只是很晚才出现在《三国志平话》之类作品中的。吕布确曾调戏过董卓一个婢女，但该婢女不是貂蝉，与王司徒亦无关系。据说，"貂蝉"原本只是汉朝后宫里的一种女官名，不是人名。

所以，别去管貂蝉到底姓"刁"还是姓"任"（有人曾这样考证过），我们设法打量几个真实女子吧。

三国时期没有花木兰，没有穆桂英，试图从刀剑相交的战场上找到女人影踪，显然有点困难。但"祸水型"女人，好像也有几个。

董卓死后，由于王允的固执和贾诩唯恐天下不乱的出谋划策，致使董卓两个部下李傕和郭汜继续作恶。但战争的升级、战火的加剧，恐怕又与郭汜妻子有关。李、郭二人本来交情不错，有着某种土匪式的深厚情谊，李傕经常设酒宴招待郭汜，郭汜喝醉后便睡在李家。时间长了，再加李傕家几个婢女长得颇为招人，郭妻醋意大炽，遂挑拨起两人关系。这女人挑拨起来不留余地，专朝死里整，她多半做了番手脚，结果使郭汜相信，李傕送给自己的酒里有毒。

李傕真要谋害郭汜，在自家院子里，在郭汜酩酊大醉的时候动手，不更简单？为什么反要在郭汜离开时，再在酒里下毒呢？

李傕、郭汜都是死脑子，他俩还和死去的主子董卓一样，都颇为迷信。于是，两人反目成仇，在长安城里"乒乒乓乓"地打将起来，然后打到长安城外……

一缕战争时期的枕边风，就此燎原成失控的战火。

吕布为曹操所擒，这是迟早的事，能力上的悬殊，已使两人对抗成为胜负几可预判的不平等比赛，唯一的悬念取决于吕布能坚持几个回合，好比赌博公司开出的盘口是曹操受让半球还是两球。勇不可当的吕布当然可以再坚持几个回合，如果他娇滴滴的妻子严氏——不是貂蝉——不再以一种令吕布无法抗拒的眼神凝视着他。吕布弓马好手，但显然缺乏大英雄的沉着与坚韧，大敌当前，几番极具个人表现主义色彩的恃勇斗狠（如将女儿用棉布绑在马上，准备突出曹操重围后向袁术先完婚，再求援）又都无功而返，终于摧毁了吕布的气概。

试把焦点对准赤兔马上的吕布女儿，揣测她此时扑腾鹿撞的心情，也颇为有趣。由于吕布先前曾拒绝袁术求亲，如今吕布被围，为示诚意，只好亲自策马送女，所以胯下这匹汉末第一名驹，对她也具有"花轿"含义。这小丫头不管头脑如何简单，毕竟，她是在一场聚集了当世最多英雄的激烈突围中，一面为父亲担惊受怕，一面为自己遐想前程的。她当时所处场景，颇似古希腊特洛伊的美女海伦，虽然她并不需要为战争承担责任……

再看吕布，美人裙下，英雄气短，确是吕布真实写照。他整天瞧着自己"清减了小腰围"的妻子，仿佛雾里看花，水中望月，自己终于也消瘦下来。他下令禁酒，自己却陪着严氏，无穷无尽地喝着闷酒。吕布不思进取了，只要严氏时而一声啼哭，时而一下娇喘，他即刻丧失判断能力，任凭曹军把自己围得水泄不通，飞鸟难出。英雄的颓唐，端在美人那"执手相看泪眼，竟无语凝噎"的脉脉一视中。

提到吕布女儿，顺便想到董卓孙女董白。电影《教父》中的黑手党首领老堂·柯里昂，临死前曾在孙子面前表现得格外慈祥，比柯里昂暴虐百倍的董卓，宠爱起孙女来，只会表现得更加漫无节制。为了护送渭阳君——董卓赐给孙女的封号——回到郿坞，董卓举行了一次盛大的游行仪式，我估计埃及女王克莉奥佩特拉来到罗马时，享受待遇也不过如此。小白坐在金光鎏亮的马车上，为她引导的，皆是都尉、中郎将、刺史级别的大官。郿坞也特地砌起一座周宽二丈余，高五六尺的亭台，供小白拾级登临……

可怜的小白，她不谙世事的心灵，将如何承受这个不伦不类的待遇呢？虽然史官们不耐烦一一介绍董卓家人的死况，但董卓死后，当王司徒抄没董卓家财的军队浩浩荡荡地向郿坞开来之际，小白之死已不可避免。

袁绍与刘表，下场相同，处境相似。两人皆因宠爱某个小老婆，而在选择继承人时铸下大错。两人死后，儿子皆争执不休，正好被曹操各个击破。这又是女人的艳情扰乱了英雄心，从而改变了沙场格局，左右了战争成败。

相较之下，曹操妻子卞氏，颇可称道。先说说曹操另几位妻子。

曹操结发妻子姓丁，史载她不能生育。曹操又娶刘氏为妻，刘氏生长子曹昂及清河长公主。由于刘氏早亡，丁氏便将自己无从宣泄的母爱，泼洒在曹昂身上。自曹昂随曹操征张绣阵亡以后，丁夫人整天以泪洗面，捶胸顿足，竟似有点神经错乱。曹操让她回娘家清醒一下。一年后（或三个月后），曹操去丈母娘家，准备把丁氏接回去。如果放纵一下想象力，这里我们看到一幕与电影《简·爱》中罗切斯特在阁楼上探望疯妻子颇为相似的场景：曹操站在结发妻子身后，丁夫人坐在织布机前，茫然无觉，继续"咿咿呀呀"地织着布匹。"愿意和我乘同一辆马车回家吗？"曹操问，顺便把手搁在夫人肩上。这女人仿佛丧失了身体感知能力，她既不推开曹操的手，也不回答。曹操叹了口气，像哈姆雷特那样倒退着走到门口。"真的不顾及夫妻情义了吗？"曹操又问，回答他的仍是无尽的"唧唧复唧唧"。

曹操当即告诉丈人："替你女儿另外找个好人吧。"独自离去。

回家后，曹操便将第三个妻子卞氏，册立为正室。

后话是，因畏惧曹操权势，丁氏父母到底没敢再替女儿找婆家。东汉大才女班昭撰过一卷《女诫》，内云："夫有再娶之义，妇无二适之文。……故《女宪》曰：'得意一人，是谓永毕；失意一人，是谓永讫。'"

　　和曹操一样，卞氏出身也不算好，但对她的干练才能和出众美德，曹操早已心悦诚服。曹操年轻时在洛阳任北部尉，身边只有卞氏一人。后董卓作乱，欲捉拿曹操，曹操仓皇之下只顾自己单身逃命，把妻子和手下兵士撂在了洛阳。当时袁术到处散布"曹操已死"的谣言，曹操下属也商量着散伙。那是战争时期，兵士开小差原是家常便饭，更别说在这主将下落不明的特殊时刻了。卞氏挺身而出，严词责备他们背信弃义，在没有得到主帅正式消息之前，就想撒腿开溜。士兵羞愧了，他们重新回到营地，接受卞氏调度。卞氏就此替夫君保留下一支人马。对当时急欲起兵讨伐董卓的曹操，这些人数不多的老下属，弥足珍贵。当然最令曹操满意的，是他借此看到卞氏的出色。

　　卞氏毫无疑问还是一位伟大母亲，她与曹操结合，生养出三个鹤立鸡群的儿子：曹丕、曹彰和曹植。虽然三个儿子的成就中，也有曹操的教育之功，但卞氏抚育有方，想来也是实情。古人有"君子不亲教其子"之教，曹操戎马倥偬，四海为家，也缺乏教育子女的闲暇。

　　作为女人，卞氏得享夫贵妻荣，但她并不想用自己的主张去干涉夫君。尽管强有力的曹操本来也不太可能受妻子支使，但卞氏谦退本分的性情，的确没有因地位腾达而发生变化。与曹操一件袍子往往穿上十年一样，卞氏生活上的节俭，同样令人称道。曹操在外征战获胜，偶尔会弄些好玩的战利品，让妻子挑选。卞氏仿佛压根儿没有女人物质上的虚荣心，若让她三里挑一，她总是挑不好不坏的一件。曹操不解："为什么不拿最好的？""拿最好的说明我贪婪，拿最差的说明我虚伪，所以，我拿不好不坏的吧。"

　　在涉及卞氏这位太后级女人时，我怀疑古人执笔记述时，笔墨有点颤抖，所以我们见到的尽是些高风亮节的行为，而较少符合生活实情的内容。如说卞氏在与曹操一起出征的路上，见到白发老人，必一边送些衣物，一边不住地抹眼泪，对之涕泣说："恨父母不能等到我奉养啊！"当儿子曹丕被立为太子，下人打趣让她请客时，她的回答实在也过于宠辱无惊："我只要没有教坏孩子，就心满意足了。"曹操听说后，曾这样评价妻子："怒不变容，喜不失节，她做到了女人最不容易做到的事。"

汉末三国女人，即使贵为皇后太后，下场往往也很凄惨。宫廷里被鸩杀赐死乃至当场被一剑穿心，也不在少数。比如曹丕妻子甄氏，虽曾被看相的瞧出有"贵不可及"之相，命运仍然只能用不幸来概括。她先是成为袁绍儿子袁熙的媳妇，丈夫兵败，她披头散发，趴在婆婆膝上嘤嘤哭泣。然因"蓬头垢面，不掩国色"，她被率先冲进内府的曹丕看上了，几乎是不由自主地被曹丕弄上了床。——传说，曹家三雄，都曾看上这个女人。曹操甚至认为自己攻下邺城，就是为了这个女人；至于曹植，他惊才绝艳的《洛神赋》，原型也可能取自甄妃。

这女人既有倾国倾城貌，也有多愁多病身，此外她很可能还是个"冷美人"。有件事，古人作为美德来歌颂，我却从中看出傻来。在她本该是个欢蹦乱跳的女孩之时，有一次有人在街上表演马术，场地正好在甄家窗下。众姊妹都挤到窗前瞧热闹，唯独这位甄姑娘，表情冷漠，一脸不屑。"你快来看呀，真好玩。"众姊妹说。"这种东西是女孩子家看的吗？"甄氏回答。班昭《女诫》提到"妇功"，有"专心纺绩，不好戏笑"之劝，甄氏想必从小就身体力行。

曹丕讨来这个老婆，多半无趣得紧。在成为魏文帝之后，为效法黄帝"子孙蕃育"，便也"广求淑媛"起来。甄氏虽没有林黛玉葬花的雅兴，也不敢公然顶撞自己贵为皇帝的夫君，但一张冷脸在曹丕面前端进端出，想来总是难免。结果怎么样呢？还能怎样，曹丕纵然极富文士风华，这时还是露出一副狞恶的暴君嘴脸，用一杯毒酒把她杀了。据说，甄夫人死状甚惨："殡时被发覆面，以糠塞口。"

曹植妻子当年被曹操"赐死"，就更悲惨些。这姑娘干了什么坏事，以至非得被人夺去一缕香魂呢？唉，为了讨自己风华绝代的丈夫欢心，她穿上了一件漂亮华服，正在曹植面前转着圈子，不料被此时"无言独上西楼"的曹操远远觑见。由于曹操素来节俭，严禁家人穿戴绫罗绸缎，又兼当时曹操正对曹植一肚子没好气，一声令下，一位爱美女性命赴黄泉。当然，这么说难免失之简单，想必还有些我们不得其详的隐情，合力制造了这起冤案。

由于郭沫若的贡献，后人熟知了蔡文姬的故事。这姑娘极有才华，能够凭记忆默诵出父亲蔡邕的绝大多数作品，但命运相当蹉跎困顿。先是被羌人掳往蛮荒之地，被曹操重金赎回后不久，丈夫（一个壮丁型男人，注定不能令文姬衷心欢喜）又不慎触犯了曹操王法。谢天谢地，曹操难得地破例赦免，并鼓励蔡文姬在家里继续父亲的学术工作。蔡文姬晚年的生活，大概还算平静的。仅此而已，幸福则无从谈起。

江东二乔，这是两个我们确信存在过的三国美女，但红颜薄命的规律，依旧没有成为例外。她们的丈夫孙策和周瑜固然风流倜傥，属一时之选，但两人俱英年早逝，留给这对美貌姊妹的，只能是加倍的伤逝之情了。孙策当年曾得意扬扬地对周瑜说："乔公能找到咱们这一对乘龙快婿，也算他三生有福了。"但这双美人早早成为寡妇，又必须恪守班昭"妇无二适之文"的严命，实不知福将安归。附带一说，班昭本人也早早守寡。

汉末三国，对渴望建功立业的男人是一次次天赐良机，对女人则意味着一个接一个的灾难。据说（似为周作人的意见），欲了解一个男人的道德修养，最好的方法就是看其"妇女观"。那么，欲判断一个时代的文明水准，是否也能依据这一标准？如可行，则这个英雄世纪，与它以前的所有世代一样，也同属文明灭裂的时代。中国古人甚至还歌颂过这样的将领，为了使兵士不致饿死，他杀死了自己的妻子。

魏文帝曹丕即位第三年，颁布了一项《禁妇人与政诏》，诏曰：

> 夫妇人与政，乱之本也。自今以后，君臣不得奏事太后，后族之家不得当辅政之任，又不得横受茅土之爵。以此诏传后世，若有违背，天下共诛之。

曹丕也太过分了，你剥夺妇女参政之权倒也罢了，缘何还要将"乱之本"这顶凶恶帽子送给她们戴呢？鲁迅在《关于女人》中写道："这社会制度把她挤成了各种各样的奴隶，还要把种种罪名加在她头上。西汉末年，女人的'堕马髻''愁眉啼妆'，也说是亡国之兆。其实亡汉的何尝是女人！不过，只要看有人出来唉声叹气的不满意女人的装束，我们就知道当时统治阶级的情形，大概有些不妙了。"说得真是到位。

《三国演义》中有个名叫刘安的猎户，为招待刘备，竟把妻子当成牛羊宰杀。刘安在书中被说成"少年"，妻子当属新妇。罗贯中这个虚构虽再次让人不敢恭维，却又从一个侧面，说明了汉末妇女的集体命运。乱世出英雄，诚然；乱世出怨女，亦然。

"为人莫作妇人身，百年苦乐由他人。"白乐天的哀叹，竟像是对汉末三国妇女而发。

十七　文学的虚实与历史的曲直

三国是一个被谈论得太多的时代，也是被误解得最深的时代。三国中人，大抵盖棺而不能论定，彼等身后的升迁荣辱，甚至较生前的戎马岁月更动荡不定，也更富戏剧性。设若有一艘时间潜艇将这班好汉运抵当今，读着由一位名叫罗贯中的后人为他们撰写的集体传记，真不知生何感想。

诸葛亮多半会被自己的绝顶智慧弄得目瞪口呆，一俟看到自己竟沦为一仗剑作法的妖道而在七星坛上咒语喃喃，胡乱祭风，大掠周郎之美，或许一羞之下便拂袖而去。随之离席的还有借口"如厕"的东吴谋士鲁肃，这位"体貌魁奇，少有壮节"的"狂夫"型儒将，实在无法接受小说里那位也叫"鲁子敬"的孱头。张飞照例在哈哈大笑，只管用大碗喝着"人头马"；关羽，这个极度自负的美髯将军一边暗叫惭愧，一边寻思着哪天去给罗贯中老弟多多备上猪头三牲，上一回坟去，谁知一出门便受到当代同性恋者的强烈追捧；曹操沉默无言，只顾嚼着口香糖，眼神里布满"何以解忧，唯有杜康"般的憔悴。

如果个中闹出人命的话，多半便是周瑜了，这位风流倜傥、气宇轩昂的东吴大都督，纵然从不曾在"诸葛村夫"手下受过气，这次怕要因罗贯中的无端编派而气绝身亡了。因为，说周公瑾气量褊狭，本来就和

三国是一个被谈论得太多的时代，也是被误解得最深的时代。三国中人，大抵盖棺而不能论定，彼等身后的升迁荣辱，甚至较生前的戎马岁月更动荡不定，也更富戏剧性。设若有一艘时间潜艇将这班好汉运抵当今，读着由一位名叫罗贯中的后人为他们撰写的集体传记，真不知生何感想

说诸葛亮智力平平一样离谱。昔东吴老将程普，仗着三朝元老身份，对周大都督不理不睬，搭足了架子，公瑾天性豁达，不念旧恶，遂重演了一出三国版的"将相和"，致使程普慨然有叹："与周公瑾交，若饮醇醪，不觉自醉。"

三国故事肇始于西晋陈寿的《三国志》，该书"古今訾謷者非一"（王士禛语）。誉之者如叶适标举为"笔高处逼司马迁，但少文义缘饰，终胜班固"，可谓一人之下，万人之上；诃之者即如渔洋山人，至若认为一本我莫识其名的歆人撰写的《季汉书》，较陈著"不唯名正言顺，抑且文词斐然"（《池北偶谈》卷十六）。

陈寿虽为蜀人，一度在蜀地为官，但考《三国志》立场，仍以魏为正统，对曹操及手下众多谋臣武将，着墨既夥，也多褒扬之词。陈寿撰书时，世间已有《魏书》《吴书》可资取材，独蜀国无史，但这未必便是《三国志》中《蜀书》篇幅最弱的原因。我们发现，在这位大半辈子生活在三国时代的谯周后人眼里，如关云长、张翼德、赵子龙等辈并不被特别看重，对诸葛孔明也非一味赞誉，"应变将略，非其所长"的判词，着实让后人心惊。

又百余年后裴松之出，此公鉴于陈寿选材过苛（一方面也是陈寿所能依据的史料当时不过区区三种，由是亦可见叶适所谓"[裴]注之所载，皆寿弃余"之不确），遂立志增补。裴松之本着"寿所不载，事宜存录者，则罔不毕收以补其阙"的雄心，参较各类著述210种，以超出原著数倍的篇幅，终使自己获得了几可与陈寿共享署名权的荣誉。虽然裴松之在注中不时指谬辨疑，总体上仍可把他看成一位囫囵吞枣型的资料收集者；因了他这份辛勤的罗列，我们顺便知道民间的三国热，非自罗贯中《三国志通俗演义》始。

曹操形象的嬗变在裴注中已露端倪。盖正始玄风吹拂下的魏晋士大夫在月旦士林、臧否人物上自有一份独特的睿智、宽容和超然，不似后世只知将人判为或善或恶、壁垒分明的两极，是以曹操之名尚可在奸雄与英雄之间游移。

曹操奸相品格的定位至少在有宋一朝已成铁论，不仅孩子都会"闻曹操败，则喜唱快"（《东坡志林》），其人因是"汉鬼蜮"，抑且为"君子所不道"（洪迈《容斋随笔》卷十二）；而当朱熹《通鉴纲目》中正式确定"帝蜀寇魏"立场时，曹操的奸相也就只能毕露了；他在去自己千余年的罗贯中笔下沦为古今第一奸人，实在也是无可奈何之事。

罗贯中当年着手处理三国故事时，掌握的书籍及民间说唱资料（主要是《三国志平话》）已非常丰富，结构上的经营布局较之人物事件上的模拟虚构也更为棘手和切要。罗贯中有横空出世之才，《三国演义》规制雄奇，大开大合，小说气势已不逊于描绘的时代。塑造人物匹似顾恺之为人写真，寥寥数语已是颊上添毫，龙首点睛，神情毕肖，千载之后犹猎猎生风，呵之得生。罗贯中执笔时虽未尝一刻稍忘陈、裴之《三国志》，但他的小说在民间却真正促成了对《三国志》的遗忘。然则罗氏所撰究系历史耶？小说耶？

关于此种体裁有一个现成的抹稀泥称谓，曰"历史小说"。然困惑亦于兹生焉。盖历史与小说本属泾渭分明的两个领域，各秉赋着一套价值标准和操作规范，虽然太史公（还可以上溯至左丘明）笔法里已多模拟情事，但那通常是在须揣摩方得其似的情况下，正孔融所谓"想当然耳"之举，虽属历史著述本身的无奈，初衷却并非出于对小说笔法的注重，而实在应被视为一种"原其终始"的努力，不如此，"鸿门宴"将不复闻矣。

我们常见的倒是，历史无意于借小说以美容，小说每常演历史为说部。历史小说似对应于小说历史，但后者并不存在，有之，则坊间《上下五千年》或《五千年演义》之属，因致力于史学的蒙学化而奉行一种"大事不虚，小事不拘"的通俗性原则，是"小说化历史"而非"小说历史"，亦已昭然。历史的小说化乃历史的变节，小说的历史化不啻为小说的升华，因此，历史学家往往宁受"少文义缘饰"的指责而坚守诚信，小说家（当然也包括戏剧家如莎士比亚、如不惜以"滑稽的方式自由处置历史事件"并据此写出《罗慕路斯大帝》的迪伦马特）则每每热衷于涉猎史部，以使作品在叙述的广度和意蕴的深厚上都有所猎获。

历史自有其不容篡改的神圣性，小说家也自有其天赋的虚构权，如此，当小说家一面捍卫虚构的特权，一面又不愿对历史题材割爱时，神圣历史的马其诺防线只能崩溃，不复尊严可言。历史小说，这并非对历史的另一种描述，而只是小说的别一种写法。准乎此，历史本身的尊严便置诸小说的法则之下，成为小说家厨房里聊供烹饪之需的鸡鸭鱼肉。

回到罗贯中《三国演义》。清章学诚在《丙辰札记》里已用"七分实事，三分虚构"界定了它的虚实结构，肯定了罗氏对历史的基本忠实。我无意对"七实三虚"的比例做出质疑，而更想对其内容加以关注，即何者可虚？何者当实？

答案并不因问题的重要而显得棘手，比照《三国志》就会发现，小说忠实者事，虚构者人。应该指出，在小说家对历史的改编中，所谓"忠实"只是被视为一种手段而纳入构思，相形之下，改编事件较之虚构人物风险更大。事件，尤其当这些事件又是如官渡之战、赤壁大战、彝陵之役那样众所周知、耳熟能详的话，就更由不得小说家驰骋想象，任意涂窜。

在罗贯中笔下，尊重历史事件的真实性，是作为小说的叙述前提和基本背景加以考虑的，它的"七分真实"着墨于此，以便腾出手脚，在虚构人物上略略施展，"三分虚构"由此展开。我们试看罗氏笔下的曹操——

若以"赢得生前身后名"作为衡量伟人的标准，曹操显然是要落选的，和周瑜同其结局。汉末三国时人，除了被满中国祭祀的忠勇典型关云长，大概只有曾让杜甫寻觅其祠堂的诸葛孔明可以受此殊荣，而曾被鲁迅断定"至少是个英雄"的阿瞒，却尝尽了"死去原知万事空"的滋味。

在《三国志》里，陈寿对曹操的评价迥出众人之上，读其仿"太史公语"的"评曰"，如"运筹演谋，鞭挞宇内，揽申、商之法术，该韩、白之奇策。官方授材，各因其器；矫情任算，不念旧恶，终能总御皇机，克尽洪业者，唯其明略最优也。抑可谓非常之人，超世之杰矣"。古今能得此等判语者为数寥寥，而在汉末三国时代，正可谓"舍此不作第二人想"。想陈寿固非曲学阿世之徒，那么，一个少壮时高歌"天地间，人为贵"，中年时吟咏"周公吐哺，天下归心"，晚年时不惜以"烈士"悲情抒发"老骥伏枥，壮心不已"之志的雄杰，逮至后世竟成了千夫所指的大奸雄，实属匪夷所思。

曹操不少为人诟病的劣迹，追究起来都不无可疑。即以杀吕伯奢为例，按此事出自东晋史官孙盛之笔，立场本就飘忽，而其所叙情境，又离奇乖情，很难按事件逻辑加以还原。那句令曹操遗臭万年的"宁教我负天下人，休教天下人负我"，原属稗官野史，颇难征信。何况，细心论者（如黎东方）从曹操逃亡路径上，也看出了可疑之处。曹操由洛阳出逃、"飞奔谯郡"的路途上，若如书上所述先经过中牟县，再与陈宫"各背剑一口，乘马投故乡来"，"行了三日"之后，断然不可能折回到"成皋地方"去杀人。中牟距洛阳远，成皋距洛阳近；既到中牟，成皋已在身后，亡命过程中，哪有再绕道回去杀人的道理。又曹操之迫荀或自杀，亦非铁论。细想荀文若赴濡须坞途中尚与曹丕谈艺论剑，言笑正欢，其人雄杰之气固较曹操远甚，说谋论智，却相差不远。曹操若有杀荀之意，荀君绝无不睹先兆之理。虽然，持此论者大多从荀或反对曹氏篡汉自立着眼，认为曹操杀荀，非为无故。倘如是，不过又一揣摩情景而已，以之存疑则可，据之立论则谬。

罗贯中著小说本着"蜜蜂以兼采为美"的信条，对史料大体抱着

"拿来主义"态度，对一般视为信史的陈寿《三国志》，并无多少侧重。若有意比照孙盛《魏氏春秋》、司马彪《九州春秋》、王沈《魏书》等籍（裴注中对这几部书颇多采集），会发现小说中纯出想象添加的笔墨竟意外地少。即使面对笔力集中贯注的曹操，罗贯中也并没有发明多少虚构细节以供编派之用，他只是尽可能充分地将已有材料探掘组合。因此，罗贯中与其说艺术地再现了曹操，毋宁说是曹操劣行败迹的传述者和集大成者。

罗贯中笔下的曹操，奸猾之气溢出尺幅，狼戾之心随处可见，作为文学长廊中的一个艺术形象，他不仅在中国文学中为仅见，放诸世界，亦难逢敌手。西人马基雅维利若获知曹公行状，真不知要何等欣喜若狂了。有曹操为他提供源源不断的例证，他的《君主论》无疑将写得更为出色，"马基雅维利主义"也将更具说服力。约略同期的印度权谋术杰作《政事论》，亦可得到一点东方式印证。曹操在罗贯中笔下，除却杀吕伯奢和借粮官人头以安军心外，他如对许攸跣足相迎、"拔剑斩近侍"及"抹书间韩遂"诸节，在在都显出其人惊世之伪。

我们说过罗贯中写曹操多事出有因而通常又非真凭实据，他认同了前人对曹操不一定符合事实的大量著述，只从艺术效果而非历史公正的角度遴选材料；又因为罗贯中在小说上也具有他笔下曹操那份"非常之人，超世之杰"的才能，遂使他成了曹操形象的最终完成者，他施诸孟德的笔墨也同时成了针对其人的终审判决。

对罗贯中我们当然抱着崇高的谢忱，也无意否定他塑造人物上的非凡功德，但问题在于，我们如此给一位生前即因其"宦官出身"而不曾得到公正评价的"非常之人"涂上花脸（读其《让县自明本志令》可知），就没有一点愧疚之情吗？我要说的不是罗贯中是否有权如此处理曹操——他当然有权——而只想对人间公正意识的脆弱稍表缺憾：我们一方面在现实社会中借助法律的大纛，绝不容忍任何施诸己身的诽谤行为，一方面却觉得可以认同一位比利时侦探赫克尔·波洛的怪论"对死人不存在诽谤"，而将小说的魅力置诸公正概念之上，听任某个古人饱受千年冤屈。

中国人历来强调的"立德立功立言"这"三不朽"，阿瞒不可能无所萦怀。文学以虚实相间为美，历史以诚实不欺为上，当小说干犯了历史，追求名留青史的曹操就只能沦为笑谈中人、戏曲中人。为曹操翻案之难以成功，并非当年郭沫若、翦伯赞等人呐喊不力，而是吾人不忍失去一个任人奚落的对象。由此可见，所谓"时间是最公正的"，也有苍白和不可尽信之处。

历史上的冤假错案不宜全然算到暴君头上，善良百姓也有着不善良的那一面，他们那由"集体无意识"策动的观赏心态，常会演化为某种更致命的群体力量，导致一股飓风般蠢动不已的观念施暴行为。一个特多暴君的民族，其子民不可能欠缺助纣为虐的意识。某种意义上，罗贯中对曹操的歪曲性描写，也可看成对人心世态的妥协，早在元末明初，罗氏已无法改变世人心目中对曹操的"奸雄"定位了。

话说回来，我一直无法接受罗贯中对曹操全然否定的说法，不，他对阿瞒还是抱有一定程度的理解和欣赏，比如，他偶尔还会为曹操加上点闪光之处，"谋董贼孟德献刀"即是（按：此节史籍不载）。至于罗贯中对刘备之非一味肯定，识者早已指出：摔阿斗时的虚伪，入西川前后的伪善，彝陵之战前的暴戾等，罗贯中皆机锋暗藏，笔底露出一丝嘲谑。我这么说的另一个理由是，本人对曹操的偏爱，起初正是读罗贯中《三国演义》时生发的，正如我对刘备的反感，亦假诸罗贯中之手。这里便可见出罗贯中的伟大，或曰古典现实主义文学本身的伟大。当然，如果读者知道，坊间之《三国志演义》皆是所谓"毛评本"，而毛纶、毛宗岗父子曾对小说做了大量删改，其中针对曹操的增删，尤为惊人，则我不妨说，本文对罗贯中的若干指责，有些原该由毛氏父子来承担。

一个权谋之术最发达的民族，何以视真正的权谋大师曹操为白脸奸雄，探讨这个问题是有趣而不乏沉郁的。参照孙子"兵者，诡道也"之立论，曹操乃不世出的雄杰，他的机变谋略，既不曾逾越兵法的游戏规则，也是生逢乱世时的明智选择。何况，他恢廓宏奇的诗文，礼贤下士、求贤三颁的明哲，都是千载之下无人可及之举。或曰，曹操的反对者，都是无法与曹操比肩之辈，他们既无能具备对计谋的纯粹审美力，又无力在潇洒豪迈上与曹操争胜，便只能以一副"技不如人"者的羞恼，通过对曹操行迹的指责，捡回一点脆薄的自尊。以此，我们正可以理解：为什么一个注重君子风范的国度，又恰成修炼"伪君子术"的名山道场。从立身行事远不如曹操的迦太基枭雄汉尼拔却在西方暴得大名中，我们或可汲探国人思维的独到之处。

我们需要美妙的文学，我们是否更需要历史的神圣？这是个两难选择，也许，百姓的智慧依旧是最高的智慧，他们的做法是：拒绝选择。

十八　话说"不分胜负"

　　有一种说法，认定《水浒传》与《三国演义》出自一人之手。此说近乎乱点鸳鸯谱。罗贯中经营结构的能力远胜施耐庵，后者所谓的"冰糖串葫芦"法（当代小说家王蒙语），有才子气而无大宗师气，与西方传统的"流浪汉小说"（钱锺书《围城》即属此体）略近，而散漫犹且过之。《水浒传》宜于少年心性，《三国演义》可供老人玩赏，个中亦可见罗、施优劣。《三国演义》如长江大河，浩浩汤汤，云蒸霞蔚；《水浒传》如浅滩平湖，但见河汊纵横，鸭飞鱼跃。两人语言风格亦自不同，玩文心者，不难窥破。

　　试就两书中"不分胜负"云云，做一管中窥豹的汲探。

　　施耐庵笔下108条好汉，先验地被划分为"天罡""地煞"两族。撇开不以棍棒名世只凭一技立万的英雄（如戴宗善跑、张顺擅泳、吴用智谋百出、时迁妙手空空、安道全如华佗再世），则地煞与地煞相争，必输赢难解；天罡与天罡厮杀，类胜负不分。地煞族撞上天罡星，如跳涧虎陈达、百花蛇杨春撞上"大虫"九纹龙史进，或操刀鬼曹正遇上青面兽杨志，其势如蛇蠓相搏、狗狼相咬，输赢率可立判，前者只有束手就缚、仆地便倒的份儿。杨志遇到同属天罡星座的急先锋索超、豹子头林冲或花和尚鲁智深，那么，在"一来一往，一上一下""四条臂膊纵横,八只马蹄撩乱"的四五十合之后,总归是以"不分胜负"作结。

显然,除了那位号称关公后人的"大刀关胜",施公简直不想对笔下的那班英雄做点区别。而所谓"大刀关胜",偏偏又算得水浒寨中最乏味的人,于此亦可见施耐庵本身的乏味。在霹雳火秦明、豹子头林冲双战最具正统嘴脸的关胜而竟"不分胜负"中,我们已预先看出了施公的顺民心态。金圣叹的才华若果真值得圣人为之惊叹,他的刀法还应狠辣一些。依我愚见,"宋公明三打祝家庄"之后,一部《水浒传》既已无甚写头,更没啥看头。

罗贯中可没有那么婆婆妈妈了,《三国演义》中虽不乏"不分胜负"的结局,但除了个别几场厮杀,如太史慈酣斗孙策,许褚裸衣斗马超,葭萌关马超大战张飞,其余种种,我们皆可从罗贯中随机点敷的文字里,看出"不分胜负"外的盈亏消息。

张飞"抖擞精神,酣战吕布。连斗五十余合,不分胜负",关羽前来夹攻,"三匹马丁字儿厮杀,战到三十合,战不倒吕布"。可见翼德与云长,单打独斗,皆非吕布之敌,"不分胜负"仅就"五十余合"而言,战到一百合上,怕就有所不妙。何况,关羽很可能是在看出张飞已落下风之后,才"把马一拍,舞八十二斤青龙偃月刀",前来助战的。后文"布送玄德出门,张飞跃马横枪而来,大叫:'吕布!我和你并三百合!'"尽显张飞勇气之余,也暗含张飞之怯。脱口就是"三百合",类似赌徒一注百万。轻慢语里含着敬畏,因为张飞等于承认,自己无法在三百合内赢下吕布,换了吕布,未必肯这么说。

许褚与吕布也曾"斗三十合,不分胜负",从观战的曹操复"差典韦助战",而直到"左边夏侯惇、夏侯渊,右边李典、乐进齐到,六员将共攻吕布",吕布才"遮拦不住,拨马回城"中,亦可知许褚不是吕布对手。

关公曾与袁术手下大将纪灵"大战,一连三十合,不分胜负",孰

张飞虽和关羽共享「万人敌」名号，但真实可考的沙场事迹，只有长坂桥上那一声逃命途中的断喝，翻检史书，张飞并未斩下一颗敌将之头

知"纪灵大叫'少歇'",待关公"拨马回阵,立于阵前候之"时,纪灵"却遣副将荀正出马",纪灵不敌关羽,便已昭然。稍感纳闷的是,后文张飞"斗无十合,大喝一声,刺纪灵于马下",似乎表明张飞武艺高于二哥,而关羽纵然说过"某何足道哉!吾弟张翼德于百万军中取上将之头,如探囊取物耳"的话,但统观罗公措意,似无意在武艺上贬关褒张,此究系罗公笔误,还是别藏机锋呢?姑且按下,容后再表。

罗贯中类似可供存疑的笔误还有,既然许褚与马超不分胜负,马超又与张飞不相上下,按照古典小说常见的机械英雄观(以《说唐》为最),则根据"A等于B,B等于C,所以A等于C"的换算法,许褚与张飞武艺应在伯仲之间,何以张飞与吕布能斗上"五十余合",而许褚只能"斗三十合"呢?

罗贯中每常在"不分胜负"外暗定胜负消息,手法婉约而高明,施耐庵在"不分胜负"后的补笔赘语,却仅仅为了进一步强化两者间武艺的旗鼓相当,半斤八两。

仍以前面举过的例子为证,索超与杨志"斗到五十余合,不分胜败",一旁观战的"军士递相厮觑道:'我们做了许多年军,也曾出了几遭征,何曾见这等一对好汉厮杀!'"待梁中书"只恐两个内伤了一个",嘱令"两个好汉歇了",两人方"跑回本阵来,立马在旗下,看那梁中书,只等将令",眼见得是势均力敌,互不买账。后来杨志和鲁智深就"林子里,一来一往,一上一下,两个放对""斗到四五十合,不分胜败",鲁智深"卖个破绽,托地跳出圈子外来,喝一声'且歇'",读者刚要以为鲁智深不敌杨志,作者却急忙忙补叙:"杨志暗暗地喝彩道:'哪里来的这个和尚!真个好本事,手段高!俺却刚刚地只敌的他住'!"难分难解之势,溢于言表。

施耐庵显然认为,各位好汉既然最终都得上忠义堂聚义,哥们儿间不分彼此,何必在武艺上硬判高下,伤了兄弟义气呢?因此,纵使在不属一个级别的陈达与史进之间，作者在让"史进轻舒猿臂，款扭狼腰"，活挟跳涧虎过来之前，仍大言无当地极写两人的针尖对麦芒，诸如"九纹龙愤怒，三尖刀只望顶门飞；跳涧虎生嗔，丈八矛不离坎心刺"之类，纯属花笔绣文。

罗贯中可就爽快多了，他笔下英雄遇上不属同一级别的对手，往往"只一合"，便斩敌将于马下。如"云长停盏施英勇，酒尚温时斩华雄"，河内名将方悦，"无五合，被吕布一戟刺于马下""一通鼓未尽，关公刀起处，蔡阳头已落地"，徐晃"只一合，斩崔勇于马下"，常山赵子龙取人性命，往往只在三合之内，甚至可在"一场杀"里"前后枪刺剑砍，杀死曹营名将五十余员"，典韦"挺一双大铁戟，冲杀入去"之时，吕布手下"郝、曹、成、宋四将"竟"不能抵挡，各自逃去"。此等干云豪气兼麻利笔法，施公笔下罕有。

中国古典作家往往有个奇怪论定：一个人既已成了顶尖高手，那么，他的武艺将不以场合、心境的变化而变化，永远只能体现顶尖高手的技艺，就仿佛九段棋手必须永远下出九段一品的棋，断无出"昏招""恶手"之理，尽管现实生活中我们对九段国手输给三段新手之事早已见怪不怪了。新派武侠小说家在这方面也继承了前人衣钵（亦可见出新派中的"旧"处），他们笔下英雄，无论杨过还是乔峰，张丹凤还是金世遗，一旦练就绝顶武功，便总能在"间不容发"之际，"妙到毫巅"地施展出最最精妙的着法。

须知计算机偶尔也有故障，黄金也非百分百纯粹，缘何现代竞技高手时常谈及的所谓"运气"或"竞技状态"，对古人毫无影响呢？竞技场上本来就冷门迭爆，黑马频出，以至网球 ATP 排名不断有变、体操名将掉杠落马、足球后卫自摆乌龙，在概率学上全无可怪之处，缘何古人心性，偏偏这等"渊停岳峙"，恒定如山，以至从不曾有所闪失？

中国古典小说心理学价值之低下，于此可见一斑。新派武侠小说在这方面的粗针大麻线，也算得上一种传统特色。

　　这里仍可见出罗贯中的不同凡响。上文提到张飞"无十合，刺纪灵于马下"，前提是有一个"大喝一声"，关羽与纪灵相斗时，并未说三道四，敌忾之气难免稍减。故而张飞之刺纪灵，并非表明武功高于二哥，而是为了说明"此一时彼一时"之理。倘如是，罗贯中的识见便大可高估。罗贯中后文敢于让关羽中庞德一箭，已显出作者的胸襟气度，非区区武艺所能拘囿。我们看英国人司各特笔下英雄艾凡赫，养伤时间多于上战场，谈情时间多于舞刀枪，英雄本色并未稍减。荷马笔下赫克托尔不敌阿喀琉斯，尸体竟被对方像拖把一样拖着戏弄，仍不失为一条好汉。

　　第一等武功，未必即第一等英雄，罗贯中会心不远，施耐庵稚气玲珑，颇可一哂。